KB115295

주무르면 다 고침! 15

강준현 현대 판타지 소설

초판 1쇄 찍은 날 § 2020년 1월 9일
초판 1쇄 펴낸 날 § 2020년 1월 16일

지은이 § 강준현
펴낸이 § 서경석

총괄팀장 § 노종아
편집책임 § 김대용
디자인 § 고성희

펴낸곳 § 도서출판 청어람
등록번호 § 제387-1999-000006호
등록일자 § 1999. 5. 31
어람번호 § 제1-3075호

주소 § 경기도 부천시 부일로 483번길 40 서경B/D 3F (우) 14640
전화 § 032-656-4452 팩스 § 032-656-4453
http://www.chungeoram.com
E-mail § chungeorambook@daum.net

ⓒ 강준현, 2018

ISBN 979-11-04-92114-8 04810
ISBN 979-11-04-91881-0 (세트)

MODERN FANTASTIC STORY

강준현 현대 판타지 소설

청어람
도서출판

15

[완결]

주무르면
다고침!

목차

96. 죽음을 알리는 일

장강룡은 차를 마시며 TV를 보고 있다.

—…이 사진 속 인물이 저희가 찾던 그 전설의 한의사라는 겁
니까?

—네, 맞습니다.

—음, 근데 어째 낯이 익은데요. 누굴 닮은 거지?

—행적을 찾다 보면 바로 알 수 있을 겁니다. 자! 그럼 그를 찾아
떠나볼까요?

—…힌트를 주셔야 떠나든 말든 할 것 아닙니까. 가령, 어떤 분
야를 잘했는지 같은 거라도 말해줘야 찾죠.

"바보 같은 질문! 그는 모든 분야에서 적이 없을 만큼 뛰어났어."

장강룡은 TV 속 손석호의 말에 꾸짖듯이 외쳤다. 그러나 PD는 그의 말과 다른 말을 했다.

─굳이 말하자면 안마로 환자를 잘 고쳤다는군요.

"……."

─어라? 한 선생이랑 비슷하네. 아! 그러고 보니 전설이라는 분 한 선생이랑 닮은 거 같은데?
─형은 사람 보는 눈이 없어요. 내가 볼 땐 배우이신 이신기 선생님 닮았는데요.
─그런가?

"저놈은 눈이 아니라 장식이군. 할아버지와 판박이인데……. 쯧쯧!"

투덜거리면서도 TV 속 한언수의 사진을 보는 그의 눈은 그리움으로 가득했다. 결국, 그는 차 마시는 걸 멈추고 백주와 간단한 안주를 가져왔다.

TV 프로그램에선 그가 모르는 한언수의 과거 얘기가 나왔는데 때론 그의 인간애에 감탄하고, 그의 옹고집을 욕하며 시간이 가는 줄 모르고 봤다.

뜻밖에 장면은 과거를 보여주는 사진 중에 자신과 함께 찍은 모습이 있었다는 점이다. 마지막 장면은 한언수가 한두삼의 할아버지라는 사실을 출연자들이 아는 것으로 끝났다.

"하여간 방송국 놈들! 이야기가 된다 싶으면 꼭 2주씩 방송을 한단 말이야. 확 그냥 초상권 침해로 고소를 할까 보다."

다음 주 예고편까지 본 그는 TV를 껐다. 그리고 술병을 들고 한옥의 마당으로 나왔다.

대문 앞에 서 있던 경호원이 움찔했으나 별일 아니라는 제스처를 취한 후 평상에 앉았다. 과거 한언수의 집에서 지냈던 기억 때문에 마당이 있는 한옥을 빌려 지내는 중이었다.

한데 괜히 빌린 것 같다.

그때의 기분은 나지 않고 씁쓸함만 배가 되는 기분이다.

지금만 해도 그렇다. 한언수와 밤이 되면 평상에서 간식과 함께 술을 마시곤 했었다. 그때 기분을 내고자 나왔는데, 새삼 그가 더는 없다는 것만 깨닫는다.

"일단 하늘부터가 짜증이야."

그는 별빛 하나 없는 서울의 하늘을 욕하고 술을 마저 비웠다. 그리고 더는 있기 싫은지 자리에서 일어나 샤워실로 갔다. 씻고 잘 생각이었다.

양치질하려던 그는 문득 거울 속 자신의 모습을 보고 멈췄다.

"…늙었군. 도대체 무엇을 위해 시간을 낭비한 거지?"

그는 한참 자신을 바라보다가 다시 중얼거렸다.

"더는 의미가 없군. 그래도 끝을 내야겠지? 그래야 낭비한 시간이 조금은 덜 아까울 테니……."

생각을 정리한 그는 양치질과 샤워를 끝내고 침실로 향했다.

*   *   *

할아버지의 과거를 알리는 것이 방송의 목적이었는데, 아무래도 두삼의 추억은 한계가 있을 수밖에 없었다. 그때 아버지가 나섰다.

사업을 한다고 부산, 서울을 전전했다고 하더라도 할아버지와 오랫동안 함께한 건 역시 아버지였다.

겪은 얘기부터 들은 얘기까지, 두삼도 모르는 갖가지 사연을 말해 문 PD를 만족시켰다.

그렇게 이틀째 촬영을 마쳤다. 그리고 그날 밤, 아버지께서 촬영 팀을 위해 잔치 수준으로 대접을 했다.

"마침 오늘이 소 잡는 날이라 좋은 고기 위주로 가져왔는데 맛은 어때요?"

"죽입니다!"

"예술입니다, 어르신!"

"고기는 얼마든지 있으니 많이들 먹어요. 우린 방해하지 않고 이만 들어가 볼게요."

"그러지 말고 같이 드세요. 제가 한 잔 따르겠습니다."

"껄껄껄! 그럼 한 잔만 마실까요?"

아버지는 그 말을 기다렸다는 듯 스태프들 자리에 앉아 술잔을 받았다.

그 모습을 보고 문 PD가 걱정스러운 듯 말했다.

"두삼아, 아버님 카메라 팀과 조명 팀 사이에 앉으셨다. 봐서 안으로 모셔라."

촬영 팀 최고의 술꾼들 옆에 앉아서 취할까 걱정이 되는 모양이다. 그러나 두삼이 걱정되는 건 오히려 스태프들이었다.

"스태프들이 더 걱정입니다."

"응? 주사 있으셔?"

"그게 아니라 저희 아버지 말술이세요. 짝으로 놓고 마셔도 안 취하세요."

"진짜? 헐! 여러모로 대단한 집안이네."

문 PD가 말을 마치자 덜 익혀 먹는 소고기가 더 맛있다는 이상한 논리를 내세우며 불판의 고기를 학살하던 유민기가 물었다.

"근데 두삼아, 듣자 하니 너 그만둘 생각이라면서?"

테이블에 있는 출연자들의 시선이 모두 두삼에게로 향했다.

개인 인터뷰 할 때 말했다고 하지만, 주변에 있던 스태프의 수를 생각하면 퍼지지 않는 게 이상하다.

서울에 가서 자리를 만들어 얘기하려고 했는데 이 자리도 나쁠 것 같지 않았다.

"아마도 그렇게 되지 않을까 싶은데."

"갑자기 왜?"

"방송인도 아닌데 물러날 때 물러나야지."

"그냥 방송인 하면 안 되냐? 몇 년 바싹하면 평생 유명하게 살 텐데."

"나중이라면 모를까, 올해는 이래저래 바빠서 더는 힘들 것 같아."

"아쉽다, 야."

"나 때문에 개편돼서 출연진 몽땅 바뀔지도 모르는데 내가 미안하지."

"억! 맞다. 그 생각을 왜 못 했지. 두삼아, 그러지 말고 1년, 아니, 2년만 더 하자. 인기 프로그램이 중심을 딱 잡고 있어야 다른 프로그램 망해도 새로운 프로그램 섭외 들어오거든."

"……"

"에라! 미친놈아!"

옆에 있던 이경철이 유민기의 뒤통수를 때렸다.

"아야! 아~ 왜요!"

"얌마. 방송하는 녀석이 방송과 관련 없는 사람한테 그게 할 말이냐?"

"두삼이가 왜 방송과 관련이 없어요. 일단 출연하면 방송인이지. 형이 이 프로그램에서 잘려도 괜찮아요?"

"안타깝긴 하지만 어쩌겠어."

"쳇! 형이야 선수 생활하면서 돈 많이 벌어놨지만 난 아니란 말이에요. 프리 선언하고 이제 자리 잡아가는 중인데 찬밥 더운밥 가리게 생겼어요."

"……"

유민기답게 듣는 사람 낯이 뜨거울 만큼 솔직하게 말하니 이경철도 더는 따지지 못했다.

다만 술자리 분위기가 가라앉는 건 어쩔 수 없었다.

다행히 문 PD가 나섰다.

"쯧! 다 먹고 살자고 하는 일이니 이해는 하지만 좋은 자리에서 이게 뭐 하는 분위기야?"

"…죄송합니다. 두삼이 얘기하다가 어떻게 말이 그렇게 빠졌네요."

"저도 목소리가 컸네요."

유민기와 이경철이 사과했다.

"사과받자고 한 얘긴 아냐. 다만 이렇게 뒤숭숭하니 아무래도 말해야겠네."

문 PD는 전설과 관련된 방송을 급작스럽게 준비하면서 생각했던 바를 꺼냈다.

"사실 전설과 관련된 방송은 다른 한의원을 방문하면서 좀 더 인기를 누리다가 적당한 순간에 '꽝!' 하고 터뜨리려고 했어. 근데 문득 시청률에 목을 매는 내 자신이 너무 싫어지더라. 난 어떤 프로그램을 하더라도 시청률을 낼 자신이 있는데 말이야."

"쿨럭! 무게 잡고 말하면서 잘난 척은 좀……."

"전철희! 난 잘난 척해도 돼. 잘났거든."

"…네네."

"아무튼, 그렇게 생각하니 굳이 미룰 이유가 없겠더라고. 그래서 바로 촬영을 했지. 그러면서 차후의 일 역시 생각했어. 한 선생이 계속 있을 경우와 없을 경우로 생각해서 말이야."

"PD님은 두삼이가 그만둘 걸 예상하셨나 봐요?"

"반반이야. 솔직히 계속한다고 해도 그만두게 해야 하나 생각한 적도 잠깐 있었어."

"에이~ 그건 오바다. 두삼이 지분을 생각했어야죠."

"잠깐, 아주 잠깐! 했다고! 그보다는 한 선생이 그만둘 것 같은 느낌이 들었어. 어쨌든 없을 땐 기존 멤버들에 새로운 신입 한의사를 한 명 더해서 새로운 전설을 찾으러 다니는 콘셉트, 계속 같이할 땐 한의원 소개와 함께 잘 되지 않는 한의원을 찾아 컨설팅 하는 콘셉트도 괜찮겠다 싶었지."

"두삼이 그만둔다고 했으니 그럼 전자밖에 없네요?"

"일단은 그래. 그러니까 잘릴 걱정 말고 술 마셔."

"오! 역시 의리의 문 PD님을 위하여 건배!"

"위하여!"

다들 일자리를 잃지 않아도 된다는 안도감에 분위기는 다시 시끌벅적하게 바뀌었다.

출연자들의 건배 제의에 연거푸 4잔을 마신 문 PD는 숨을 돌릴 겸 입을 열었다.

"문제가 없는 건 아냐. 신입 한의사를 뽑아야 하는데 마땅한 사람이 없어."

"출연했던 사람 중에 한 명 뽑으면 되지 않을까요?"

"안타깝게 내 눈에 만족스러운 사람은 없어."

"…두삼이 같은 실력자를 찾으려 했다간 힘들걸요. 보라 정도로 만족하는 게 어때요?"

"민기 오빠! 나 정도가 어느 정도인데요?"

"…내 말 뜻은 네가 못한다는 게 아니라… 아! 두삼이가 얼토당토않게 실력이 좋다는 말이야."

"…피이~ 그건 사실이니까 용서해 드리죠."

"유민기, 진 선생 무시마라. 아직 경험이 많지 않다뿐이지, 천재라고 소문난 사람이야."

"에에~ 진짜요?"

"이익! 못 참아!"

믿을 수 없다는 표정으로 바라보던 유민기는 진보라에게 등짝을 호되게 맞고 나서야 입을 다물었다.

두삼은 잠깐 고민하다가 말했다.

"우리 병원에 괜찮은 한의사 있어요."

"그래? 누군데?"

"여의사는 보라가 있으니 남자가 낫겠죠? 레지던트 2년 차인데 실력은 괜찮아요."

"레지던트?"

"레지던트라고 해도 양의학과는 달라서 문제될 것 없어요."

"음, 그렇다면 한번 만나볼게. 참! 한방내과에도 꽤 실력 좋은 사람이 있다고 들었는데 그 사람은 어때?"

"관심 있다면 만나보세요. 다만 권하진 않아요."

"한 선생이 권하지 않는단 말이지……. 레지던트 만나러 갈 때 잠깐 봐야겠네."

김장혁의 명성은 가급적 병원 내로 한정시키는 것이 좋았다.

이후론 무거운 얘긴 던져 버리고 가벼운 대화로 술자리를 이어갔다. 그리고 시간이 지나자 술이 불콰하게 취한 이들은 하나둘 숙소로 갔다.

두삼은 술 취한 사람들을 방으로 들여보내며 뒷정리를 시작했다.

"김 감독님, 들어가 쉬세요. 밤엔 추워서 입 돌아가요. 그리고 내일 클로징은 찍어야 할 거 아니에요."

"…아, 그, 그렇지? …내 방이 어디지?"

"데려다 드릴게요."

"흐흐흐! 고마워, 한 선생. 난 한 선생이 전설과 어떻게든 관계가 있을 거라 생각했었어."

"네네."

마지막 남은 김 감독을 방에 데려다놓고 오니 아버지가 상을 정리하고 있었다.

"많이 드셨을 텐데 들어가 쉬세요."

"멀쩡하다. 아침부터 촬영하느라 힘들 텐데 너나 들어가 쉬렴."

"괜찮아요."

"그럼 같이 치우자."

그 말을 끝으로 달그락! 달그락! 그릇 치우는 소리만 들렸다. 설거지거리는 수돗가에 갖다놓고 일단 상과 멍석을 치웠다.

그 후 두 남자는 수돗가에 나란히 앉아 고무장갑을 꼈다.

"넌 철 수세미로 고기 판 닦아라. 난 그릇 설거지할 테니까."

"네. 참! 저녁 감사해요."

"네 할아버지에 대해 알아보고 전국에 알리려는 사람들에게 대접하는 건 당연한 거지."

"알리는 걸 할아버지가 좋아하실까요? 번잡한 거 싫어하셨잖아요."

"그건 옛날이라 그런 거지. 만일 요즘이었다면 TV에 나가려하셨을 게다."

"설마요."

"얘가 할아버지에 대해 몰라도 너무 모르네. 네 할아버지가 얼마나 현실적인 사람인데."

"그런가요?"

"그럼! 이곳에서 움직이지 않던 양반이 라디오 출연한다고 사흘간 서울에 다녀온 적도 있는걸."

진짜 라디오 때문에 서울을 다녀오셨을까?

모르겠다. 그러나 진실이 무엇이든 할아버지 얘기를 듣는 것만으로 충분했다.

아버진 두삼의 마음을 아는 것처럼 설거지하는 내내 방송에서 하지 않은 얘기들을 해주었다.

"네 할아버지 결벽증 있으셨다는 거 아냐?"

"정말이요? 전혀 몰랐어요."

20, 30년 전엔 사람들의 위생 관념이 지금보다 부족했다. 특히 시골은 도시보다 더 취약했는데, 그래서 환자들 중 심한 악취가 나는 사람들도 있었다.

그럴 때면 결벽증이 없는 두삼도 멀찌감치 피하기 급급했었는데 할아버지는 그러지 않으셨다. 냄새나는 환자의 입 냄새를 맡았고, 때가 덕지덕지한 발을 주무르기도 했다.

그런데 결벽증이라니.

"위생 관념이 부족한 때라 더 그랬는지 모르지. 아무튼, 그 때문에 일하는 사람들이 꽤 피곤했단다. 환자들의 경우 괜찮다 싶으면 겨울이건 한밤중이건 몸을 깨끗이 씻어야 그다음부터 치료해 주셨을 정도였으니까."

"환자를 우선 생각하지 않았다면 절대 못 할 일이었겠네요."

"그렇지."

설거지가 거의 끝나갈 때쯤 더는 기억이 안 나는지 아버진 말을 잠깐 멈췄다. 한데 약간의 침묵이 어색했을까, 슬쩍 눈치를 보더니 물었다.

"…보고 싶으냐?"

주어가 생략된 말이지만 무슨 말인지 모를 수가 없었다.

"…네. 많이 뵙고 싶네요. 아버지는요?"

"내 아버지인데 당연히 뵙고 싶지. 살아계셨다면 나와 달리 지금의 널 무척 자랑스러워하셨을 텐데……. 험! 괜한 얘기를 했구나. 이만 들어가서 자려무나."

말을 하고 난 후, 당신의 자격지심을 내보인 것이 부끄러웠는지 고무장갑을 낀 채 일어나 뒤돌아섰다.

두삼은 그 뒷모습을 보다가 물었다.

"아버지는요?"

"응?"

"아버지는 지금의 절 어떻게 생각하시느냐고요?"

"…할아버지에겐 손자지만 나에겐 아들인데 말해 무엇 할까. …자랑스럽다."

"…가끔 서울에 놀러오세요. 하란이 보고 싶어 합니다. 물론… 저도요."

감사하다고, 사랑한다고 말을 하려고 했는데 도무지 나오지 않아 돌려서 말했다.

조금이나마 전해졌을까.

아버진 빙긋이 미소 지으며 그러겠노라 답하고 집으로 들어가셨다.

＊　　　＊　　　＊

2주 후 시즌1 감독판을 찍기로 해서 그때 작별 술자리를 가지기로 하고 서울에 도착했다. 그리고 곧장 병원 VVVIP실로 갔다.

"닥터 한, 어서와!"

"촬영은 잘 마쳤나요? 좋은 커피가 들어왔는데 한잔 할래요?"

테슬라를 치료하면서 부시 부부의 태도는 다시 한번 바뀌었다.

마치 오랜 친구를 대하는 것 같달까.

윌리엄은 편하게 말을 놓으며 친근하게 인사를 할 때 가볍게 포옹을 했고, 살짝 고개를 숙이며 눈인사만 하던 조안나는 역시 손을 꼭 잡고 토닥인다.

"…왜 이러세요? 좋은 일이라도 있으세요?"

"있다마다. 전화를 할까 하다가 촬영에 방해가 될까 봐 꾹 참느라 얼마나 힘들었는지 아나. 하하하!"

이 둘이 좋아할 일은 하나뿐이다.

"테슬라의 상태가 좋아졌습니까?"

"하하! 자폐 증상이 거의 사라졌어. 도대체 어떻게 한 건가? 두피 마사지를 하는 것 같았는데 말이야."

"뇌에서 발생된 신호가 이상이 있는 전뇌로 들어와 이상 신호가 되어 온몸으로 퍼지고 있었습니다. 그래서 신호가 다른 곳으로 가게 했습니다."

"그 얘긴 들어 알지. 그저 그 치료 방법이 궁금해서 물은 거야."

"그건……."

"대답을 바라고 물은 게 아니니 말하지 않아도 돼. 듣는다고 알 수 있는 것도 아니고 그냥 신기해서 그런 거야. 하하하!"

잔뜩 흥분한 듯한 그는 연신 웃음을 터뜨렸다.

이럴 때일수록 두삼이 무게를 잡아야 했다. 좋은 일에 이렇게 기뻐하는 건 좋지만, 나쁜 일이 발생하면 그만큼 역효과가 발생할 수 있었다.

"이제 시작일 뿐입니다. 일비일희하지 말고 길게 보시는 게 좋을 것 같습니다."

"이런 내가 너무 좋아했나 보군. 하하하! 그래 이제 시작이지. 아주 기대가 커."

호르몬이 과다 분비가 된 건지 흥분은 전혀 가라앉지 않았다.

"아! 듣자 하니 몸매 관리에 일가견이 있다면서?"

"한때 그 일을 주로 했으니까요. LA에서도 잠시 했었고요."

"그랬나? 조안나가 어디서 그 얘기를 들었는지 몸매 관리를 하고 싶다고 해서 말이야."

"괜찮겠습니까? 원한다면 맹인 여성 안마사를 불러올 수도 있습니다. 물론 최소한의 시술은 해야 하지만요."

"괜찮네. 난 그렇게 속이 좁지 않아. 자네가 해주게."

속이 좁지 않다고 스스로 말하는 사람치고 속이 좁지 않은 사람은 드물었다.

최소한 접촉으로 마사지를 하겠다고 생각하며 그렇게 하겠노라 대답했다.

아침엔 윌리엄과 테슬라, 저녁엔 조안나와 테슬라를 치료하는 것으로 했다.

"테슬라, 기분이 어때?"

"아픈 게 없으니 당장 날아갈 것 같아요. 어제 워터파크도 다녀왔어요."

"잘했네. 그럼 볼까?"

"네, 한!"

치료에 대한 두려움이 완전히 사라졌는지 말이 끝나기도 전에 안마 의자에 앉아 머리를 뒤로 뺀다.

첫날은 하나의 신호를, 둘째 날은 8개를 차단했고, 셋째 날인 오늘은 16개의 신호를 차단할 생각이다. 뜨문뜨문 약한 신호들이지만, 어떤 일이 벌어질지 몰라 조심스러운 건 여전했다.

막 하나의 신호를 차단하자 테슬라가 뭔가 이상한지 '어! 어!' 소리를 냈다.

"왜? 뭔가 이상해?"

"…방금 혀가 이상했어요."

"그래? 많이 불편해?"

"아뇨. 지금은 괜찮아요. 오히려 더 부드러워진 느낌이에요. 한은 모르겠어요?"

"글쎄, 내가 영어를 잘하지 못해서 그런지 비슷한 거 같은데."

"블라블라, 블라! 느낌인가?"

아직 어려서 그런지, 아님 특이한 체질인지 원래 목적지로 가던 신호는 다른 곳에 잘 정착해서 제대로 작동되는 듯 보였다.

길게 두고 볼 일이지만 일단은 성공적이다.

'이참에 전에 한 건 막아버릴까?'

아직까지 신호가 가는 길을 기운으로 막아둔 상태다. 고민을 하다가 일단은 두고 보기로 했다.

테슬라를 보고 난 후, 집으로 갈 생각으로 RC에서 내려오는데 오랜만에 서문희에게 연락이 왔다.

"네, 누나."

—오랜만이네. 넌 어째 내가 전화하기 전에 연락하는 법이 없니?

"원장님이랑 병원에 매인 사람이랑 같아요?"

—TV로 보면 한가해 보이던데. 그나저나 요즘 아예 프리랜서처럼 일한다며?

"그건 또 어떻게 알았어요?"

—아직 병원에 아는 사람 많아. 찾아오는 사람들도 꽤 많고.

"그렇다고 한가하진 않아요."

—언제 끝나는데?

"오늘은 촬영 끝나고 와서 지금 들어가고 있어요. 평소에 8시쯤 퇴근하고요."

—주말엔?

"집에 식객이 와 있어서 일요일은 힘들고 토요일 날 조금 한가한 편이에요."

—음, 토요일은 힘들고 내일 2건만 좀 도와줘. 알바비는 지금보다 더 챙겨줄게.

"내일 밤에요? 그래요. 근데 밤에도 할 만큼 바쁜가 봐요?"

—수술하지 않고 자연스럽게 바꾼다는 생각이 먹힌 거지. 요즘은 우리나라 사람보다 외국인들이 더 많아.

"요즘 같은 불경기에 잘 되면 좋죠."

성형외과만 열면 부자가 될 것 같지만 꼭 그런 건 아니다. 워낙 경쟁률이 치열하다 보니 부익부 빈익빈이 여기도 적용되는데, 개업을 하면 10곳 중 1곳만 살아남을 정도다.

이런 상황에서 늦게까지 시술을 할 정도면 성공한 것이다.

─항상 흔쾌히 허락해 줘서 고마워.

"공짜로 해주는 것도 아닌데 뭘요. 솔직히 저한테도 많은 도움이 돼요."

─말도 예쁘게 하네.

진짜다. 그녀의 일을 도우면서 기운을 세밀하게 조절할 수 있게 됐으니 말이다.

지금 생각해 보면 귀찮게 여기저기 도왔던 것이 현재의 자신을 있게 한 것이다.

전화를 끊은 두삼은 내일 하란과 함께하지 못할 걸 생각해 오늘 1분이라도 더 함께하기 위해 서둘러 집으로 갔다.

*　　　　　*　　　　　*

오랜만에 '문희 성형외과'를 찾았다.

바로 옆 건물이 공사를 해서 주변이 꽤 번잡스럽게 느껴진다.

안으로 들어가자 낮보다는 사람이 없었지만 손님들과 간호사들이 보이는 것이 드문드문 보이는 것이 늦게까지 일을 하는 모양이다.

의사인지 모델인지 광채가 나는 듯한 서문희가 기다리고 있다가 손을 내밀며 반겨준다.

"어서 와!"

"오랜만이에요. 어째 점점 예뻐지는 것 같아요?"

"이제 유혹해 보고 싶어지니? 호호!"

"그건 아니고요."

"냉정하긴."

"근데 건강 좀 신경 써야겠네요. 겉은 멀쩡한데 속은 피곤이 많이 쌓였네요."

"누가 의사 아니랄까 봐. 의사 두 명을 고용하긴 했는데 아직 거의 혼자 하고 있어서 그래. 감각은 있는 친구들이니까 곧 편해지겠지."

"더 바빠지는 건 아니고요?"

"어쩌면. 호호! 그렇게 걱정되면 마사지를 해주거나, 한약이라도 보내주든가."

"한약은 보내줄게요. 마사지는 휴일 날 오세요."

"진짜 간다?"

"진짜 오세요. 손님은요?"

"호텔에서 출발했다고 했으니 곧 올 거야. 일단 들어가자."

원장실로 들어가 차를 놓고 마주 앉았다.

"옆에 공사하던데 낮엔 시끄럽겠어요."

"조금. 근데 내 건물이니 상관없어."

"헐! 벌써 확장하는 거예요?"

"입원실이 부족해서."

"축하드려요."

"축하받을 일인지 모르겠다. 없는 돈까지 탈탈 털어서 하는 거라 망하면 끝이야."

"건물은 남지 않을까요?"

"글쎄, 남아날까 모르겠다. 이래저래 인원이 확 늘어버렸거든."

개인 사업을 하다 보면 가장 무서운 게 인건비다. 장사가 안 된다고 월급을 안 줄 수 없으니 한 달에 몇 천은 우습게 마이너스가 된다.

두삼의 아버지가 많은 재산을 까먹은 것도 그러한 이유에서다.

"잘하고 있잖아요."

"그러게. 혼자 아등바등하다 보니 부정적이 되나 보다. 그건 그렇고 넌 언제까지 병원에 있을 거야?"

"글쎄요, 아직까진 불만은 없어요. 그리고 배워야 할 것도 많고요."

떠나기는커녕 평생 붙잡혀서 일해야 할지도 몰랐다. 물론, 개인 병원을 한다고 해서 한강대학병원만큼 편하리라는 보장 역시 없었기에 지금은 만족하고 있다는 게 정확할 것이다.

"나올 생각은 없는 것처럼 들린다?"

"정해진 건 없어요. 내일이라도 당장 떠나야겠다는 생각이 들 수도 있으니까요. 근데 그건 왜 물어요?"

"생각이 있으면 스카우트하려고 했지. 물론 파트너로 말이야."

"말은 고마운데 자주 전화하더라도 지금처럼 하는 게 나을 것 같아요."

"너무 단호하게 거절하니 조건을 제시할 엄두도 안 나네."

"미안해요."

"내가 오히려 미안하지. 그래도 자주 전화하라는 말은 잊지 않을게. 어! 왔나 보다. 2번 룸으로 데리고 갈 테니 거기서 기다려."

서문희는 스마트폰을 흘낏 보더니 밖으로 나갔고, 두삼은 그녀를 뒤따라 나가 2번 시술실로 갔다.

잠시 후, 서문희는 늘씬한 미녀 한 사람을 데리고 들어왔다. 그러고는 영어로 말했다.

"한 선생, 영어 할 줄 알지? 인사해. 중국에서 온 차이린 씨야."

"반가워요, 미스 차이린."

"오늘 잘 부탁해요."

"최선을 다하죠."

선보러 온 것도 아닌데 이 정도 인사면 충분했다.

"차이린, 저쪽에서 얼굴 깨끗이 씻고 올래요."

"네, 닥터 서."

얼굴을 씻자 성숙함은 사라지고 대학교 1, 2학년 여학생처럼 앳된 모습이다.

그녀가 자리에 앉고 양옆으로 서문희와 두삼이 자리를 잡고 앉았다.

서문희가 한국어로 물었다.

"어때?"

"하얗고 뽀얀 피부, 오밀조밀한 이목구비. 굉장한 미녀인데 왜 시술을 받으려는 건지 모르겠네요."

"풉! 이상한 곳 없냐고 물은 건데 감상을 하고 있었나 보네."

"여전히 제 눈에는 고칠 데가 안 보여서 하는 말이에요. 이런데도 파트너로 삼고 싶어요?"

"응. 한 선생의 가치는 안목이 아니거든. 그건 그렇고 이렇게 예쁜데 왜 시술을 받느냐고 물었지? 그건 더 예뻐지려고 그런 거야."

"더 예뻐지는 게 가능한가?"

"직접 해보면 알겠지. 감상 그만하고 일할 준비나 하세요."

두삼이 보기엔 지금 모습이 최상인 것 같았다.

그녀의 얼굴을 살필 겸, 피부를 부드럽게 하려고 손을 들어 올리는데 차이린의 얼굴이 살짝 붉어져 있었다. 한국말을 조금 알아들은 모양이다.

두삼은 중국어로 말했다.

"실례가 됐다면 미안해요. 제 눈에 그렇게 보인다는 거니 오해는 마세요."

"…괜찮아요. 칭찬인데요."

"한국말을 잘하세요?"

"아뇨. 한국 배우랑 같이 연기한 적이 있어서 알아듣는 정도예요."

"그렇구나."

배우였나 보다. 뭐 그렇다고 해도 고치려는 이유를 여전히 알 수 없었지만 말이다.

"이제부터 긴장된 피부를 풀 겸 얼굴을 살필 거니까 놀라지 마세요."

손에 화장품을 바른 후 그녀의 얼굴에 손을 올렸다. 그리고 가볍게 문지르고 지압을 하며 내부를 살폈다.

타고난 얼굴인 줄 알았는데 코와 입술엔 성형수술의 흔적이 있었다.

"코를 살짝 높였는데 약간 비뚤어져 있어요. 입술은 잘 정착됐고요."

"그럼 코부터 해볼까. 지지대 똑바르게 한 후에 1㎜ 높여볼래?"

"네. …됐어요."

"아주 약간만 더. …그래 그 정도. 다음은 코끝을 조금만 더 뾰쪽하게. 높이는 괜찮은데 약간만 둥글게. 미간은 2㎜ 정도 완만하게 높여야겠다."

이러니 기운을 조절하는 실력이 늘지 않을 리가 있나. 아무튼, 40분 정도 손을 본 후에 그녀는 아까와 같은 질문을 다시 했다.

"어때?"

"…누난 의사가 아니라 예술가예요!"

"홋! 너라는 보조가 있어야 완벽해지는 반쪽짜리지."

우쭐하는 모습이 귀엽다. 그러나 그녀의 실력만은 정말 진짜였다.

아까와 크게 달라지지 않았다.

코를 약간 바르게 하고, 살짝 높이고 눈 밑 애교살을 살짝 도드라지게 하고, 입꼬리를 올리고, 얼굴의 턱선 다듬고…….

말하다 보니 많이 바뀐 것 같은데 네티즌 수사대도 어디가 바뀌었는지 절대 알아보지 못할 만큼이다.

근데 분위기가 바뀌었다.

뭐랄까?

…설명할 길이 없다. 그냥 더 예뻐졌다는 것으로 마무리하자.

차이린 역시 무척 만족했고, 곧장 시술에 들어갔다. 얼굴에 주삿바늘을 꽂는 것이라 얼굴 마취를 했고 시술은 10분이 걸리지 않았다.

다음 손님은 중국인 남자 배우. 그는 꽤 많은 부분 손을 대야 했는데, 그래도 어디가 바뀌었는지 찾기는 쉽지 않았다.

아르바이트는 12시 가까이 되어서야 끝났다.

"수고했어. 돈은 내일 바로 보내줄게."

"적당히 보내줘요. 나 때문에 망했다는 얘긴 듣고 싶지 않으니까."

"6 대 4야."

"7 대 3으로 하죠. 전 홀몸이고 누난 직원들도 많고 고정 비용도 많잖아요. 8 대 2가 나오려나?"

"그런 거로 인심 쓰지 말고 여기로 와, 파트너."

"훗! 끈질기셔라. 휴일에 꼭 방문해요. 가요."

잠깐이라도 눈을 붙이려면 서둘러 집으로 가야 했다.

*   *   *

아침 일찍 출근해 윌리엄과 테슬라를 본 두삼은 암센터로 왔다.

가장 먼저 태블릿을 열어 스케줄을 확인했다. 긴급을 요하는 일을 제외하곤 오늘 할 일은 스케줄에 적혀 있는 게 다였다.

오후에 두 명의 말기 암 환자를 보는 것 말고는 한방색전술만 하면 됐다.

확인을 끝내고 커피를 마시러 일어나는데 문이 벌컥 열렸다.

"홍 간호사님, 좋은 아침이에요."

"…어? 선생님 일찍 오셨네요?"

홍 간호사가 화병을 들고 들어오다가 두삼을 보곤 놀란 표정을 지었다.

"어제 잠을 좀 설쳤거든요. 어? 근데 그 꽃병 내 방에 두려고 가져온 거예요?"

"…아, 네. 꽃집을 지나다가 너무 예뻐서……."

"정말 예쁘네요. 고마워요."

"…차 드릴까요?"

"이렇게 예쁜 꽃을 줬는데 차는 내가 사야죠. 전에 보니까 크림 버블 밀크티 좋아하던데 맞아요?"

"네. 근데 본관까지 가야 하잖아요.

"금방 다녀오는데요, 뭘."

10분 정도 걸려서 두 잔의 차를 사 왔다.

"여기 있어요."

"감사합니다. 잘 마실게요."

"네. 점심 때 약속 있어요? 없으면 같이 먹어요."

"…없어요. 지난번에 사셨으니 오늘은 제가 살게요."

"아르바이트로 번 돈이 있으니 오늘은 내가 낼게요. 홍 간호사님은 다음에 사요."

"…네. 그럼 전 진료 준비 하러……."

"수고해요."

아무래도 점심을 먹으면서 올해 결혼한다는 얘기를 슬쩍 흘려야 할 모양이다.

아무튼, 홍 간호사가 꽂아둔 꽃의 향기를 맡으며 기분 좋게 일과를 시작했다.

첫 번째 환자는 30대 중반의 자궁 경부암 환자.

자궁 경부암의 경우 1, 2기 초반에는 완치를 위해 수술을 하지만 3기 이후론 화학요법이나 방사선요법을 사용한다. 3기부터는 생존율이 급격하게 떨어지므로 6개월에 한 번씩 세포진 검사를 하는 걸 권한다.

그러나 현실적으로 젊은 여성이 6개월에 한 번 자궁검사를 받는 건 쉽지 않다. 남자들이 비뇨기과에서 수치심을 느끼듯 여자들 역시 상당히 수치심을 느끼게 마련이다.

6개월마다 방문이 힘들다면 자궁에 출혈, 혹은 염증이 생겨 냄새가 심해질 땐 꼭 방문에 검사하는 것이 좋다.

'3기… 젊은데 안타깝게 됐네.'

3기에서 조금 더 진행된 상태로, 치료를 해도 5년 생존율이 40% 이하다. 환자도 아는지 표정은 절망감으로 가득하다.

"누우세요. 시간이 조금 걸릴 겁니다."

"…네."

콩 같은 암세포가 여러 곳에 번져 있어 진짜 실력으로 해도 시간이 많이 필요했다.

확대하지 않은 상태에서 볼 수 있는 종양에만 색전술을 시행했다. 작은 것들까지 치료하려면 며칠이 걸릴지 알 수 없다. 나머진 항암 치료에 맡기는 게 나았다.

두 번째 환자가 들어왔다.

위암 환자인데 위벽을 따라 여러 개의 작은 종양이 나 있었다.

세 번째 환자도 비슷한 케이스. 정시형 센터장이 실험이라도 하는 건지 죄다 종양이 흩뿌려지듯 생겨난 환자들이다.

점심을 먹는다고 40분 정도 쉰 것을 제외하곤 숨 돌릴 틈도 없이 16명의 환자를 상대했다.

그 덕인지 겨우 시간 내에 색전술을 마칠 수 있었다.

"수고했어요. 내일 봐요."

"…네, …선생님."

결혼한다고 말한 게 꽤 충격이었는지 홍 간호사의 표정이 오후 내내 펴지지 않았다.

그러나 금방 좋아하는 감정이 생긴 만큼 금방 사라질 거라 믿었기에 모른 척 입원실로 향했다.

첫 번째 말기 암 환자가 있는 4인실.

보통 병실에 TV라도 켜져 있는데, 이곳 병실 분위기는 숨 쉬는 소리가 들릴 만큼 조용했다.

조용히 책을 읽고 있는 환자에게 다가가 말했다.

"표동광 님, 진맥하러 왔습니다."

"……."

표동광은 대답 대신 인상을 쓰며 책을 덮었다. 그러고는 못마땅한 표정으로 말했다.

"검사 결과는 왜 알려주지 않고 자꾸 검사만 계속하는 거요."

"마지막 검삽니다. 내일쯤 검사 결과가 나올 겁니다."

"그 말 책임질 수 있소?"

"전 그저 검사할 뿐인지라……. 그러나 거의 확실할 겁니다."

"하여간 의사들은 확실하게 말을 해주는 법이 없다니까. 쯧!"

그의 불평에도 두삼은 접대성 미소를 지은 채 그가 내민 손을 잡았다. 그가 고객이기 때문이기도 했지만, 그것보단 그의 말투 속에 담긴 두려움 때문이다.

그는 자신의 상태를 어느 정도 짐작하고 있는 게 분명했다.

'간암 말기. 쓸개와 이자까지 전이됐어.'

두삼에게 맡기는 환자들은 암센터에서도 항암 치료 말고는 해볼 것이 없는 환자들이었기에 이 정도는 놀랍지도 않았다.

두삼의 몸이 열 개쯤 된다면 배정옥과 부르스처럼 치료를 하겠다고 나섰을지도 모르겠다. 그러나 현실적으로 진맥을 하는 모든 암 환자를 그렇게 치료할 수는 없었다.

'…판단이나 하자.'

지금 일은 치료가 아니라 판단.

말기 암 환자에 관한 두삼의 판단 기준은 두 가지인데 살고자 하는 의지와 몸 상태였다.

웬 의지냐고 하겠지만 충남에서 하종윤 환자를 보고 살고자 하는 의지가 없으면 어떤 처치도 소용이 없음을 알게 됐다.

그런 면에서 보자면 표동광은 기운이 약했다. 병을 받아들인 모양새랄까. 게다가 술과 담배, 과로가 30, 40년 계속되면 이럴까 싶게 성한 곳이 없었다.

결론은 났다.

고통을 없애기 위한 수술이나 시술을 받고 남은 시간 동안 삶을 정리하는 게 나을 것 같았다.

판단하는 것 자체가 기분이 더러웠지만 내색하지 않고 말했다.

"다 됐습니다."

"한의사인가 보구려?"

그는 검사가 그저 맥만 잡고 끝나서인지 불평을 지우고 물었다.

"예, 그렇습니다."

"얼굴이 어째 익숙한 게… TV에 나왔소?"

"많이 나오지도 않는데, 눈썰미가 좋으시네요."

"내가 많이 배우진 않았지만, 눈썰미 하난 좋거든. 한의사 양반이 보기에 어떤 거 같소?"

"조금 전에도 말씀드렸지만 담당의가……."

"한의사 양반의 생각을 듣고 싶소. 담당의에게 내색하지 않고 참고만 할 테니 말해보구려."

"……."

"솔직히… 내 몸 상태에 대해 어느 정도 짐작하고 있소. 가끔 죽을 만큼 아픈 걸 보면 단단히 잘못됐겠지. 그래서 무슨 말을 한다고 해도 놀랄 일은 없을 거요."

하루만 참으면 될 것을…….

두삼은 잠깐 고민하다가 입을 열었다.

"…무통증 시술을 받고 정리하는 게 좋지 않을까 합니다."

"…그렇소?"

"죄송합니다."

"선생이 죄송할 게 뭐가 있겠소. 다… 내가 몸을 관리하지 못한 탓인 것을. 수고하셨소."

놀랄 일은 없을 거라더니 상당히 충격을 받은 것 같다. 안쓰러움에 입을 가볍게 놀리다니, 자신의 머리를 꽁! 때리고 병실에서 나와 다음 환자에게 갔다.

다음 환자는 위암 말기 환자, 십이지장, 소장, 대장까지 전이된 상태로 음식을 제대로 먹지 못해서인지 침대에서 죽은 듯 누워 있었다.

결과는 표동광 씨와 마찬가지.

병실을 나오는데 밤새 응급 환자를 본 것처럼 기운이 없다.

'괜히 한다고 했나?'

말기 암 환자를 본 건 고작 사흘째인데 벌써 후회가 된다. 기분을 바꾸려 억지로 밝은 생각을 하는데 누군가가 등을 툭 친다.

돌아보니 둘째 날 봤던 곱게 나이 든 할머니다.

"저기……."

"아! 어르신. 무슨 일이시죠?"

"…혹시 나 기억해요?"

"물론이죠. 윤인숙 환자시잖아요."

"기억하는군요. 한 가지 물어볼 게 있어서요."

"말씀하세요."

"저 가능성이 없어요?"

"네?"

"담당의가 제가 치료하기 힘든 말기 암이라고 하더군요. 그래도 치료를 받고 싶다 하니, 검사에선 제대로 안 나왔지만, 온몸에 작은 암들이 퍼져 힘드니 준비하는 게 어떠냐는 식으로 말하더군요."

"…그런데요?"

"검사에선 제대로 나오지 않았는데 작은 암이 퍼졌다는 아는 게 이상하지 않아요? 그래서 꼬치꼬치 물었더니 웬만한 기기보다 정확히 보는 한의사의 의견이 있었다더군요."

이런 멍청한 사람 같으니. 재검사라도 하고 말을 하든가 할 것이지.

"선생님이 그 한의사죠?"

"네… 정확히 말씀드리지 못해 죄송합니다."

"괜찮아요. 검사받을 때 정확히 말해주는 경우가 얼마나 있다고요."

"의심이 든다면 정밀 검사를 해보시면 정확히 나올 겁니다."

"아뇨. 선생님에 대해 찾아봤어요. 유명한 분이라 금방 찾을 수 있었어요. 암을 찾는 영상도 봤고요. 그래서 마지막으로 선생님의 의견을 듣고 싶어서 왔어요. 가능성이 없나요?"

빌어먹을!

…빌어먹을!

입이 떨어지지 않는다.

솔직히 이 할머니의 경우 살고자 하는 의지와 몸 상태는 좋았다. 다만 암세포의 성장이 비이상적으로 빨라 며칠 지나면 다른 암 진단을 받을 가능성도 있을 정도라 치료 불가 판정을 내렸었다.

침 한 방에 암을 낫게 하는 재주가 없는 이상 두삼도 치료 불가능했다.

양손을 꾹 쥐며 입을 열었다.

"…하루라도 빨리 주변을 정리하는 낫다는 게 제 판단입니다."

"그런가요? 말해줘서 고마워요."

"……."

할머니는 주먹 쥔 두삼의 손을 잡으며 말을 이었다.

"미안해하지 말아요. 병에 지는 것이 싫어 치료를 받겠다고 했어요. 평생 그렇게 살아왔거든요. 근데 이번엔 져야 할 모양이네요."

입을 달싹이던 두삼은 손에서 전해져 오는 따뜻한 그녀의 온기에 용기를 내 말했다.

"…진 게 아닙니다."

"……?"

"유종의 미를 거둘 시간을 얻기 위해 피한 겁니다."

"후후! 그렇게 생각할 수도 있겠네요. 아이들과 손주들과 제대로 된 작별 인사할 시간을 얻은 거로 생각할게요. 고마워요."

두삼은 주름진 얼굴로 활짝 웃으며 돌아서는 할머니의 보며 고통 없이 남은 시간을 보내길 간절히 바랐다.

"하아~ 힘든 하루다."

조안나와 테슬라의 치료까지 마치고 집으로 돌아가는 차 안에서 중얼거렸다.

그러자 루시가 물었다.

―환자가 많았어요?

"그건 아닌데… 심적으로 힘드네. 아! 이런 말은 모르려나?

―육체적 스트레스보다 정신적 스트레스를 받았다는 말이잖아요. 하란 님이 가끔 사람들 상대하고 나면 하는 말이에요.

"사람 상대하는 게 쉽지 않지. 아! 혹시 려령이 상대할 때도 그래?"

따지고 보면 려령인 자신의 손님인데, 완전히 맡겨두다시피 하고 있으니 마음에 걸렸다.

―아뇨. 좋아하세요. 저에게도 항상 자신의 동생이니 잘해주라고 하는데요.

"…다행이네."

고맙고 미안했다.

미안한 마음을 조금이라도 없애고자 전화를 걸었다.

―오늘도 일 때문에 늦어?

"아니, 지금 가는 중. 뭐 먹고 싶은 게 있나 해서."

―그럼 매운 족발에 맥주나 한잔할까? 조금 전 TV에서 족발이 나왔는데 나도, 려령이도 먹고 싶다고 말하던 참이었거든.

"알았어. 20분쯤 걸릴 거야."

단골집에 전화해 예약 주문을 해놓고 서둘러 갔다.

잘되는 곳답게 테이블마다 손님들로 가득했다.

"이모, 예약해 둔 매운 족발 가지러 왔어요."

"아! 삼촌, 미안해요. 다들 정신이 없어서 잊어버렸나 봐. 어쩌지?"

"그럴 수도 있죠. 밖에서 기다리고 있을 테니 준비해 주세요."

"미안해. 가장 좋은 놈으로다가 얼른 준비해 줄게."

기분이 좋을 순 없지만 화낼 일도 아니었기에 좋게 말한 후 가게 밖으로 나갔다.

좌측에서 옹기종기 모여 담배를 피우고 있었기에 우측으로 가서 막 내리기 시작한 비를 보며 기다렸다.

그때 누군가가 슥 다가왔다.

시선을 돌리니 뒷짐을 진 백발의 노인이 서 있었는데 장려령의 아버지, 장강룡이었다.

"……!"

"내가 누군지 아는 눈치군."

"…전에 려령이를 찾아갔을 때 호텔에서 뵀었죠. 오랜만에 뵙습니다."

"다른 건 모르나?"

"할아버지와 아는 사이라는 것도 압니다."

"과거의 일을 알고 있다는 말처럼 들리는데?"

"웬만큼은 압니다."

"얘기하기가 수월하겠어. 잠깐 얘기할 수 있겠나?"

"길게 얘기하긴 곤란합니다. 려령이가 족발을 기다리고 있거든요."

"여기서 간단히 할 생각이야."

"…말씀하십시오."

"내가 자네 할아버지에게 의술 대결에서 졌다는 건 당연히 알

테지?"

"악양에 오래 머물렀다는 얘기도 들었습니다."

지고 난 후 할아버지에게 의술을 배운 사람이 염치없이 지금 무슨 짓이냐는 뜻이 내포된 말이었다. 그러나 그에게 제대로 전해지지 않은 모양이다.

"그랬었지. …아무튼, 그때 이후로 풀지 못한 은원이 있네. 그걸 자네와 풀었으면 하는데."

"어떤 은원 말씀입니까?"

"의술 대결일세."

"……"

좋게 말하면 호승심이 강한 노인네고, 나쁘게 말하면 참 질척대는 노인네다.

97. 첫 번째 대결

려령이와 지내다 보니 가끔 그녀의 아버지에 대해 들을 수 있었다.

대부분은 장강룡이 얼마나 그녀를 사랑하는지에 대한 얘기였지만, 가끔은 불만을 토로할 때도 있었다.

그녀의 불만은 크게 두 가지였다.

자신을 너무 어린애 취급한다는 것과 수십 년 동안 수련에 몰두해 어머니까지 잃었으면서, 여전히 수련에 몰두한다는 것이다.

이 얘기에서 그가 할아버지와의 재대결을 위해 얼마나 와신상담했는지를 알 수 있었다. 또한, 그의 집착이 병적이라는 것역시.

이런 상황에서 그의 제안을 거절한다면 어떤 모습을 보일까?

아마 미쳐 날뛸지도 모른다.

한편으론 장강룡이 왜 이렇게 질척대는지 이해된다. 수십 년 목표로 삼고 있던 것이 사라졌을 때의 절망감이 얼마나 큰지 두삼도 알고 있다. 뭐, 경우가 다르긴 하지만 말이다.

잠깐 고민하던 두삼이 말했다.

"전 의술을 대결하는 데 쓰는 건 싫어합니다."

"자네 할아버지와 똑같은 소릴 하는군."

"피하면 계속 귀찮게 하실 거죠?"

"아마도."

"…질문 하나만 해도 될까요?"

"그러게."

"대결에 이기거나 졌을 때 어떻게 할 생각입니까?"

"허허! 졌을 때 또 대결하자고 할까 봐 걱정이 되나 보는군. 자네가 보기엔 내가 다시 와신상담할 수 있는 나이라고 생각하는가?"

"이기든 지든 끝이라는 거군요?"

"그렇네."

"좋습니다. 까짓 거 하죠. 어떤 방식입니까?"

이기든 지든 상관없다면 얼른 털어버리는 것이 나을 것 같았다.

"총 세 가지네."

많이도 한다.

"자네 할아버지와 했던 그대로지."

"…할아버지와 세 가지 대결을 했다고요?"

"그것까진 모르나 보군. 첫 번째는 환자의 병명을 맞히는 것,

두 번째는 한약, 세 번째는 침술이네."

"그렇군요. 근데 유치하게 멀쩡한 사람에게 독약을 먹여서 낫게 하거나 침을 꽂는 건 아니겠죠? 그런 거라면 절대 할 생각 없습니다."

"…험! 무슨 말도 안 되는 소릴……. 대결 방식은 아주 특별할걸세."

딱 보니 그럴 생각이었네.

멀쩡한 사람으로 테스트하려면 의사라는 딱지를 떼고 사이코패스라는 딱지를 붙이고 하든가.

"첫 번째 대결은 언제 하실 생각입니까?"

"시작하기 며칠 전에 연락을 주지. 바쁜 날은 피해야 하지 않겠나."

"배려 감사합니다. 마지막으로… 김장혁은 어떻게 할 생각입니까?"

"역시 알고 있었군. 신경이 잘못된 환자의 상태를 보고 짐작을 했지. 어떻게 해주길 바라나? 어차피 자네보다 아래인데 신경쓸 필요가 있나?"

"평범하다면 문제없겠죠. 근데 자기 기분에 따라 더러운 짓을 뭐든 하는 게 문제죠."

"김장혁이 그런 류의 인간이었나?"

"몰랐습니까?"

"자네에 대한 복수심이 있는 것 같아 조금 가르쳤을 뿐이네. 물론 자네 실력을 과소평가해서 저지른 실수였지만 말일세."

"어르신의 나라엔 비인부전 같은 건 없습니까? 사이코패스에게 위험한 무기를 들려준 것과 같습니다."

"위험할 것까지야. 그렇게 걱정이 된다면 대결 후, 다른 곳으로 보내 얌전히 살도록 하지."

"……."

"믿지 못하나 보군. 내가 볼 때 혼자서는 아무것도 할 수 없는 유형이니 주변에 돕는 자가 있을 거야. 그자만 조용하게 만들어주면 될 일 아닌가."

자신감인지 자만인지. 황강이나 주변 경호원들을 보면 힘이 없는 건 아닌 것 같은데 과연 그렇게 될까 모르겠다.

아무튼, 호언장담하니 김장혁의 일은 일단은 그에게 맡기기로 했다.

"믿겠습니다."

"조만간 연락하지."

퉁! 퉁! 퉁!

때마침 일하는 아주머니가 창을 두드렸다.

"아! 족발이 나왔나 보네요. 잠시만요."

두삼은 족발을 다시 주문하고 밖으로 나와 포장된 족발을 장강룡에 건넸다.

"매운 거 좋아하시면 드셔보세요. 맛있습니다."

"……."

"늦었지만 할아버지를 찾아주셔서 감사합니다. 하늘에 계신 할아버지께서도 분명 좋아하셨을 겁니다. 대결이 끝나고 정식으로 음식 대접할 테니 오늘은 이걸로 만족해 주세요."

"…고맙네."

"비가 굵어지겠네요. 조심히 들어가세요."

장강룡은 대결에 집착하는 거 빼곤 딱히 악인 같지 않았다. 짐작은 했다. 만일 악인이었다면 할아버지가 집까지 데려와 같이 지내지도 않았을 테니까.

몇 번이고 손에 든 봉지와 두삼을 힐끗거리며 떠나는 그에게 손을 흔들며 대결이 무사히 끝나기 바랐다.

$$*\qquad*\qquad*$$

뇌전증 치료제, 한강—작명 센스하곤—의 임상 시험이 끝나고 기다렸다는 듯 5월부터 시판 결정이 내려졌다. 그와 함께 세계의 제약 회사들이 한강을 사기 위해 속속 병원으로 왔다.

환자를 위해 개발되었지만, 안타깝게도 환자들에게 팔릴 땐 경제 논리가 필요했다.

병원은 최대한 비싸게 팔려고 할 것이고, 각국의 제약 회사들은 최대한 싸게 사서 비싸게 팔 생각을 할 것이다.

물론 두삼은 이러한 협상에 참여하진 않았다. 비즈니스는 비즈니스맨에게 맡기고, 임상 시험 중에 낫지 않은 환자를 보러 왔다.

"어서 와, 한 선생."

"네, 교수님. 저 환자가 전에 말했던 환잡니까?"

병실 침대 위에 다소 초췌한 모습으로 20대 초반의 남자가 앉아 있었다.

"응. 하루에 한 번 발작하는 환자인데 액상, 알약 둘 다 듣지 않아."

"이유는 알아내셨습니까?"

"정확한 것은 모르네. 대마초의 성분이 몸에 작용하지 않는 것 같아. 임상 시험도 끝났는데 계속 붙잡고 연구할 수가 있어야지."

"치료하면서 같이 살펴보도록 하겠습니다."

"그래 주면 좋지. 난 이만 가볼 테니 수고하게."

"판매 회의에 들어가시는 겁니까?"

"나 같은 의사가 들어가서 뭘 하겠나. 연구소 직원들과 휴가 계획이나 잡을 생각이네."

"하하! 즐거운 시간 보내십시오."

열심히 일했으니 충분한 휴식을 가지는 건 당연했고, 건강을 위해서도 그렇게 해야만 했다.

김영태 교수가 떠난 후 곧장 뇌전증 환자를 봤다.

"임상 시험 하느라 고생이 많으셨죠. 특별한 특이 체질이 아닌 이상 2주 정도만 더 약을 먹으면서 치료를 하면 나을 겁니다."

"선생님 말씀은 많이 들었습니다. 잘 부탁드립니다."

"네. 진맥을 해볼까요?"

빛나는 손으로 그가 내미는 팔의 맥을 잡았다. 그리고 뇌를 스캔해 뇌전증을 일으키는 신경세포의 10퍼센트를 죽였다.

사실 치료제가 효과가 없는 거지, 치료에는 전혀 문제가 없었다.

내일부터 치료 2시간 전에 약을 복용하는 거로 하고 암센터로 돌아왔다.

두 명의 환자에게 한방색전술을 시행하고 막 다음 환자를 받으려고 하는데 스마트폰이 울었다.

개인적으로 제일 받기 싫어하는 곳의 전화였다.

응급실.

물론 반드시 받아야 하는 전화이기도 했다.

"네, 노 선생님."

―당장 응급실로 와야겠다.

"사고라도 난 모양이군요?"

그의 담담하다 못해 차갑기까지 한 목소리에서 꽤 큰 사고가 났다는 걸 알 수 있었다.

―곧 뉴스에 나오겠지. 언덕길에 오르던 트럭이 브레이크가 파열되면서 마을버스와 상가를 덮친 모양이야.

상상만으로도 끔찍함에 소름이 돋는다. 그러나 노강철처럼 목소리는 냉정했다.

"첫 구급차가 도착할 때까지 얼마나 걸립니까?"

―방금 출발했다고 했으니 빠르면 10분.

"예약 환자 미뤄놓고 바로 갈게요."

안마과에 있을 때와 달리 대신 해줄 사람이 없으니 연락을 해줘야 했다.

오늘 늦을지도 모르겠다고 하란에게도 연락하고 나서야 응급실로 뛰었다.

다행히 구급차가 노강철의 예상보다 빨리 도착하진 않았다. 그는 응급실 팀원들에게 지시를 내리고 있다가 두삼을 보곤 다가왔다.

"주변에 있던 택시와 시민들이 환자들 옮기는 데 도움을 주고 있는 모양이야. 1차로 6명이 곧바로 도착한다니까 네가 수고 좀 해줘야겠다."

"전처럼 하면 되는 거죠?"

"응. 환자 상태만 파악만 해줘."

"응급처치는요?"

"아주 급한 거 빼곤 내버려 둬. 레지던트 애들도 일 배워야 지."

노강철은 주변을 흘낏 보며 말했다.

두삼 역시 돌아보니 레지던트들이 잔뜩 긴장한 채 대기를 하고 있었다.

"그럼 시작부터 맡겨보시죠?"

"환자들 생각도 해야지."

"…모순된다고 생각하지 않으세요?"

"의사라는 직업이 모순이잖아. 수많은 수술과 실수를 통해서 실력 있는 의사가 탄생하니 말이야."

"듣고 보니 그러네요. 그럼 전 실수를 줄여주는 역할이군요?"

"응. 부탁한다. 왔다! 다들 긴장해라!"

사이렌을 울리며 도착한 구급차. 한데 첫 환자라서 그런지 심상치 않다. 복부와 온몸 여기저기에 나무들이 잔뜩 박혀 있다.

"환자 나이 35세. 트럭에 매달린 채 상가의 문에 부딪혔습니다. 출혈이 심해 오는 동안 수혈팩을 두 개나 사용했습니다."

구급대원이 말하는 사이 두삼은 손을 올리고 환자의 몸을 살폈다.

"…신장, 대장, 위 일부를 뚫고 지나갔습니다. 출혈을 잡아두겠지만 1시간 이내로 수술을 해야 합니다."

1시간이라 굳이 언급한 건 그 시간을 넘기면 위험하다는 소리였다.

노강철은 대번에 알아듣고 외쳤다.

"뭐 해! 들었으면 움직여! 50분 안에 수술받을 수 있게 처리해."

두삼은 이미 다음 구급차에서 내려지는 환자에게 손을 올리고 있었다.

부풀어 오른 배, 멍든 배, 창백한 피부, 약한 호흡.

"비장, 대장, 좌 신장 파열. 동맥 손상. 좌 대퇴골 골절. 복강 내 피를 제거하고 30분 안에 수술 들어가야 합니다. 난 다음 환자로……"

경험이 중요하긴 한가 보다. 갑작스러운 사건 사고를 몇 번 겪었다고 아주 담담하게 환자들을 봤다.

첫 번째, 두 번째 환자를 빼곤 응급처지까지 응급센터 선생들에게 맡겨서인지 여유롭게 6명의 환자를 마무리했다.

다음 구급차가 올 때까지 시간이 남자 노강철이 중얼거렸다.

"뭔가 되게 여유롭다?"

"그러게요. 응급처치를 안 해서 그런가?"

"다 했다고 해도 여유로웠겠는데? 음, 뭐지?"

"그냥 잠깐 여유시간이 생겨서 그런 거겠죠. 안은 아마 전쟁터일걸요."

"그런가? …2차 거의 도착했단다."

이어폰으로 구급 상황을 듣고 있던 노강철이 외쳤다.

2번째로 오는 차의 행렬은 1번째보다 2배는 많았고, 환자는 3배가 많았다. 심하게 다친 3명과 마을버스 안에 있던 사람들이 대거 실려 온 것이다.

마을버스 전복으로 심하게 다친 사람은 많지 않았다. 팔 다리 골절을 당한 두 사람을 제외하곤 대부분이 타박상이었다.

심하게 다친 사람들은 대부분 상가에서 시장을 보거나 걷다가 봉변을 당한 이들이었다.

2번째 역시 모든 환자를 순식간에 응급실 안으로 들여보냈다.

"……."

"……."

"…3차는 언제 온대요?"

"시간이 좀 걸릴 것 같은데. 무너진 상가를 이제 파헤치고 있단다."

"그럼 웬만큼 실려 왔다는 거잖아요. 연락 오면 그때 다시 나오기로 하고 안으로 들어가죠."

"그러자."

안으로 들어간 노강철은 인상을 찌푸렸다.

의료진들이 위급한 환자 5명에게 붙어 있느라 침대에 방치되고 있는 환자들이 너무 많았다.

"쯧! 경험이 있는 녀석들도 있을 텐데 이렇게 엉망이어서야. 한 선생아, 아무래도 네가 가벼운 환자들은 봐줘야겠다. 레지던트 2년 차 한 명이랑 간호사 두 명 붙여줄게."

"네, 선생님."

노강철은 두삼에게 일을 맡기고 가장 급하다고 한 환자에게 갔다.

"검사 기록 아직 안 나왔어?"

"5분 안에 나올 겁니다."

"외과에 연락한 건?"

"곧 오실 겁니다. 선생님, 혈압이 떨어집니다!"

"수혈팩 하나 더 달아!"

복강 내 피가 흘러나오면서 생기는 일시적인 현상인데 당황한 꼴이라니. 펠로우 1년 차와 레지던트 2명이 붙어 있는데 난리도 아니었다.

당장 한마디 해주고 싶었지만, 그래선 오늘 교육시키려던 것이 무산이 되기에 기억만 해두고 다음 환자에게 갔다.

다른 곳도 대동소이했다. 큰 실수는 없었지만 허둥지둥하는 모습이 역력했다.

문제는 급한 환자만 신경 쓰느라 여전히 가벼운 상처의 환자들은 신경을 쓰지 않고 있다는 것.

참으려고 해도 참을 수가 없어 결국 한마디 했다.

"수술할 때까지 그 환자들에게만 붙어 있을 거냐? 그럼 나머지 환자들은 어떻게 하라는 거냐?"

"아! …죄송합니다."

"한 선생이 아무리 정확하게 환자의 상태를 파악한다고 해도 사고를 당한 사람들 검사는 기본 아냐? 기본을 안 지키다가 어떻게 되는지 몰라?"

노강철이 레지던트일 때, 일가족이 교통사고를 당한 사고가 있었다. 크게 다친 부모를 신경 쓰느라 아무 상처가 없는 아이를 방치했는데, 정작 아무 상처가 없는 아이가 뇌출혈로 죽었다.

문진으로 그 아이가 어디를 부딪쳤는지 묻고 검사만 했다면 살릴 목숨이었다.

사실 이런 유사한 일은 의외로 많다. 그래서 쓸데없는 검사를 한다고 욕을 먹을지언정 문진에서 이상함을 느끼면 검사를 하도록 하고 있었다.

"그게 아니더라도 골절인 사람은 환자가 아냐? 너희들이 방치한 환자들은 저곳에서 방치……!"

환자들을 보며 방치되어 있다고 말하려 했다.

한데 아니었다. 그가 다섯 명의 환자를 살펴보는 동안 대부분은 상처를 치료받았고, 일부분은 두삼과 레지던트, 간호사에게 치료를 받고 있었다.

두삼이 1단계 치료를 마치고 나면 레지던트가 2단계 치료를, 간호사가 마무리를 하는 방식으로 짧은 시간 동안 수술을 받아야 하는 환자를 제외하곤 치료를 거의 끝낸 것이다.

노강철은 아까 느꼈던 묘한 여유가 어디에서 비롯된 것인지 두삼을 보며 알 수 있었다.

'언제 저렇게 실력이 는 건지……. 마치 산전수전 다 겪은 의사 같구나.'

시선을 느꼈는지 두삼은 고개를 돌려 노강철을 봤다. 눈이 마주치자 '뭐냐?'고 묻는 듯하다가 노강철의 반응이 없자 다시 환자에게 집중했다.

* * *

두근거리는 마음으로 응급실에 달려온 것치곤 너무 쉬웠다.

긴급수술을 해야 하는 환자가 5명밖에 되지 않고, 자신은 그저 응급처치를 한 것에 불과해서 그런지도 모르겠다.

아무튼, 정형외과 의사에게 골절 환자의 상태와 검사 기록을 건네고 나서야 실리콘 장갑을 벗었다.

여전히 자신을 보고 있는 노강철에게 물었다.

"제 얼굴에 뭐 묻었어요?"

"…아니."

"근데 뭘 그렇게 쳐다보세요?"

"이제 잔소리할 구석도 없어졌구나 싶어서."

"…잔소리야 그냥 하면 되는 거죠. 그리고 선생님이 잔소리를 안 한다니 상상이 안 되네요."

"내가 무슨 잔소리꾼이냐?"

"몰랐어요? 원장님 말고 제가 잔소리하는 유일한 사람이 선생님이에요. 아무튼, 잔소리 안 하신다니 감사하네요."

"실력뿐만 아니라 성격도 아주 능글능글해졌네."

"실력이 능글능글하다는 말은 처음이네요."

"여유가 생겼다고."

"……?"

"전엔 환자 한 명을 볼 때마다 온 힘을 다하는 것 같았거든. 근데 지금은 휙휙 지나가는 느낌이랄까."

"…전과 다름없이 보는데요?"

"그런 의미가 아니라 수월하게 본다고. 마치 연륜이 쌓인 의사처럼 말이야."

"그런가?"

"전과 달리 여유가 있지 않아?"

"전보다 위급한 환자 수도 적고 한 일도 적었잖아요."

"글쎄다. 많았다고 해도 지금과 크게 다르지 않았을 것 같은데?"

듣고 보니 그런 것 같기도 하다. 지금 기분이라면 다시 차이나타운 사건이 일어난다고 해도 침착하게 대응할 수 있을 것 같달까.

영어 공부를 할 때 지독히도 늘지 않다가 어느 날 갑자기 영어가 들리는 것처럼 차곡차곡 경험이 축적되다가 확! 하고 실력이 느는 모양이다.

아무튼, 좋은 일이기에 그런가 보다 넘겼다.

"선생님, 환자가 더 없으면 전 가도 될까요?"

"퇴근하게?"

"아뇨. 미뤄둔 일 해야죠."

"다 끝난 것 같으니 그렇게… 잠깐만. 지금 막 한 명 출발했다고 하니 그 환자만 보고 가라. 아무래도 네 도움이 필요할 거 같다."

"어떤 환자인데요?"

"임산부. 무너진 건물 더미에 깔려 있다가 지금 발견한 모양이야."

"저런! 상태는요?"

"좌측 폐에 관통상을 당해 출혈이 심하단다."

"바로 수술에 들어가야겠군요?"

"아마도. 어쩌면 태아가 위험할지도 모르겠다."

"최선을 다해봐야죠."

임산부가 도착한 것은 10분쯤 지났을 때였다. 피에 흥건히 젖은 그녀는 정신을 잃은 상태였는데 배를 꾹 움켜쥐고 있었다.

"…짠하네."

"수술 준비나 하시죠."

"내가?"

"잘하시잖아요."

"잘은 하지. 근데 전문의들이 아직 퇴근도 안 했는데 내가 굳이 할 이유가 있을까?"

"제가 돕기 편하잖아요."

"들어오려고?"

"들어가야 할 것 같은데요. 현재 산모랑 태아가 많이 위험해요."

출혈로 인한 쇼크가 오기 직전에 구해졌지만, 산모도 태아도 많이 약해진 상태다. 이런 상황에서 외과적 수술이 이어지면 산모는 어떻게든 버틸지 몰라도 태아는 버틸 수 없다.

만에 하나 두 사람 모두 잘 버텨서 살아난다고 해도 문제다. 정신을 차리고 산모의 통증이 시작되면 스트레스로 인한 자궁 수축이 일어날 가능성도 있었다.

그럼 이제 갓 5개월이 넘은 태아의 생명은 다시 위험해질 게 뻔했다.

물론 두삼이 수술실에 들어간다고 해서 산다는 보장은 없었다. 그러나 가능성을 조금이라도 높일 수 있으면 해야 했다.

노강철의 생각도 다르지 않았다.

"그렇다면 해야지. 보호자 동의받고 바로 시작하자."

"네. 참! 보조할 후배 한 명 부를게요."

"양태일?"

"아세요?"

"그 녀석도 마침 침술 할 수 있다며. 싹수 있는 녀석들은 파악해 두고 있지. 서둘러라. 1초라도 먼저 하는 게 환자에게 부담이 덜 될 테니까."

"예! 선생님."

양태일에게 전화를 건 후에 곧장 수술 준비에 들어갔다.

임신 부위에 철판을 대고 X—ray 찍고, 수술 기록을 위한 기본적인 검사를 마치고 나서 수술실에 들어가기 직전 환자의 남편이 도착했다.

"헉! 헉! 헉! …효성인 어떻습니까?"

"보호자분, 그분은… 설명은 제가 해드릴 겁니다. 수술 동의서를 얼른 작성해야……."

레지던트를 뿌리치고 달려온 모양이다.

두삼은 레지던트에게 자신이 얘기하겠다고 신호를 보낸 후 말했다.

"사고 시, 이물질이 폐를 관통했습니다. 그런 상태에서 구조가 늦어지면서 출혈로 인한 쇼크가 산모와 태아에게 약간의 충격을 줬고요."

"…그, 그럼!"

"속단은 이릅니다. 센터장님이 직접 수술에 들어가니 너무 걱정하지 마십시오."

"잘 부탁드립니다! 근데 선생님은… 혹시……?"

"마취를 도울 한두삼입니다. 이만 수술실에 들어가야 하니 수술 동의서에 사인을 부탁드립니다."

제법 얼굴이 알려졌는지 환자의 남편이 알아보는 것 같았다. 그러나 지금은 인사를 나누고 있을 시간이 없었다.

그도 아는지 곧 고개를 숙인 후 레지던트가 내미는 수술 동의서에 사인했다. 그리고 수술센터로 들어가기 직전 어금니를 악물며 말했다.

"…선생님, 효성일 우선으로 생각해 주십시오."

"그리 전하겠습니다."

사람마다 우선순위가 다르니 그의 선택을 옳다, 혹은 그르다고 말할 순 없었다. 그러나 개인적으로는 그의 선택이 당연하다고 생각했다.

물론 의사들 역시 아직 태어나지 않은 아기보단 산모를 우선시한다.

준비를 마치고 수술실에 들어가자 수련의들이 환자의 수술 준비를 하고 있었다. 그리고 잠시 후 양태일이 수술복을 입고 들어왔다.

"마무리하고 오느라 조금 늦었습니다."

"갑자기 부른 거니까 괜찮아."

"전 뭘 하면 되는 겁니까?"

"마취 침술."

"네에? 제가요?"

"경험 있잖아. 새삼스럽게 왜 그래?"

"그야… 그땐 Appendix였잖습니까."

"평생 압베 수술만 들어갈래?"

"그건 아니지만… 임산분데……."

"그러니까 잘해. 아이에게 영향이 가는지는 내가 확인할 테니까. 나도 처음 해보는 케이스야."

"…그럼 더더욱 선생님이 하셔야죠."

"말했잖아. 난 침술이 태아에게 영향이 미치는지 확인한다고. 얼른 해, 선생님 오시겠다."

"…네."

안 하려는 애쓰던 것과는 달리 시작하자 그는 집중해서 시침했다.

"잘하면서 앓는 소리는."

"근데 선생님, 태아는 어떻습니까?"

"일단은 괜찮아. 노 선생님 오셨다. 인사드려."

"처음 뵙겠습니다, 선생님. 양태일입니다."

"어~ 반가워. 수술 끝나고 정식으로 인사 나누자. 준비는?"

"마취는 됐습니다."

"그럼 바로 시작하자. 태아를 위해서라도 최대한 빨리할 테니까 잘들 해주기 바라."

스태프들과 눈빛을 주고받은 그는 환자가 무사하길 바라는 건지, 실수가 없기를 바라는 건지 성호를 그은 후, 수술을 시작했다.

서정균은 유명 포털 사이트를 운영하는 회사에 다닌다. 다른 사람들과 다를 바 없이 월급을 받는 처지지만 조금 특이한 부서에 일한다.

그의 주요 업무는 실시간 검색어 조작과 메인 페이지에 올라오는 뉴스 감시다.

회장과 관련된, 혹은 그가 지시한 기사는 즉각 내리고 흥미 위주의 기사를 올려 대중의 시선을 다른 곳으로 돌린다.

불법은 아니지만 어디 가서 뭘 한다고 떳떳하게 말할 순 없는 일.

솔직히 그리 보람차다곤 할 수 없었다. 그러나 회장 직속으로 같은 연차의 일반 사원보다 많은 월급과 잘릴 염려가 거의 없다는 것이 장점이라면 장점이었다.

물론 같은 부서 사람들끼리만 아는 장점도 있다.

그건 때론 그들의 흥미 위주로 검색어를 조작하는 것이다.

가령 부서원 중에 좋아하는 아이돌 그룹이 있으면 순위에 올리기도 하면서 키득대곤 했다. 그럴 때면 암막의 속에서 세상을 조정하는 기분을 느끼곤 했다.

그러나, 인터넷의 세상이 아닌 실제 세상으로 나오면 그는 다른 사람들과 다를 바가 없었다.

경찰이 다가오면 지은 죄도 없는데 위축되고, 병원에 가게 되면 혹시나 뻣뻣하게 굴다가 제대로 된 치료를 받지 못할까 위축

된다.

근데 참 특이한 한의사를 보게 됐다.

수술실에 들어간다고 했을 땐 그냥 그런가 보다 했다. 한데 수술이 잘 끝나고 담당의도 아닌데 불쑥불쑥 찾아와 그의 처의 상태를 살피는 모습은 지금까지 봐오던 의사들과 달랐다.

보기 힘든 담당의보다 더 자주 보는 한의사. 게다가 어떻게 치료를 하는지 수술을 받으면 보통 죽을 듯이 아프다는데 그의 처는 얼굴을 찡그리는 법이 없었다.

"고통은 없는 대신에 조금 늦게 나을지도 모르겠네요. 아파야 잘 아무는 법이거든요."

"다른 선생님 말씀으론 엄청 빨리 낫고 있다는데요?"

"제 손이 약손이긴 하죠."

"호호! 정말 약손인 것 같아요. 배가 뭉친다 싶을 때 선생님이 문질러 주면 금세 풀리거든요."

"남편분이 들으면 오해하겠어요. 문지르는 게 아니라 가볍게 만져주는 겁니다."

"저는 괜찮습니다. 제 와이프와 아이가 편해지는 일인데 오히려 감사하죠. 하하!"

"그렇게 생각해 주시니 다행이네요. 오늘부터 오전, 오후로 15분 정도 걷게 해주세요. 아프지 않다고 절대 무리하면 안 됩니다."

"알겠습니다. 근데 선생님 안 바쁘세요?"

"왜요? 바빴으면 좋겠습니까?"

"아뇨. 선생님처럼 유명한 분이 계속 신경 써주시는 게 감사하면서도 죄송해서요."

"유명하긴요. 사실 조금 바쁘기는 한데, 잠깐 쉬는 틈에 커피를 마실 겸 오는 거니 신경 쓰지 마세요."

"…정말 감사합니다."

"아닙니다. 남편분 잠깐 얘기 좀 할까요?"

"…아, 네."

보통 드라마를 보면 '시한부입니다!' 따위의 폭탄 발언이 나오는 경우가 있었기에 서정균은 약간 걱정하는 표정으로 두삼을 따라 밖으로 나갔다.

그리고 조심스레 물었다.

"뭔가 이상한 거라도……?"

"남편분은 알고 있으셔야 할 것 같아서요. 현재 자꾸 배가 뭉치는 건 태아의 상태가 좋지 않기 때문입니다."

"……!"

수술이 잘돼서 와이프와 아이가 무사하다고 했을 때 느꼈던 안도감이 다시 아찔함으로 바뀐다.

다른 사람은 어떨지 모르지만 두 사람이 정말 힘겹게 얻은 아이였다. 난임 판정을 받고 몇 년간 여섯 차례의 인공수정 끝에 임신했다.

그 과정이 얼마나 힘들었는지 모른다.

서정균은 혹시 자신이 은밀한 일을 해서 벌을 받아 아이가 생기지 않나 싶어 회사를 그만둘 생각마저 심각하게 한 적도 있었다.

아직 나이가 많지 않으니 다시 임신하면 되겠지만, 처가 그 상실감을 이겨낼지가 걱정이다.

"…어떻게 해야 합니까?"

"아! 너무 걱정할 건 없습니다. 지금은 잘 극복하는 중이니까요. 물론 출혈성쇼크와 수술로 인해 어느 정도 스트레스를 받고 그것이 어떤 식으로 나타날지는 미지수지만요. 아무튼, 만에 하나 많이 뭉치거나 하면 저한테 연락하라고 말씀드리는 겁니다. 작게나마 태아에 도움이 되는 것 같으니 돕고 싶습니다."

"꼭 연락하겠습니다. 그리고… 감사합니다, 선생님."

"당연한 일인데요. 참! 부인에겐 비밀입니다. 지금 부인이 스트레스를 받으면 태아에게도 영향을 미치니까요. 그래서 밖으로 부른 겁니다."

"그러겠습니다."

"그럼. 시간 되면 저녁에 뵙죠."

살면서 감사하다는 말을 얼마나 했을까? 수천, 수만 번은 족히 했을 것이다.

지금까지는 그 감사의 말로 어느 정도는 마음을 표현했다고 생각했다. 한데 이번엔 달랐다.

족히 수십 번은 감사를 표했는데 부족하다는 느낌이 들었다.

뭘 해줄 수 있을까?

돌아서 가는 두삼의 뒷모습을 보며 고민하다가 그를 불렀다.

"한 선생님!"

"네? 하실 말씀 있으세요?"

"선생님, 혹시 명성을 얻고 싶지 않으세요?"

두삼은 갑자기 뭔 소린가 싶어 어리둥절한 표정을 지었다. 그러다 어색하게 웃으며 말했다.

"…하하. 명성을 얻으면 좋겠지만 천천히 해도 되지 않겠습니까. 지금 정도로도 충분한 것 같기도 하고요."

"선생님이라면 분명 그러실 겁니다!"

"아, 네……. 감사합니다. 그럼."

고개를 갸웃거리며 가는 두삼을 보는 서정균의 눈빛은 묘한 의무감으로 불타고 있었다.

*　　　*　　　*

테슬라의 망가진 전뇌로 향하는 전기적 신호를 모조리 차단하자 테슬라의 틱 장애가 사라졌다. 그리고 묘하게 습득력이 향상됐다.

그에 원장과 상의해 신경과 김영태 교수에게 테스트를 의뢰했다.

"미국에서 가장 최근에 테스트한 검사 기록과 이번에 테스트한 결과를 비교했을 때 유의미한 변화가 보여."

"어떤 점이 말입니까?"

"일단 전뇌의 상태."

김영태는 모니터 속 뇌 사진을 짚어가며 말했다.

"왼쪽이 미국에서 찍은 거, 오른쪽이 이번에 찍은 거야. 차이가 보이나?"

"오른쪽 전뇌가 미묘하게 작아진 것 같네요?"

"정확히 봤어. 근데 작아진 게 아니야. 부은 게 빠졌다고 보는 게 나아. 왼쪽을 확대해 보면 울퉁불퉁해 보이는데, 오른쪽은 좀 더 매끈해졌거든."

"…그렇게 말씀하시니 그렇게 보이는 거 같네요."

"같은 게 아니라 그런 거야. 지적 능력 테스트를 보면 확실히 알 수 있어. 여기 봐."

좌, 우측에 숫자가 잔뜩 적혀 있는 종이. 하지만 비교하기 좋게 되어 있어서 금세 변화된 내용을 알 수 있었다.

"오른쪽 숫자들이 전반적으로 상승했군요."

"맞아. 지적 능력이 전반적으로 좋아졌다는 의미지."

"미국과 우리나라 테스트의 차이는 아닐까요?"

"아니. 미국에서 받은 시험지로 테스트했어. 그리고 운이 작용했다고 하더라도 이렇게 전체적으로 상승할 가능성은 희박해."

"음, 지능이 상승했다는 말입니까?"

"응. 전뇌의 안전화가 뇌에 영향을 미쳤다는 거지. 물론 일주일 간격으로 두세 번 더 테스트를 해봐야 정확하게 알 수 있겠지만 지금 기록만으로도 아주 유의미하다고 볼 수 있지."

부시 부부가 들으면 환호성을 지를지도 모르겠다.

"얼마나 더 높아질까요?"

"그야 아무도 모르지. 지금 상태가 끝일 수도 있어."

"잘됐으면 좋겠네요."

"근데 말이야. 도대체 어떤 방법으로 전뇌를 안정시킨 건가?"

"두피 마사지와 지압을 병행했습니다. 뇌전증 치료와 비슷한 거죠."

"그래? 신기한 자네 능력이라면 가능했을지도. 아무튼, 혹시

다음에 이와 유사한 사례가 있으면 꼭 좀 같이해 보세. 그리고 계속 머물 것 같으면 다음 주도 테스트해 보고 싶군."

김영태는 마치 새로운 연구 과제를 발견한 것처럼 눈을 반짝이며 말했다.

"…휴가 간다고 하지 않으셨어요?"

"휴가는 1주일이면 충분해."

"천천히 하세요. 뇌전증 치료제가 듣지 않는 케이스도 연구해야 한다면서요."

"생각해 봤는데 그건 자네나 다른 연구원에게 맡기는 게 나을 것 같아."

"……."

"막상 해보니 '한강'을 만들 때완 달리 맥이 빠지는 기분이더군."

"그래서 새로운 걸 연구하시려고요."

"웅. 그래볼까 해. 혹시 좋은 아이디어 있나?"

"글쎄요."

솔직히 이런저런 생각 중이다. 임상 시험 기간에 소요되는 비용이 적고 시간 짧다면 수십 종의 의약품을 만들 수 있다.

다만 뇌전증 치료제 같은 획기적인 의약품은 드물었는데, 그중 만들어볼까 생각하고 있는 건 색전술 약품이었다.

물론 혈관을 막고, 림프관을 막을 수 있는 물질을 찾는 것이 관건이긴 하지만 말이다.

"색전술 약품에 대해 생각하고 있긴 한데, 그냥 생각하는 것뿐이라."

"음, 암센터와 관련된 일이군."

"아무래도 요즘 하는 일이 색전술이다 보니……."

김영태 교수는 아쉬워했지만 뇌 관련해서는 막연한 생각조차 없었다.

대화를 끝내고 자료를 받아 RC 건물로 갔다. 그리고 부시 부부에게 알렸다.

"맙소사! 닥터 한, 당신은 우리 부부의 은인이야!"

"내 인생에서 윌리엄에게 청혼을 받던 날, 테슬라가 태어난 날, 다음으로 기쁜 날이에요."

"…좀 더 지켜봐야 합니다."

"물론 그래야겠지. 그러나 옆에서 지켜보고 있는 우린 요즘 테슬라가 조금씩 달라지고 있는 걸 피부로 느끼고 있네. 고마워! 고마워!"

"…윌리엄, 떨어져 줄래요? …뽀뽀도 적당히 하세요. …조안나 당신까지 왜 이래요!"

두 부부의 육탄 공격(?)에 두삼은 소식만 알려주고 얼른 나왔다. 그러고는 3층으로 올라갔다.

지금까지 비어 있던 3층 입구에 덩치 좋은 경호원들이 서 있다가 앞을 막는다.

"담당의입니다. 시간이 어중간해서 안에서 기다리려고요."

"잠깐 검문하겠습니다."

"그러세요."

손과 다리를 벌리고 서자 경호원이 기기와 손을 이용해 검문을 했다.

솔직히 처음엔 이게 뭐 하는 짓인가 했는데 익숙해지니 그냥 그러려니 했다.

검문을 마치고 3층으로 들어가 직원 휴게실로 갔다. 이은옥 간호사가 창밖을 보고 있다가 일어났다.

"이 간호사님 또 뵙네요."

"네, 선생님. 일찍 오셨네요?"

"일 때문에 2층 들렀다가 시간이 어정쩡해서 그냥 올라왔어요."

부시 가족은 간호사가 필요 없어 이 간호사는 2층엔 들어가지 못했다.

"2층엔 누구예요?"

"미국인인데 누군지는 모르겠어요."

"유명한 사람 아니에요?"

"할리우드 배우 빼곤 모르니까요. 참! 오늘 누가 오는지 혹시 아세요?"

"누군지는 모르는데 어디서 오는지는 알아요."

"어디요?"

"아랍이요."

아랍은 우리나라 의료 서비스와 꽤 관련이 깊다. 몇 명 병원은 아랍의 여러 국가와 계약을 맺고 의료 서비스를 제공하기도 했다.

"우리 병원도 슬슬 세계화가 되어가는 모양이네요."

"다른 병원에 비해 늦은 편이긴 하죠."

이미 다른 종합병원엔 많은 외국인들로 북적이고 있다. 물론

내국인에 비하면 소수에 불과하긴 하지만 숫자는 점점 늘어나는 추세다.

그런 것에 비하면 한강대학병원은 이사장의 영향 때문인지, 민규식의 영향 때문인지 외국인보다 자국민 치료에 더 집중했다.

병상도 부족한데 굳이 받을 필요를 느끼지 못했고, 소외 계층 무료 의료 지원에 더 힘을 쏟았었다.

"이유가 뭐래요?"

"소문에 의하면 대학에서 외국인 유학생을 적극적으로 유치하면서 발맞춰 바꾼 거라고 하던데요."

"아! 그러고 보니 올해 유독 외국 학생들이 많이 보이긴 하더군요."

대학들의 외국 학생 유치를 통한 등록금 장사는 이미 도를 넘어서고 있다.

캠퍼스에 땅이 있으면 건물 때려 짓고 주차장 만들기에 여념이 없다. 캠퍼스에 땅이 없으면 주변 주택이 상가를 사들여 건물을 짓는다.

대학도 사정이 있겠지만 졸업생으로 점점 늘어나는 건물들을 볼 때면 눈살이 찌푸려지는 건 어쩔 수 없다.

그러한 등록금 장사에 한강대학교 역시 뛰어들었다고 하니 씁쓸했다.

그녀는 창밖을 가리키며 말했다.

"저기 창으로 보이는 짓고 있는 건물 보이죠?"

"어? 언제 저런 게 생겼대요?"

"훗! 교수님께서 어떻게 저보다 더 몰라요?"

"하하⋯⋯. 강의만 하고 돌아오기 바빠서요. 근데 기숙사인가요?"

"네. 그렇다더라고요."

"우리나라 학생들도 혜택을 볼 테니 잘됐네요."

자신이 열 낸다고 달라질 것이 없으니 좋은 쪽으로 생각하기로 했다.

잠시 수다를 떨고 각자 조용히 쉬고 있을 때 아랍의 전통의 토브(Thobe: 지역마다 이름이 다름)와 카피에를 쓴 선이 굵은 멋진 남성이 도착했다.

"라키 압둘라흐만이라고 합니다. 편하게 라키라고 불러주세요."

"한두삼입니다. 닥터 한으로 불러주세요. 이쪽은 담당 간호사인 이은옥 씨입니다."

"반가워요. 미세스 리."

그는 말하는 중간중간 목 부근을 긁었는데 버짐이 무척 심해 보였다.

아무래도 그 때문에 온 것 같았지만 모른 척하고 물었다.

"어디가 불편해서 우리 병원을 찾았습니까?"

"시도 때도 없이 온몸이 간지러워서 왔습니다. 물에 있거나 오일 바르면 잠시 괜찮았다가 또다시 미친 듯이 간지럽죠."

"잠깐 손 좀 내밀어보시겠습니까?"

"옷은 안 벗어도 되는 겁니까?"

"일단 '진맥'부터 할 생각입니다."

"쥔맥?"
"동양의학의 진료법이죠."
"동양의학이라, 기대되는군요. 사실 서양의학으로 치료를 받고 나면 한두 달 괜찮아지다가 다시 간지럽더군요. 효과도 점점 줄어들고요."
"치료 방법이 조금 다르거든요. 서양의학은 증상을 치료하지만, 동양의학은 증상의 원인을 치료하는 데 주력하거든요. 느린 것 같지만 빠르달까요."
"제발 원인을 제거했으면 좋겠군요."
말을 하는 사이 그의 몸을 살펴봤다.
폐의 기운이 약하고, 비장과 신장 역시 좋지 않았다.
폐는 흔히 물의 기운을 피부로 주는 역할을 하고, 비장은 물을 몸에 잘 쓰이도록 해주고, 신장은 물의 기운을 전반적으로 관장하는 역할을 한다.
이 세 가지가 한꺼번에 약하니 수분 부족으로 간지러울 수밖에.
특히 원인을 알 수 없이 간지러울 땐 비장의 기능이 약해졌는지 확인하는 것도 한 가지 방법이다.
"어떻게, 원인을 찾았습니까?"
"어느 정도는요."
"오! 그럼 나을 수 있는 겁니까?"
"일단은 먼저 치료를 해보죠. 먼저 약을 준비하고 저녁에 다시 오겠습니다. 일단 푹 쉬고 계세요."
"후우~ 피곤해서 곯아떨어지지 않는 이상 편히 쉴 수가 없습니다."

"촉각을 둔하게 하는 방법이 있는데 해드릴까요? 물론 영원한 건 아니니 걱정 안 해도 됩니다."

"하하! 그렇다면 당연히 부탁해야죠."

"그럼 침을 몇 개 꽂아야 하니 상의를 벗어주세요."

버짐과 긁어서 난 상처로 가득한 상체에 마취 침술을 행했다.

세 번째 VVVIP가 오는 바람에 퇴근은 다시 1시간가량 늦어졌다.

퇴근해 집에 도착하니 저녁 8시 30분.

들어가자마자 장려령이 늦게 돌아온 남편을 구박하듯이 외쳤다.

"얼싼 오빠, 오늘은 왜 이렇게 늦었어!"

"일하고 바로 온 거거든. 저녁은?"

"우린 먹었어. 저녁때 되면 바로 와야지 꼭 저녁을 두 번 차리게 해야겠어?"

"…누가 들으면 네가 밥하는 줄 알겠다."

"루시가 하잖아! 루시가 얼마나 귀찮겠어. 하지만 말을 못 하니 내가 대신해 주는 거잖아."

애가 저녁을 잘못 먹었나. 오늘따라 왜 안 하던 짓을 하는 건지 모르겠다.

뒤에서 빙긋이 미소 짓고 있는 하란을 보며 눈짓으로 왜 그러느냐고 물었다.

"음악 방송에 좋아하는 가수가 안 나왔거든."

"…여전히 애네."

"흥! 얼싼 오빠가 더 애거든. 시침도 제대로 못 해서 나한테 배웠잖아."

"언제적 애길…… 좋아하는 가수가 누군데?"

"그건 알아서 뭐 하게?"

"혹시 기회가 되면 사인받아 주려고 했지. 싫다면 어쩔 수 없지."

"누가 싫대? 언브레이크야. 언브레이크."

"어! 언브레이크라면 나연섭이 있는 팀이잖아."

"잘 아나 보네. 받아줄 거야?"

"응. 가능할 것 같아. 내일 전화해 볼게."

"루시, 얼른 저녁해. 얼싼 오빠 배고프다잖아. 헤헤!"

저렇게 좋을까.

문득 오늘 테슬라의 머리가 좋아졌다는 것이 떠올랐다. 테슬라가 가능하다면 장려령도 가능하지 않을까?

"려령아, 오빠가 머리에 잠깐 손 올려도 돼?"

"…왜?"

"잠깐 할 일이 있어서."

"안 돼! 절대 안 돼!"

"……!"

갑자기 질색하며 고함을 질러 깜짝 놀랐다.

"머리를 쓰다듬는 건 괜찮지만 할 일이 있으면 절대 안 돼!"

"…하하! 쓰다듬어 주려고 한 거야. 그럼 해도 되지?"

"거짓말! 안 돼! 얼싼 오빠는 앞으로 내 머리 만지는 거 금지야! 알았어?"

"으, 웅. 그, 그래."

"흥! 누굴 어린애로 알아."

콧방귀를 뀌더니 하란의 뒤쪽에 가서 숨더니 눈을 매섭게 뜬다.

대체 자신이 무슨 잘못을 했는지 모르겠다. 혹시 하란이 알까 쳐다봤지만, 그녀도 어깨를 으쓱할 뿐이다.

영문을 몰랐기에 결국 내버려 둔 채 샤워를 했다. 그리고 소파에 앉아 같이 TV를 보려고 하는데 전화벨이 울렸다.

메시지를 확인한 두삼이 입맛을 다시며 일어났다.

"나 잠깐 옆집에 다녀올게."

"황강 씨가 불러?"

"으응. 자세한 건 갔다 와서 둘이 있을 때 말해줄게."

"언제 오는데?"

"글쎄, 잘 모르겠다. 너무 늦지 않게 올게."

하란의 집에서 나와 자신의 집으로 갔다. 2층으로 올라가자 장강룡이 기다리고 있었다.

"늦게 연락해서 미안하군."

"아닙니다. 근데 이 시간에 웬일입니까?"

"전에 말했던 대결을 하러 왔지."

"…여기서 말입니까?"

"장소가 중요한가?"

"그건 아니지만……. 아뇨. 잘됐네요. 생각해 보니 병원으로 오는 것보단 늦게 오는 게 낫겠네요."

"그럴 거로 생각했네. 그럼 길게 끌 것 없이 바로 시작할까?"

"아! 그전에 한 가지만 물어보고 싶은 게 있습니다."

"말하게."

"제가 조금 전 려령이의 머리에 손을 올리려고 하니까 질색을 하던데 혹시 왜 그런지 알고 있습니까?"

"…손을 왜 올리려 했는데?"

"머리 내부를 살펴보려고 했습니다."

"그러니 질색을 하지. 전에 내가 그 애의 머리를 고친다고 꽤 아프게 만들었거든. 그때 이후로 다른 의도로 머리에 손을 올리면 질색을 한다네."

"아!"

"근데 내부를 살펴서 어쩌려고? 방법이 있나?"

"딱히 방법이 있는 건 아닙니다."

상태도 모르는데 괜한 말을 할 필요가 없었다.

"더 질문이 없으면 바로 시작하지. 데리고 오게."

장강룡은 황강에게 말했다. 그리고 언제 들어와 있었는지 황강이 웬 남자를 데리고 나왔다.

98. 원치 않는 유명세

장강룡이 두삼을 보며 말했다.

"전에 말한 대로 첫 번째 대결은 환자의 진단이네. 사진(四診) 중 절진 제외한 세 방법으로 먼저 판단을 한 후, 그다음 단계로 절진을 통한 진단을 하는 걸세."

"쉽게 말해 눈, 귀, 말로 진단하는 법과 진맥을 통한 진단을 분리해서 대결하겠다는 거군요?"

"맞네."

질 때 큰일이 나는 대결이라면 전자에 대해선 이견을 말했을 것이다.

아무래도 전자는 경험이 우선시 되는데, 두삼이 아무리 날고 뛴다고 해도 좁힐 수 없는 간격이 있기 때문이다. 그러나 져도 상관없는데 굳이 사생결단 내듯이 할 이유가 없었다.

"알겠습니다. 그럼 각자 종이에 의심이 되는 부분을 적는 거로 하면 되겠군요."

"그렇지. 근데 내가 데리고 온 사람인데 의심스럽지 않나?"

"그럴 분이었다면 굳이 대결하려고 하지 않았을 테죠. 안 그렇습니까?"

"믿는다니 그럼 바로 시작하지."

두삼과 장강룡은 사내 앞에 섰다. 그리고 매서운 눈빛으로 남자를 살폈다.

'눈에 노란 기운이 있어. 황달 초기 현상인데…… 피가 검고, 일단 간이 좋지 않아.'

판단된 것은 메모에 적었다.

"한번 걸어보시겠어요?"

"…네."

"숨을 하아~ 하고 뱉어보게"

"네, 의원님."

"가장 불편한 곳이 어딥니까?"

"쉬 피곤합니다. 가슴이 가끔 답답하고요."

"하는 일은 뭔가?"

"항구에서 화물을 나르고 있습니다."

사내는 걷기도 하고, 숨을 뱉기도 하고, 팔을 들기도 하고, 앞으로 구부리기도 하고, 질문에 답하기도 하며 15분간 시키는 대로 했다.

"이만하고 확인할까요?"

"그러지."

메모지를 펼쳐놓고 어떤 것이 다른지 확인했다.

간, 신장, 위, 허리디스크, 무릎 등 거의 똑같이 적었다. 다른 점은 하나였는데 두삼은 역류성 식도염을 적었고, 장강룡은 담석증을 적었다.

"담즙이 과해 황달이 생기고 그 담즙으로 인해 담석증이 생겼다고 생각하신 겁니까?"

"그렇네."

"외견상 담석증의 증상이 있어 보이진 않는데요?"

"얼굴을 자세히 보게. 살짝 상기되어 있을 거야. 미열에 황달 증상이 보이니 충분히 가능성이 있지."

사내의 얼굴이 너무 타서 미열이 있을 거라곤 생각지 못했다. 자세히 보자 그제야 볼이 살짝 상기되어 있는 것이 보였다.

"음……. 확실히 미열이 있네요."

"미열이 있다고 담석증이 있는 건 아니니까. 한데 자네가 역류성 식도염을 적은 건 가슴이 답답하다는 말 때문이겠지?"

"네. 하지만 솔직히 자신이 없네요."

"직접 확인하기 전까진 모르는 법이니까. 이제 각자 진맥을 해 볼까?"

"몇 분씩 하기로 할까요?"

"15분씩이면 충분할 것 같은데 자넨 어떤가?"

"좋습니다. 어르신이 먼저 하십시오."

괜히 옆에 있으면 방해될까 발코니로 나갔는데 황강이 따라 나왔다.

"감시하러 나왔어요?"

"…심심할까 봐 나왔는데."

"하하! 농담이에요. 근데 어르신, 형이 말하던 것과 느낌이 조금 다른 분 같네요."

"음, 솔직히 나도 처음 보는 모습이야."

"엥? 원래 저런 분이 아니었다고요?"

"원래는 참 괴팍… 험! 모르는 게 나을 것 같다."

"뭔 말을 하다가 말아요. 괜히 더 궁금하네요."

"말해줘?"

"음… 아뇨. 각자 살아가는 법이 있는데 알아서 뭐 하겠어요. 저한테만 괴팍하지 않으면 되죠. 그런데 갑자기 변한 이유가 뭐래요?"

"나도 몰라. 다만… 연세를 생각해 보면 이해가 되지 않는 것도 아냐."

"하긴……."

거실에서 사내의 몸을 살피고 있는 장강룡을 흘낏 봤다. 백발과 주름 가득한 얼굴이 기억 속 할아버지보다 더 나이가 들었다.

100세 시대라고 해도 슬슬 마지막을 준비할 때가 된 나이이니 생각이 바뀐 건지도 모르겠다.

15분이 지나 그가 발코니로 나왔다.

"자네 차례일세."

"네. 15분 후에 나오겠습니다."

바로 들어가 사내의 맥을 잡았다. 그리고 기운을 이용해 안을 살폈다.

'이런! 역류성 식도염은 없고 담석증이 맞네.'

장강룡의 진단이 옳았다. 사진 중 삼진으로 판단한 것에 불과하다지만 그에게 진 것이다.

대결에서 지는 걸 좋아할 사람 없다더니, 진다고 생각하니 기분이 별로다.

물론 아직 진맥을 통한 진단은 지지 않았으니 여기서 잘한다면 비길 수도 있을 것이다.

삼진으로 파악하지 못한 병이 세 가지쯤 더 있었는데, 대표적인 게 바로 간암이다. 사내는 간암 1기라고 불리기 바로 직전이었다.

근데 과연 장강룡이 파악하지 못했을까?

두삼이 생각하기에 너무 큰 기대였다.

아나나 다를까, 진단을 마친 후 그의 메모를 확인하니 자신의 진단 내용과 똑같았다.

그가 이겼음을 인정할 수밖에 없었다.

"…졌습니다."

"간발의 차이였네. 피시험자의 피부가 타지 않았다면 자네 역시 맞혔을 텐데 말이야."

이 사람이 누굴 놀리나.

그런 말을 하시려거든 입꼬리 단속이나 제대로 하든가. 기쁨을 참고 있는 게 다 보이거든요!

"명백한 제 부족입니다. 배움을 주셔서 감사합니다."

이 말은 진심이었다.

최근 슬금슬금 자만심이라는 놈이 생기고 있었는데, 이번 일을 계기로 마음을 다잡을 수 있을 것 같다.

"…이거 부끄럽게 만드는군."

"네?"

"아무것도 아니네. 두 번째 대결은 조만간 하기로 하지. 오늘 갑작스럽게 찾아온 것 같으니 다음은 연락을 주고 오겠네."

"그래 주시면 감사드리죠. 참! 지난번에 족발은 어땠습니까?"

"아! 잘 먹었네. 맛있더군."

"매울까 걱정했는데. 다행이네요."

"맵긴 하더군."

"다음에 괜찮은 음식으로 준비해 둘 테니 식사 전에 오십시오. 그럼 조심히 들어가세요."

져서 씁쓸하긴 했지만 그건 승부에 한한 것이지, 사람에 대한 적대감은 아니었다.

2층을 내려오다 퇴근을 준비하는 이진철과 신혜경을 만났다.

"네가 왜 거기서 내려오냐?"

"잠깐 일이 있어서 왔어요. 그리고… 여기 내 집이거든요."

"누가 아니래. 다만 자주 안 와서 하는 소리다. 근데 황강인 뭐 하냐?"

"손님이 와 계세요."

"그래? 술이나 한잔할까 했는데, 내일 해야겠네."

"혜경이 누나, 형 너무 풀어주는 거 아냐?"

"호호. 가끔인데, 뭐. 오빠도 가끔 자유가 있어야지."

"들었냐? 내 와이프가 이 정도다."

"참나, 부부는 닮는다더니. 혜선인 아픈 곳 없죠?"

"덕분에."

"이제 가야겠네요. 미령이한테 안부 전해주고요."

두 사람과 작별 인사를 하고 오랜만에 옆문을 이용해 하란의 집으로 넘어갔다.

곧장 들어가려는데 낮은 아기 울음소리가 들렸다. 뭔가 싶어 귀를 기울였더니 고양이 소리다.

소리가 나는 곳으로 갔더니 나무 밑에 새끼 고양이 두 마리가 '야옹~'거리며 구슬프게 울고 있다.

제대로 서지도 못하는 걸 보면 태어난 지 얼마 되지 않은 모양이다.

"엄만 어디 갔니?"

유명 애니메이션의 고양이처럼 맑은 눈을 보고 있자니 절로 걱정됐다. 그래서 알아들을 리 없는 질문이 절로 나왔다.

야옹~ 야옹~

새끼 고양이들은 두삼의 질문과 상관없이 연신 소리를 질렀는데 마치 엄마를 부르는 것 같았다.

어릴 때 개와 고양이를 키운 적은 있었다. 그러나 집 마당에 풀어놓고 키웠고, 어린 두삼은 가끔 쓰다듬어 준 것이 다였기에 별다른 지식이 없었다.

다만 길냥이의 경우, 함부로 주워서는 안 된다는 얘긴 얼핏 들은 적이 있어 함부로 다가가지 않았다. 어미 고양이가 주변에서 두삼 때문에 다가오지 않을 가능성도 있었다.

그러나 과연 어미 고양이가 올까, 라는 의문에 쉽게 발이 떨어지지 않았다.

새끼 고양이에게 시선을 떼지 않고 뒤로 좀 더 물러났다. 그리고 혹시나 해 루시에게 물었다.

"루시, 저 애들 어떻게 들어왔는지 알아?"

─7시 10분경, 두삼 님의 집에서 넘어왔어요. 어미 고양이가 한 마리씩 내려놓고 어디론가 갔어요.

"보고 안 해도 된다고 했는데 파악하고 있었네?"

─보고를 안 한다뿐이지, 집 주변의 움직임을 기록은 하고 있으니까요.

남산 근처고 오래된 주택가다 보니 길냥이들이나 새 같은 작은 짐승들이 제법 있었다. 그래서 작은 동물들의 침입은 경계망에서 배제했다.

"아무튼, 근처에 쟤네 엄마 있어?"

─아뇨. 제 카메라 안에는 없어요.

"음, 밤엔 쌀쌀해서 저대로 두면 위험할 텐데……. 혹시 담요를 덮어줘도 괜찮을까?"

─잠시만요. …검색을 해보니 종이 상자에다가 담요를 깔고 넣어주래요. 직접 손을 대면 어미가 외면할 수도 있으니 위생 장갑 끼고 옮겨주면 된다네요. 그리고 상자에도 담요를 덮어 어둡게 만들어주고요.

"그래? 상자 있나?"

─창고에 종이 상자와 담요로 쓸 침대 커버가 있어요.

라텍스 장갑이야 항상 들고 다니니 상자와 담요로 쓸 것만 있으면 됐다.

창고로 가서 상자와 침대 커버를 가지고 와 새끼 고양이를 위한 임시 거처를 마련해 줬다.

마련해 주고 나서도 쉽게 발을 떼지 못하는데 하란이 밖으로 나왔다.

"안 들어오고 뭐 해?"

"새끼 고양이들이 방치돼 있어서. 어미가 오기 전에 안 좋은 일이 생길까 봐."

"어머, 고양이! 어디?"

"저기 상자 안에 넣어놨어."

하란은 조르르 달려가 상자 안을 기웃거렸다.

"동물 좋아해?"

"좋아하지. 다만 돌볼 수가 없어서 키운 적은 없어. 오빠는?"

"어릴 때 잠깐. 솔직히 집안에서 동물을 키운다는 걸 생각해 본 적이 없거든."

"그럼 이번 기회에 우리가 키울까? 마당처럼 넓은 집이 있잖아. 마당도 있고."

"어미가 데려갈지 몰라."

"음… 그럼 어쩔 수 없지. 아기들도 부모랑 지내는 게 좋은 법이니까."

하란은 아쉬운 듯 말했다.

"어미가 데리고 가면 그땐 분양을 받지, 뭐."

"오! 그래도 되겠네. 데리고 가면 우리 뭘 키울까?"

두 사람은 반려동물에 관해 얘기하면서 안으로 들어갔다. 그러나 대수롭지 않게 생각해선 안 되는 일임을 다음 날 알게 됐다.

＊　　　　＊　　　　＊

어미 고양이가 오지 않았다. 그에 새끼 고양이에게 우유를 먹이느라 정작 자신은 아침을 먹지 못하고 부리나케 병원으로 왔다.

윌리엄과 테슬라를 치료하고 난 후, 푸드 코트에서 빵과 주스를 사 진료실로 왔다.

책을 읽으며 빵과 주스를 먹는데 노크와 함께 양태일이 들어왔다.

"선생님, 저 왔어요."

"응, 어서 와."

요즘 딱히 부를 일이 없어 암 환자 진단해 보라고 불렀다.

"진료는 잘하고 있냐?"

"가끔 실수는 있지만 이 선생님과 엘튼 선생님의 도움으로 그럭저럭하고 있습니다."

"그래? 너 빠지면 힘든 거 아니냐? 안 되면 여유 있을 때 와."

"에이~ 저 없이 혁이랑 은서랑 할 때 얘깁니다. 제가 있으면 실수가 있을 수가 없죠."

"…요즘 이상윤이랑 친하게 지내냐?"

"네? 제가 이 선생님이랑 만날 일은 여기 왔을 때뿐입니다만."

"잘난 척하는 게 상윤이랑 닮아가는 것 같아서 하는 말이다."

"잘난 척이 아니라 자신감이죠. 그리고 선생님 수제자인 제가 누굴 닮겠습니까."

"……"

"근데 무슨 책을 보세요? 어! 기초수의학? 이제 하다, 하다 수의사까지 하시려고요?"

"…병원 도서관에 반려동물 관련 책이 이 종류뿐이라 보는 거야."

"반려동물 키우세요?"

"길냥이 두 마리가 우리 집에서 어미 고양이를 기다리고 있거든. 너 고양이 키워봤냐?"

"레지던트가 키울 수 있다고 생각하세요?"

"아니. 혹시 예전에 키워봤나 싶어서. 근데 기운 느끼는 건 어떻게 되어가고 있냐?"

"가끔 느껴지는 것 같기는 한데……. 여전히 확신이 서질 않습니다. 아무튼, 쉽지 않네요."

"꾸준히 해. 하다 보면 느껴지겠지."

"그래야죠. 아! 선생님 유명 잡지에 선생님 거론된 거 축하드립니다."

"……?"

이건 또 뭔 소리래?

"본관 신경과 김영태 교수님 인터뷰 기사에 선생님이 언급됐는데 모르셨어요?"

"그런 기사를 본 네가 더 대단하다."

"기사를 본 게 아니라 어제 안마과로 인터뷰하고 싶다는 연락이 왔었는데. 선생님껜 안 왔어요?"

"처음 듣는 소리다. 무슨 기산데?"

"찾아봤는데 뇌전증 치료제 '한강'에 대한 기사였어요. 보실래요?"

양태일이 스마트폰을 내밀며 기사를 보여줬다.

뇌전증 치료제 개발에 대한 김영태 교수의 인터뷰 기사였는데, '한의사 한○○'으로 언급되어 있었다.

"근데 치료제 수익의 일부를 받는다면서요? 선생님 재벌되는 거 아니냐고 안마과에 난리가 났었어요. 얼마나 버는 거예요? 예상 금액이 첫해에만 조 단위가 될 거라던데 진짜예요?"

돈 얘기를 하는 양태일의 눈이 반짝반짝 빛난다.

수제자 운운하더니 콩고물이라도 떨어질 거로 생각한 건가?

남의 일에 신경 쓰지 말라고 말하려는데 위이잉! 위이잉! 전화가 울렸다.

*   *   *

Happy Load(해피로드)는 영어식 이름과 달리 한의학 전문 학술지다.

대중적으로 알려진 잡지는 아니지만, 한의사라면 모르는 사람이 없고 한의원이라고 하면 거의 비치되어 있을 만큼 한의학계에선 알려져 있다.

물론 한강대학병원 한방센터가 생겼을 때도, 임동환이 마취 침술로 이름을 알렸을 때도, 전설을 찾아서 프로그램이 시작했을 때도 월간 학술지 '해피로드' 기사에 실렸었다.

'한 선생, 이건 우리 한의학의 발전 가능성을 보여주는 걸세. 그러니 숨지 말고 떳떳하게 나서야 해. 김영태 교수님도 한의사인 자네의 도움이 없었다면 불가능하다고 말하지 않았나. 그리고 자네가 나서는 것도 환영한다고 말했네.'

어제 전화를 한 고웅섭 센터장이 한 말이다.
30분간 얘기했는데 결론은 '해피로드'의 기자와 인터뷰를 하라는 말 그 이상도 이하도 아니었다.
병원 사람들이 위화감을 느낄 수 있다는 점을 핑계로 거절했다.
그랬더니 이번엔 한의학 협회 회장에게 연락이 왔다.

[듣자 하니 위화감을 느낄까 두려워 해피로드의 인터뷰 요청을 거절했다지? 그럴 수도 있겠지만 의사들이 노벨 평화상을 받으면 사람들이 부러워하고 나도 노력해서 받아야겠다는 생각을 하는 이들도 있지 않겠나? TV에서 보니 자네 할아버지는 한의학의 발전을 위해 많은 이들에게 한의학을 전수하셨던데, 자네가 어떻게 뇌전증 치료제를 개발하는 데 힘을 보탰는지 알리는 것도 발전을 위한 노력이라 생각하네만.]

그는 약점을 잘 알고 있었다. 결국, 그의 말에 설득당해 인터뷰하기로 했다.
그에 병원 휴게실에서 잡지사 기자를 만났다.
"안녕하세요. 해피로드의 유화진이에요. 여긴 포토그래퍼 피천기 씨고요."
"두 분 반갑습니다. 한두삼입니다."
"근데 한 선생님 보기 너무 힘드네요. TV에 출연할 때도, 차이나타운 사건 때도, 이번에도… 혹시 우리 잡지사가 너무 작아서 그러는 거예요?"

"아! 그렇게 느끼셨다면 죄송합니다. 아시겠지만 제가 인터뷰를 거의 안 거든요. 하더라도 이번처럼 누군가의 부탁으로 마지못해서 하는 경우랄까요."

"미안하게 생각하면 오늘 인터뷰 길게 해주세요."

"1시간 이상 물을 것도 없을 텐데요?"

"그건 한 선생님 생각이고요. 전 물어볼 게 엄청 많아요. 그리고 솔직히 특집으로 2회에 걸쳐서 할까 생각 중이고요. 그럼 길게 하시는 거예요?"

인터뷰 스킬인지, 원래 성격인지 말하는데 애교가 담겨 있다.

두삼은 어쩔 수 없이 고개를 끄덕였다. 애교에 반했다기보단 이곳까지 인터뷰하러 온 사람에 대한 작은 예의였다.

"그럼 좀 더 자유로운 분위기에서 인터뷰할 수 있도록 일단 장소부터 바꿔요."

"멀리는 곤란합니다."

"병원을 벗어나는 일은 없을 거예요."

"그럼 그러시죠."

옮긴 곳은 RC센터로 올라가는 길옆이었는데 예쁘게 핀 진달래꽃을 배경으로 언제 준비했는지 테이블까지 마련되어 있었다.

"이곳에서 인터뷰할 생각이셨군요?"

"혹시나 해 준비해 둔 거죠. 싫다고 했으면 안에서 진행했을 거예요. 일단 사진 한 장 찍고 시작하죠. 가서 앉으세요."

자리에 앉자 카메라맨은 이런저런 자세를 취하게 하더니 사진을 찍었다. 그리고 사진 찍기가 끝나자 유화진 기자는 커피 두 잔을 가져와 맞은편에 앉았다.

"라떼 좋아한다고 해서 가져왔어요."

"감사합니다."

"혹시 말을 한 후에 편집해 줬으면 하는 게 있으면 말해주세요. 선생님이 싫어하는 것까지 기사화할 생각은 없거든요."

그녀는 녹음기를 올려놓으며 말했다.

"그래 주시면 저야 좋죠."

가십을 다루는 학술지라 그런지 꽤 친절했다.

물론, 그 친절에 여러 가지 경제적인 논리가 담겨 있다는 것도 민규식에게 들어 알고 있다. VIP실 병동의 운영과 병원에서 사용되는 수많은 판공비가 이럴 때 빛을 보는 것이리라.

아무튼, 편안하게 인터뷰가 시작됐다.

어떻게 한의사가 되었냐는 간단한 질문부터였는데 대답하는 과정은 상당히 오래 걸렸다.

당연히 할아버지 얘기가 나왔고, 자연스럽게 지난주로 끝난 할아버지에 대한 특집 방송 얘기로 이어졌다.

"…할아버지 저의 스승이자 목표죠. 평생 그분의 뒷모습을 보며 한걸음씩 나아가지 않을까 합니다."

"한마디로 삶의 등대 같은 분이셨군요?"

"멋진 표현이네요. 근데 할아버지 말고도 등대 같은 분들은 많으세요. 부모님도 계시고, 민규식 원장님도 계시고 한방센터의 많은 선생님들께서도 제가 올바른 길을 갈 수 있게 도와주시죠."

"등대가 많으니 길을 잃을 염려는 없겠네요?"

"하하! 길을 잃으면 순전히 제 탓이죠."

"제가 볼 때 한 선생님은 길을 잃을 분은 아닌 것 같은데요. 다음 질문은 한 선생님 하면 빼놓을 수 없는 질문이죠. 차이나타운 사건."

"너무 자주해서 지겨워하는 사람들이 많을 겁니다."

"제 생각은 달라요. 당사자인 한 선생님이 너무 언론에 나오지 않아 잊혔다고 하는 게 더 정확할걸요. 꼬치꼬치 캐묻진 않을 테니 방금 전 할아버님에 대해 말하신 만큼만 해주세요."

"별것도 없는데요."

"제 질문에 답만 해주셔도 돼요. 궁금한 게 정말 많았거든요. 먼저, 차이나타운엔 무슨 일로 가셨죠?"

"그건……."

지겹지만 다시 차이나타운 사건 얘기했다. 다행인 건 사건 자체보다 어떻게 치료했는지에 초점을 맞춰서 좀 더 편하게 말할 수 있었다.

"기사로 보는 것보다 실제로 들으니 더 생생하게 느껴지네요. 이 정도면 된 것 같으니 이제 뇌전증 치료제 '한강'에 대해 얘기해 보죠. 뇌전증 치료제 개발엔 어떻게 참여하게 된 거죠?"

"우연이었어요. 극장에 갔다가 우연찮게 뇌전증 환자가 발작으로 쓰러지는 걸 돕게 됐거든요. 한데 그 환자가 김영태 교수님 환자였던 거죠. 그때부터 연구에 참여하게 됐습니다."

"그때부터 뇌전증 환자를 치료하신 거군요?"

"그렇죠. 운 좋게 제 시술이 뇌전증 환자 치료에 도움이 됐거든요."

"아! 한강대학병원에서 뇌전증 치료하는 유명한 의사가 있다는 얘길 들었는데 선생님이었어요?"

"…유명까지야……."

"대단해요! 한의사가 뇌전증 치료를 했다니. 이건 엄청난 기삿거리네요."

정부의 도움으로 임상 시험이 갑자기 끝나면서 연구를 한 사람들끼리 말을 맞출 필요가 있었다.

임상 시험 기간을 고려해야 했기에 두삼은 임상 시험 도중 치료제 성능 향상에 도움을 줬다는 정도로 하기로 하고, 뇌전증 치료의 경우는 치료제가 듣지 않는 환자가 발생할 때를 대비해 두삼의 이름을 밝히기로 했다.

"5월 판매가 시작되면 어차피 알게 될 얘긴데요."

"기사라는 게 먼저 내는 사람이 특종인 법이죠."

"해피로드는 월간 잡지 아니에요?"

"맞아요. 제가 아는 의료 분야 기자에게 줄 생각이에요."

"…어차피 알려질 일이니 알아서 하세요. 참! 현 정부의 도움과 보건복지부, 식약처의 도움이 있었다는 얘기는 꼭 언급해 달라고 해주세요."

"네! 제가 잘 써달라고 확실하게 말해놓을 테니 걱정하지 마세요. 그럼 계속할까요? 뇌전증 치료법에 관해 설명 좀 해주세요."

"시침이나 지압을 통해 뇌전증을 발생시키는 뇌신경세포를 제거하는 겁니다."

"그 시술은 누구나 가능한가요?"

"아직은 혼자만의 기술이죠. 누구나 가능하게 하고 싶긴 한데 쉽지 않네요. 뭐, 이젠 치료제가 생겼으니 큰 필요는 없겠지만요."

"아쉽지 않으세요? 혼자만 가진 기술이라면 평생 독점할 수 있었잖아요."

"그런 생각이 없었다면 거짓말이겠죠. 근데 환자를 직접 보면 그런 생각이 없어져요. 특히 1년씩 환자 예약이 밀렸다는 얘길 들으면 쉬는 게 죄스러워진달까요. 그래서 치료제 연구에 더 집중할 수 있었죠."

치료제에 관한 얘기 또한, 40분간 이어졌다.

슬슬 환자를 보러 갈 시간이 됐다 싶어 스마트폰을 꺼내 시간을 확인하자, 그녀는 알겠다는 듯 말했다.

"시간을 많이 뺏었죠? 마지막 질문을 드릴게요. 현재 계약된 뇌전증 치료제 판매액이 어마어마하다고 들었거든요."

"그건 잘못 알고 계신 거예요. 저도 정확히는 모르지만, 초도 물량은 테스트 성격이 강해서 얼마 되지 않아요. 다만 치료 효과가 제대로 확인되면 그땐 많아질 겁니다."

"어차피 임상 시험에서 효능은 입증됐잖아요. 그러니 당연히 많아지지 않겠어요?"

"…그건 그러네요. 그런데요?"

"김영태 교수님의 인터뷰 기사를 봤는데 판매액의 일정액을 받는다고 들었어요. 첫해에 받는 돈이 얼마나 될까요?"

"…그런 것까지 답해야 합니까?"

"프로야구 선수들이 얼마에 계약하는지 왜 기사화되겠어요?

독자들은 'A선수 1,000억 이적' 이런 제목에 절로 클릭하게 되거든요."

"학술지인데 클릭 수가 필요해요?"

"당연하죠! 홈페이지도 운영 중인데요. 그러니 대충이라도 말해주세요."

치료제의 효과가 확인되는 즉시 수출되는 물량이 약 10억 달러. 거기서 이런저런 비용과 개발 비용을 일부 제외하고 나면 적어도 50%~60%는 순이익으로 남을 터. 거기서 15%가 두삼의 돈이니 약 1,000억의 돈은 남을 것이다.

"자세한 건 모르겠고 대략 700억에서 1,000억쯤은 되지 않을까 합니다."

"헉! 1년에요?"

놀라는 표정을 보니 초기 물량에 대해 버는 돈이라고 하면 눈이 찢어지겠다.

"…맞습니다."

"의약품 특허 기간이 20년이니 2조! 대단하세요."

"하하……. 적당히 적어주세요."

"사실대로 적어야죠. 마지막으로 사진 몇 장만 더 찍고 끝내죠. 괜찮죠?"

"네……."

"병원을 배경으로 서주시겠어요?"

모델이 된 듯 몇 가지 자세를 취하며 사진을 찍고 나서야 인터뷰가 끝났다.

*   *   *

(뇌전증 치료제, 한강 개발에 참여한 한두삼 한의사, 연 1,000억 인센티브!)

잡지로 출판되기 전, 해피로드 홈페이지에 두삼에 대한 짤막한 기사가 올라왔다.

사실 아무리 돈을 강조했다고 하더라도 존재감 없는 언론사에서 올린 기사가 눈에 띄기란 로또 당첨보다 어려울 수밖에 없었다.

한데 우연인지 마침 그날 우리나라 유명 축구 선수가 1,000억 원에 이적되는 일이 생기면서 축구선수의 이름이 1위에 '1,000억'이라는 단어가 실시간 검색어에 3위에 올랐다.

그러면서 한두삼, 한의사, 한강이라는 단어가 같이 검색어에 오르기 시작했다.

두삼의 이름을 어떻게 검색어 순위에 올리나 고민하던 서정균은 이때다 싶었다. 그래서 일단 '한강'이라는 단어의 순위를 높였다.

한강에서 무슨 일이 있었나 싶어 한강을 클릭하기 시작한 사람들.

뇌전증, 간질 치료제 '한강'이 정부와 기관의 전폭적인 지지로 우리나라 병원에서 개발되었다는 소식은 국뽕 한 사발 들이켜기 좋은 소재였다.

이어 차이나타운 사건, 인천 건물 붕괴 사건까지 순위에 등장하면서 '한두삼'이 결국 검색어 1등에 올랐다.

이러한 일을 당사자인 두삼은 진료실에서 한방색전술을 행하느라 알 길이 없었고, 오히려 틈틈이 자신의 이름을 검색창에 검색해 보는 김장혁이 먼저 알게 됐다.

"이, 이……!"

한두삼의 이름을 보고 설마 하며 기사를 읽던 김장혁은 스마트폰을 부서질 듯이 쥐며 말을 잇지 못했다.

틱! 틱!

얼마나 꽉 쥐었는지 스마트폰의 액정에 쩍쩍 금이 갔다. 예전의 그라면 어림도 없었겠지만, 기운을 이용하게 되면서부터 힘이 부쩍 늘었다.

결국, 쥐고 있던 스마트폰의 액정이 팍하고 깨지며 화면이 나가 버렸고, 그 순간 그는 고함을 지르며 벽으로 던져 버렸다.

"으아아아!"

콰직!

벽에 부딪혀 박살이 난 스마트폰이 문 앞에 떨어졌다. 그리고 그 부서진 스마트폰을 밀며 문이 열렸다.

"…선생님 무슨 일 있으세요?"

"…아, 아뇨. 갑자기… 신 간호사님. 저 5분, 아니, 10분만 혼자 있게 해주세요."

"…네, 환자분께 양해를 구해놓을게요."

"…고마워요."

문이 닫히자 김장혁은 주먹을 불끈 쥐고 책상을 내려치려 했다. 그러다 무슨 생각을 했는지 한숨을 푹 내쉬며 의자에 등을 기댔다.

"후우~ 놈을 잡으려고 두 달간 죽도록 일했는데, 그게 다 헛일이었다니…… 씨발!"

따라잡을 수 있을지 곰곰이 생각해 봤다. 한데 너무 큰 차이로 벌어졌다.

돈과 명성, 어느 쪽도 몇 년, 아니, 수십 년 안에 따라잡을 가능성이 없어 보였다. 어쩌면 해가 갈수록 차이가 벌어질 게 빤했다.

"…방법이 없는 건 아냐. 그 영감만 도와준다면……."

장강룡이 환자를 같이 봐준다면 쫓아갈 수 있을 것 같았다. 거기에 대결해 이기는 모습을 방송이든, 어디든 알릴 수만 있다면 역전도 가능하리라.

행복회로를 돌리던 김장혁은 장강룡에게 전화를 걸었다.

—명성을 얻기 위해 일할 시간을 달라던 사람이 무슨 일인가?

"혹시 인터넷 보셨습니까?"

—봐야 할 일이라도 있나?

빌어먹을 노인네. 이래서 무슨 복수를 한다고.

화를 꾹 참고 설명했다. 그러자 한창 듣고 있던 장강룡이 물었다.

—그래서?

"…그래서라니요? 놈을 끌어내려야 하지 않습니까?"

—그건 자네가 바라는 바지. 자네와 내가 의기투합한 건 놈을 의술로 이기는 거였어.

틀린 말은 아니었다. 그러나 고작 승리감을 맛보고자 그토록 고생했던 건 아니었다.

"…그럼, 놈과 본격적으로 대결을 하겠습니다."

─넌 이미 졌어.

"…무슨 말씀입니까? 싸워보지도 않았는데요. 오늘 일 때문이라면 어르신이 도와주면…"

─실력으로 졌다고. 네가 전에 보여줬던 차관인지, 장관인지의 딸. 두삼이 그놈이 고친 거야.

"무슨 말씀이세요! 그건 제가 분명히……."

─어떻게 고쳤는지도 모르잖아. 그건 신경의 문제였어. 기운만 느끼는 자네가 고칠 수 없는 영역이지. 놈이 몰래 가서 고쳤을 거야.

"……."

순간적으론 이해가 되지 않았지만, 곧 장강룡의 말이 이해가됐다.

아까 기사를 읽었을 때와는 달리 또 다른 감정이 소용돌이쳤다.

패배감, 치욕, 모멸, 굴욕, 자괴감, 등등.

뿌득! 다시 손에 힘이 들어갔다.

다행히(?) 병원에서 쓰는 유선전화기는 스마트폰보다 튼튼해서 이어지는 그의 말을 들을 수 있었다.

─자네는 이제 빠져. 지금 실력이면 한국에서 부럽지 않게 살수 있을 거야. 원하던 명성도 어느 정도 얻을 수 있을 테고. 참! 괜한 쓸데없는 짓 하지 마. 내 대결을 방해하면 그땐 용서하지않아.

"……."

뚜우~ 뚜우~ 뚜우~

통화가 끝났지만 김장혁은 전화를 끊지 않았다. 아니 못 했다. 그의 머릿속은 현재 그의 일그러진 얼굴만큼이나 무서운 상상을 하고 있었다.

＊　　　　＊　　　　＊

잠깐 틈이 나서 쉬고 있는데 이상윤이 왔다.

"여어~ 연예인."

"수술 중 실수라도 해서 놀리러 왔냐?"

"난 실수라는 걸 몰라."

"어련하겠냐? 그럼 무슨 일로 그렇게 이죽거리는데? 결혼 준비 스트레스냐?"

"아직 모르나 보네. 인터넷 봤냐?"

"왜? 내 이름이 검색 순위에라도 올랐냐?"

"봤으면서 시치미 떼고 있었던 거냐? 역시 연예인 다 됐다니까."

"…진짜?"

"진짜! 그것도 1위다, 1위. 1,000억이 2위고. 아무튼, 부자 됐으니 결혼 선물은 기대하마."

그가 말하는 동안 검색어를 확인했더니 정말이다. 한강, 한강대학병원, 뇌전증이란 단어도 있었다.

특히나 40조라는 단어가 보여 뭔가 싶어서 봤더니 뇌전증 치료제, 한강의 경제 효과가 매년 40조 이상에 이를 것이라는 추측성 기사가 10분 단위로 올라오고 있었다.

도대체 누가 이런 건지? 해피로드가 의외로 많은 사람이 보는 잡지인가? 아님, 정부에서?

모르겠다.

스마트폰에서 눈을 떼며 말했다.

"LA집으로 만족한다며?"

"그건 네가 이렇게 부자인지 몰랐을 때지. 큰 TV가 있었으면 하는데… 이왕이면 100인치쯤 돼야겠지?"

"내가 결혼할 때 무섭지 않냐?"

"양심도 없냐? 매년 1,000억씩 적어도 20년간 버는 인간이 가난한 의사에게 결혼 선물을 받겠다고?"

"그런 말을 하는 네가 더 양심이 없거든. 그리고 돈 많다고 자랑할 때는 언제고 가난 타령이냐?"

"너와 비교하면 소시민이지. 지금 연구하고 있는 거 잘되면 그땐 200인치 TV로 선물하마."

말이나 못 하면.

"…무슨 연구하는데?"

"아직 생각 단계야. 지금은 결혼 준비하느라 정신이 없거든."

"……."

"간다, 연예인. 내 환자들 색전술 잘해주라."

이상윤은 할 말만 하고 쿨하게 떠났다.

두삼은 다시 스마트폰으로 실시간 검색어를 살피며 귀찮은 일이 생기지 않을까 걱정했다. 한데 다행히 만나는 사람마다 축하 인사를 하는 정도의 소란만 일어났다.

그러나 첫날만 조용했을 뿐이었다.

다음 날 아침 7시, 주차를 마치고 RC센터 건물로 가려고 하는데 갑자기 몇몇 사람들이 우르르 몰려왔다.

"한 선생님! 저는 불우이웃 쌀 나눔 협회에서 나왔는데 좋은 일에 동참해 주십시오."

"전 '이웃에게 사랑으로'라는 자선단체에서……."

"세계에 굶주리고 있는 아이들이 얼마나 많은지 알고 계십니까? 선생님의 작은 도움이 그 아이들의 목숨을 구할 수 있습니다. 도와주십시오."

"지구온난화 대책 협회에서 나온……."

"심장병 아이들을 위한……."

"……."

이 양반들 도대체 어디서 정보를 얻었기에 이 시간에, 여기에서 기다리고 있는 건지 모르겠다.

"네네. 명함주세요."

"시간되시면 저희 단체에 대해 잠시만 들어보시죠."

"저희 단체는 2분이면 됩니다."

"선생님이 마시는 커피 한 잔만으로도 아이 다섯 명의 하루치……."

명함을 달랬더니 우르르 몰려와 여기저기 잡으며 설명을 하려 했다. 그에 두삼은 몇 걸음 물러나며 큰 동작으로 박수를 쳤다.

짝짝짝!!

"……."

"어떻게 이곳까지 왔는지 따지진 않겠습니다. 다만, 당장 일을 하러 가야 하니 제 말에 집중해 주세요. 그렇지 않으면 경비원들에게 부탁할 수밖에 없습니다."

달려오고 있는 경비원들을 흘깃 보며 말했다. 그들도 덩치 큰 경비원들이 오는 모습이 보였는지 더 이상 소란스럽게 굴지 않았다.

그에 두삼은 말을 이었다.

"전 이미 의료비가 없어 치료를 받지 못하는 환자들을 위해, 기본적인 의식주를 해결하기 힘들어하는 불우이웃들에게, 부모 없는 아이들을 위해, 어느 정도 기부를 하고 있습니다."

"그렇다고 해도 1,000억을……."

"끝까지 들어주세요. 물론 돈을 더 벌면 더 할 겁니다. 하지만 제 마음이 움직이는, 조사를 해봐서 제 기준에 맞는 단체에게 할 생각입니다. 그러니 명함을 주시면 제가 여러분이 속한 단체에 대해 알아보고 할지 말지 결정하겠습니다."

"우리가 많은 걸 바라는 것도 아니고… 일부만 기부하면 되는데……."

"제 능력으로 제가 번 돈입니다. 일부든, 전부든 기부하고 말고는 제가 결정합니다. 여러분 중에 제가 돈 버는데 도움을 주신 분 계세요? 더럽고 치사하다고 생각하시면 그냥 가셔도 안 말립니다."

"……."

"알아들으신 것 같으니 한 분씩 명함을 주세요. 안내 책자를 주시면 알아보는 데 더 도움이 되겠죠?"

경비원들이 옆에 있어서인지 그들은 좋은 일에 동참하라는 말을 하곤 명함과 안내 책자를 주고 갔다.

그들이 떠나자 양복을 입고 있는 경호원이 다가와 고개를 숙였다.

"죄송합니다. 어제 비서실에서 지시가 내려왔는데 이렇게 일찍 출근할지 생각 못 하고 있었습니다."

"저도 부주의했는데요, 뭘. 근데 비서실에서 지시가 내려와요?"

"예. 어제 일 때문에 접근하는 사람들이 많을 거라고요. 참! 축하드립니다."

"아, 네. 감사합니다. 돈 들어오면 경호실과 경비실에 한턱내겠습니다."

"저흰 신경 쓰지 않아도 됩니다."

"솔직히 전 직원들에게 한턱낼 거라서 생색낼 건 아니죠. 하하!"

거액의 돈을 받게 된 걸 다 알게 된 이상 가만히 있을 수 없었다. 그렇다고 일일이 선물을 사서 갖다 줄 수도 없는 일.

그래서 10월쯤, 처음으로 받을 돈의 5%를 전 직원들에게 보너스 형식으로 줄 생각이다.

어차피 두삼이 5%를 더 받아 세금을 내고 3%를 나눠주는 것보다 5%를 나눠주고 알아서 세금을 내라고 하는 편이 조금 더 생색낼 수 있어서 좋았다.

경비들과 헤어진 두삼은 RC센터로 다시 걸음을 옮기며 손에 든 명함과 안내 책자를 봤다.

일단은 약속대로 보기는 할 테지만 기부할 수 있는 곳이 있을

지 모르겠다.

사실 두삼은 평범한 수준의 기부를 했다. 그리고 기부금 대부분은 한강대학병원에 내고 있었다. 돈을 벌게 해준 병원에서 기부금을 받아 좋은 일을 하는데 굳이 검증이 필요한 곳에 기부하는 것도 이상하지 않은가.

물론, 가끔 TV를 보다가 북극곰이나 썩은 듯한 물을 마시는 아이들을 보면 검증을 하지 않고 정기후원 계좌를 개설하기도 한다. 그러나 그건 많지 않은 금액이니 논외다.

언젠가 바뀔지 모르지만, 아직까진 많은 기부를 하기엔 '내 것'에 대한 욕심이 많다고나 할까.

검문을 받으며 두삼은 상념을 지웠다. 귀찮게 하는 사람이 많다고 해도 일은 해야 했다.

＊　　　＊　　　＊

암센터 진료실로 불쌍함을 강조하며 돈 빌려달라는 사람이 침입하려 했지만, 다행히 경호원이 문 앞에서 지키고 있어서 막을 수 있었다.

그 후로 안내실에서 두삼의 위치를 비밀로 하고, 진료실까지 사람들이 들어오기 힘든 검사실 근처로 옮기면서 퇴근 때까지 더는 귀찮은 일이 없을 줄 알았다.

그러나 그렇게 해도 전화는 막을 수 없었다.

물론 공개되다시피 한 스마트폰은 껐다. 한데 용케 사무실 전화로 연락이 왔다.

─안녕하세요, 한두삼 선생님. 여긴 JMTV입니다. 부원장님의 소개로 연락드렸는데요.

"…아, 네. 안녕하세요."

─전 맛있는 강좌의 강민경 작가입니다. 다름이 아니라 선생님께서 저희 프로그램에 강좌를 맡아주셨으면 해서요. 맛있는 강좌라고 아시죠?

"잘 압니다."

맛있는 강좌는 각 분야의 유명 학자나 연구자들을 초청해 알기 쉽게 그 분야에 대해 강의를 하는 프로그램으로 두삼도 하란과 함께 종종 보는 프로그램이다.

한데 강사들의 면면을 보면 대부분 그 분야의 장인이라 불릴만한 이들로 두삼이 나가기엔 부담스러웠다.

─혹시 2주 후에 시간 되세요?

"음, 제가 나가기엔 나이가 어리지 않을까요?"

존재감 없는 부원장이 처음으로 부탁하는 분위기이기도 하고 한강에 대한 홍보를 열심히 하기로 했기에 곧장 거절하기 힘들었다. 그래서 돌려서 거절했다.

그러나 이해를 못 한 건지, 알면서도 모른 척하는 건지 강민경 작가는 바로 말했다.

─괜찮아요. 선생님. 대부분이 나이가 있지만 30, 40대도 가끔 나오시거든요.

"…그런가요? 하지만 작가님도 아시다시피 한의학계엔 선배님들이 너무 많습니다. 그리고 무엇보다도 재미있게 강의를 할 자신이 없고요."

—꼭 한의학적인 강의를 하지 않으셔도 돼요. 전에 출연하셨던 건강 프로그램처럼 일반인들에게 유용한 정보를 전달한다고 생각하시면 돼요. 재미있는 얘기는 저희 작가들이 알아서 준비해 드릴 거예요.

거참, 못 알아듣네.

두삼은 다시 머리를 굴렸다.

약간의 침묵 끝에 좋은 핑계거리를 찾았다. 같은 방송국에서 하는 좀 더 예능에 가까운 프로그램이 떠오른 것이다.

"'포장마차에서의 희열'이라는 프로그램이라면 모를까, 맛있는 대화는 아무래도 곤란하겠어요. 죄송합니다."

이쯤 해서 포기할 줄 알았는데 전혀 엉뚱한 대답이 나왔다.

—아! 그럼 그러실래요? 사실 그 프로그램도 제가 하는 프로그램이거든요.

"……."

—그건 다음 주에 촬영인데 괜찮으시겠어요?

더 거절할 명분이 없었다. 그에 그러겠노라 답하고 약속을 잡았다.

퇴근을 한 후 차는 병원 주차장에 두고 택시를 타고 강남에 있는 음식점으로 향했다. 오늘 '전설을 찾아서' 팀과 마지막 회식이 있었다.

"어서 와, 한 선생."

"왜 이렇게 늦었어요. 다들 기다리고 계세요. 참! 축하드려요. 대단하시던데요."

"대박! 기사 봤어. 걸어 다니는 기업이야."

"그동안 고생했어. 한잔 받아. 아! 재벌에게 소주는 좀 그런가. 하하하!"

"…재벌은 무슨. 감사합니다."

식당을 통째로 빌렸는지 식당엔 촬영에 참여했던 사람들뿐이었다.

하나같이 축하를 해주는 통에 출연진들과 문 PD, 메인 작가가 있는 테이블에 도착하는데 한참 걸렸다.

유민기가 입을 열기 전에 두삼이 먼저 선수를 쳤다.

"그만해라. 아주 귀 따갑게 들었으니까. 운이 좋았고 바뀐 건 없어."

"…내가 무슨 말을 할 줄 알고? 그리고 왜 바뀐 게 없어. 회장님, 누추한 곳이지만 앉으시죠."

"하하하! 어서 와라. 기사는 잘 읽었다."

"고마워요, 석호 형."

"야! 그렇게 부자가 나 같은 가난뱅이에게 얻어먹고 다녔냐?"

"철희 형한테는 얻어먹었던 기억이 안 나는데요?"

"왜 없어. 전에 광고 찍었다고 돼지고기 샀잖아."

"아! 맞다! 너무 많이 먹는다고 뭐라고 했었죠. 먹은 것 같지 않아서 기억이 안 났나 보네요."

"혼자 5인분이나 먹은 주제에!"

"알았어요. 돈 받으면 5인분 사줄게요."

"10인분 먹을 거다! 아무튼, 부자 된 거 축하한다."

"고마워요, 가난뱅이 형. 하하!"

"방송하랴, 일하랴 언제 그런 일까지 한 거냐? 열심히 한 대가 일 테니 마음껏 누려라.

"고마워요, 경철이 형."

"오빠, 축하해요. 진즉에 오빨 잡았어야 했는데."

"고마워, 보라야. 지금 와서 하는 말이지만 넌 내 스타일 아냐."

"흥! 오빠도 아니거든요!"

한 명씩 일일이 인사하고 나서야 자리에 앉아 문 PD와 메인 작가에게도 인사했다.

"방송 잘 봤습니다. 할아버지를 대신해 감사합니다."

"내가 뭘. 제보가 좋았지. 참! 제보자가 준 사진이랑 서류 챙겨왔으니까 갈 때 가져가라."

"그래도 되겠습니까?"

"상자 안에 편지를 보면 알겠지만 제보자 역시 그걸 원하더라. 근데 너희 할아버님이랑 많이 친하셨던 분 같은데 넌 누군지 몰라?"

"글쎄요."

짐작은 한다.

아마도 한강재단 이사장, 강 어르신이 맞을 것이다.

문 PD의 경우 알든 모르든 상관없었기에 그냥 모르는 척했다.

"근데 넌 앞으로 뭐 할 거냐?"

"한의사가 뭐 하겠어요."

"그 말이 아니라 병원 계속 다닐 거냐고. 그 정도 벌었으면 개인 병원 해도 되잖아."

"아직까지 개인 병원 할 생각 없어요. 개인 병원을 하면 의사라기보단 경영자가 되더라고요."

서문희를 보고 개인 병원을 하는 건 미룰 수 있다면 최대한 미루는 게 낫다고 생각했다.

"한다면 내가 밀어줄까 했는데, 아깝네."

"말씀만이라도 감사합니다. 근데 방송은 어떻게 하기로 했어요?"

"방송 끝나고 한 달간 쉰 다음에 2기 하기로 했어."

"잘됐네요. 제가 말한 양 선생이랑은 연락해 봤어요?"

"아직은 살펴보는 중. 괜찮은 것 같아서 다음 주나 접촉해 보려고. 얘기 좀 잘해놔."

"언급은 해뒀어요."

유민기가 갑자기 술잔을 들고 오는 바람에 대화를 멈춰야 했다.

"아니, 두 사람 술 안 먹고 무슨 얘길 그렇게 하고 있어요? 두삼아, 늦게 왔으면 팍팍 마셔라. 문 PD님, 오늘 밤새도록 먹고 마시자더니 몸을 너무 사리는 거 아니세요?"

"사리긴 누가 사린다고 그래. 자자! 올 사람 다 왔으니까 다들 술 잔 들고 건배하자."

문 PD가 자리에서 일어나 잔을 들자 다른 사람들 역시 술잔을 채우고 술잔을 들었다.

두삼도 마찬가지.

문 PD는 사람들을 천천히 돌아보며 말을 이었다.

"근 1년간 다들 촬영하느라 고생했어. 첫 촬영 때 과연 잘될까 걱정됐는데 여러분의 노력 덕에 생각했던 것보다 훨씬 잘 마무리된 것 같아. 떠날 사람도 있지만 또 만날 사람들이 대부분이니 길게 얘기해 봐야 잔소리만 될 터. 더러운 내 성격 받아줘서 고맙고 수고했! 과거의 전설을 찾았으니 이제 미래의 전설을 찾아보자! 건배!"

"건배!"

"수고하셨습니다!"

"참! 집중! 떠나는 한 선생 한마디 한다니까. 다시 잔들 채워."

"…무슨 말을 해요?"

"아무거나 해."

두삼은 머리를 긁적이며 일어났다.

1년간 동고동락했던 사람들을 천천히 보고 있자니 마음이 착잡해졌다.

"험! 괜히 혼자만 떠나는 것 같아 미안하네요."

"싸우고 헤어지는 연인도 아닌데 뭐 어때. 언제든 다시 만날 수 있잖아."

촬영 감독 중 한 명이 소리쳤다.

"그렇긴 하네요. 아무튼 1년간 감사하고 즐거웠습니다. 혹시 아픈 곳 있으면 찾아오세요. 제가 여러분께 해드릴 수 있는 건 열심히 치료해 주는 것밖에 없네요. 아! 한 가지 더 있군요. 오늘 돈 걱정 말고 마음껏 드세요. 모두를 위하여!"

"위하여!"

"우와! 오늘 죽어보자!"

"멋지다, 한두삼!"

휘익! 휘익!

여기저기서 터져 나오는 환호성과 휘파람 소리를 들으며 술을 마셨다.

소주가 쓰지 않고 단맛이 느껴지는 것이 오늘 아무래도 취할 것 같았다.

99. 축의(祝儀)와 조의(弔意)

오늘은 이방익과 성지숙 선생이 결혼하는 날로, 새벽부터 놀러가자는 장려령을 황강에게 맡겨 내보낸 후 하란과 외출 준비를 했다.

　외출 준비를 마치고 방에서 나온 하란이 물었다.

　"나 어때?"

　옅은 노란색의 프릴 패턴 오프숄더 원피스를 입은 그녀는 영화 시상식에 참석하는 여배우의 느낌이다.

　"신부에게 쏠릴 눈이 너한테 다 쏠리겠는데?"

　"오빠가 준 보석 세트에 어울리는 건 이 옷뿐이라서. 갈아입을까?"

　"아니. 어떤 옷을 입어도 민폐 하객인 건 마찬가지일 텐데, 뭐. 그나저나 보석 잘 어울린다."

길고 새하얀 목에 걸린 목걸이는 부르스가 구해준 것으로 수백 개의 크고 작은 다이아와 10개의 루비로 이루어져 있었다. 또한, 세트인 귀걸이 역시 붉은 루비를 다이아가 감싼 형태로 예술 작품처럼 예뻤다.

"아부는 안 해도 되거든요. 아무튼, 보석 너무 마음에 들어. 고마워."

"그렇다니 다행이네. 근데 네가 차고 있으니까 보석이 빛을 잃는다."

"…아침에 느끼한 걸 먹지도 않았는데 왜 그래? 그리고 어디 가서 그런 얘기하지 마. 욕먹어."

"욕먹어도 괜찮아. 내 애인 내가 자랑하는데, 어때."

"오빠가 아니라 내가 욕먹는다고요."

"하아~ 속으로만 삭여야 한다니 너무 가혹하네. 입이 간질거려서 어떻게 하지?"

"풉! 이 오빠가 오늘 진짜 왜 이러지? 며칠 동안 술 먹고 들어온 게 미안해서라면 그만해도 돼."

"…용서해 주는 거야?"

"이미 했어. 오빠 몸 상할까 걱정돼서 화난 척한 거야. 마시지 말라는 얘긴 안 할 테니까 적당히 마셔."

'전설을 찾아서' 팀 회식을 시작으로 여기저기서 연락이 와 며칠 동안 연속으로 술 먹을 일이 생겼다. 그나마 인간관계가 좁아서 이 정도지, 많았으면 몇 달은 계속해서 마셨을지도 모르겠다.

아무튼, 입에 붙지도 않은 느끼한 말을 더는 하지 않아도 된다니 다행이었다.

"참! 오늘 결혼식 갔다가 언제 올 거야?"

"결혼식 끝나면 나간 김에 잠깐 데이트하고 올 생각이야. 왜, 급한 일 있어?"

"상큼이랑 달콤이랑 병원에 가봐야 할 것 같아서. 환경이 바뀌어서 그런지 도통 응가를 못 하네."

새끼 고양이들의 어미는 무슨 일이 있는지 결국 오지 않았다. 그래서 상큼, 달콤으로 이름을 지었다.

"언제부터?"

"오빠가 안 들어온 날부터. 오빠한테 물어보려고 했는데 생각해 보니 수의사가 아니잖아."

"다르긴 한데 완전히 다르진 않아. 조선 시대 마의였다가 어의까지 오른 백광현이란 분도 계셨는걸."

"어? 그거 드라마 아니었어?"

"웅. 전에 드라마화된 적도 있어. 시간 여유가 있으니 잠깐 보고 갈까?"

특별히 수의학과에서 배우는 한방 수의학을 배운 적도 없고 동물을 상대로 치료를 해본 경험이 없지만, 집으로 데리고 들어올 때 몸을 살핀 결과 고양이도 포유류답게 있을 건 다 있었다.

거실에서 나가면 있는 실내형 베란다에 고양이들의 집과 화장실, 놀이터가 마련되어 있었다.

다가가 손을 뻗으니 낑낑거리며 피하려 한다.

"낯선 모양이네. 미안, 잠깐만 만질게."

먼저 검은색 부분이 많은 달콤이를 가볍게 잡았다. 그리고 고양이 화장실로 데리고 가 기운을 넣어 내부를 살폈다.

신기했다. 경락이 인간과 비슷한 부분도 있고 다른 부분도 있었다.

좀 더 천천히 살펴보고 싶은 생각이 든다. 그러나 결혼식에 다녀온 뒤에 살펴보기로 하고 있단 대장을 살폈다. 아직 분유를 먹어 많은 변이 쌓이거나 하진 않았지만, 스트레스 때문이지 내려가지 않고 있었다.

슥슥!

기운을 머금은 손으로 배를 슬슬 문지르며 장을 자극했다.

부욱! 하는 소리와 함께 짙은 갈색빛의 똥을 쌌다.

"잘했다."

물티슈로 엉덩이를 톡톡 닦아주고, 다음은 흰털이 많은 달콤이 역시 똑같이 배변을 시켜줬다.

뒤처리까지 끝내고 분유까지 먹인 후에 일어났다.

두삼의 모습을 처음부터 끝까지 주의 깊게 지켜보던 하란이 말했다.

"오빤 좋은 아빠 되겠다. 말 못 하는 아이나 반려동물이나 불편한 곳은 금방 알고 고칠 거 아냐."

"그보다 아프지 않게 신경 쓰는 좋은 엄마가 있어야 가능하지."

"노력해 볼게."

"나도. 좀 더 신경 쓸게. 이만 가자."

배변을 한 후에 기분이 좋아진 듯 뒤엉켜 노는 고양이처럼 두 사람도 딱 붙어 결혼식장으로 향했다.

결혼 시즌인 봄, 그리고 주말, 30분마다 여러 팀이 한꺼번에 결혼을 하는 생각을 하며 서둘렀는데 결혼식장은 꽤 한가했다.

"너무 일찍 도착한 것 같은데 커피숍에서 차 마시고 갈까?"

"한가할 때 신랑, 신부에게 인사하는 게 낫지 않아?"

"앞에 결혼하는 사람들 때문에 어차피 북적일 거야."

"앞에 결혼하는 커플은 없는 것 같은데?"

하란이 가리킨 곳엔 오늘 결혼식 일정표가 붙어 있었는데 2시간 간격으로 띄엄띄엄 예식이 있었다.

"…호텔이라 여유롭게 예약을 받은 건가?"

"아닐걸. 직원들 결혼식에 가끔 참석하는데 대부분 한가하던데."

"그래?"

"요즘 결혼식도 여러 가지야. 주례가 없는 경우도 있고, 조용히 가까운 사람들만 모아서 스몰 웨딩을 하는 경우도 있더라."

"쩝! 이 나이에 격세지감을 느낄 줄이야."

생각해 보니 대학 이후로 결혼식에 참여한 기억이 없었다. 그 사이 결혼 풍속도가 많이 변한 모양이다.

하란의 말처럼 결혼식이 있는 2층으로 올라가자 이방익과 성지숙의 결혼식 하객들로 보이는 이들만 여기저기 앉아 있을 뿐 조용한 분위기였다.

한방센터의 아는 얼굴들이 몇 명 보였지만, 일단은 턱시도를 입고 누군가와 얘기를 나누고 있는 오늘의 주인공에게 다가갔다.

이방익은 두삼을 발견하곤 옅게 화장한 얼굴로 웃으며 반긴다. 물론 자주 보는 두삼보다 하란을 더 반겼다.

"어서 와요, 하란 씨. 한 선생, 와줘서 고마워."

이방익은 하란과 오다가다 몇 번 본 적이 있었다.

"축하드려요, 이 교수님."

"축하드립니다."

"고마워요. 어쩜 볼 때마다 더 예뻐지는군요. 한 선생이 잘해 주나 봐요?"

"그러는 이 교수님 얼굴도 좋으신데요. 호호!"

"하하! 늙은 신랑이 인상 쓰고 있으면 안 되죠."

두삼은 축하한다는 말을 전하고 두 사람이 편하게 얘기할 수 있도록 조용히 옆에 있었다.

부서를 옮겨도 자주 연락을 하고 가끔 안마과에 가서 이런저런 수다를 떨고 오기에 할 말도 없었다.

새로운 하객이 왔기에 이방익에게 작별을 고하고 신부실로 향했다.

이래저래 스트레스를 받고 있을 신부를 굳이 봐야 할 이유는 없었지만 전해줄 것이 있었다.

신부 대기실에 노크를 하고 들어오라는 얘길 듣고 안으로 들어갔다.

"축하드려요, 성 선생님."

"고마워, 한 선생. 옆에 미인은 애인?"

"네."

"세상에! 민폐 하객이네. 한 선생이 밖에서 왜 한눈을 안 파나 했더니 이유가 있었네. 반가워요."

"네. 축하드려요. 교수님도 너무 아름다우세요."

"놀리지 말아요."

"정말이에요. 근데 이 웨딩드레스 누가 고른 거예요? 심플하면서도 너무 예쁘네요."

"10벌쯤 입고 선택했는데 괜찮죠?"

"괜찮은 정도가 아닌데요. 어디에서 했어요? 저도 가을에 필요하거든요."

"어머. 가을에 결혼해요?"

공통점을 찾자 두 사람은 마치 오랜 지기처럼 수다를 떨었다. 하지만 주인공인 신부를 보러 오는 사람들이 많아 곧 일어나야 했다.

나가기 전, 두삼은 안 주머니에 넣어놨던 케이스를 꺼내 성지숙에게 건넸다.

"이 선생님껜 드려봐야 받지 않을 것 같아서 성 선생님 선물로 준비했어요."

"마음만으로 충분한데……."

"저랑 하란이가 준비한 건데 마음의 선물이라 생각하세요. 행복하세요, 선생님."

말이 길어질까 얼른 건네주고 나왔다.

결혼식장 안으로 들어가지 자리를 안내하는 직원이 있었다. 두삼과 하란의 위치는 레드카펫이 깔린 행진로 우측이었다.

"하란아, 잠깐 쉬고 있어. 인사하고 올게."

"응. 다녀와."

하란을 소개하는 건 친한 사람에게만 하면 됐다.

테이블은 각 과마다, 혹은 두세 개의 과를 합쳐서 마련되어 있었는데 두삼은 테이블을 돌며 인사를 했다.

두삼이 인사하는 사이, 김장혁은 황오열과 함께 결혼식장에 들어서고 있었다.

황오열이 호텔의 결혼식장의 화려함을 보고 투덜거렸다.

"늙어서 결혼하면 조용히 하든지 할 것이지. 늦게 하는 게 무슨 자랑이라고……. 쯧! 안 그런가, 김 선생."

"…그렇죠."

"…김 선생, 어디 안 좋은데 있어?"

"아뇨."

김장혁의 영혼 없는 대답에 황오열이 살짝 인상을 찌푸렸지만 김장혁은 무시했다.

장강룡과 통화 이후, 명성을 얻으려던 노력이 무의미하다는 걸 안 이상 황오열 따위에게 군이 잘 보일 필요가 없었다.

솔직히 지금 실력이라면 개인 병원을 차려도 유명해질 자신 있었다. 그러나 아직 해야 할 일이 있어 버티고 있다.

"참! 내일부터 환자를 조금 더 늘일까 하는데 자네 생각은 어떤가?"

"과장님이 감당할 수 있으면 그러시든가요. 솔직히 전 지금 인원도 줄이고 싶습니다."

"…어째 대답이 삐딱하네? 내가 나 좋자고 이러는 거야? 다 우리 한방내과를 위해 그러는 거 아냐. 안마과의 한 선생은 지금 자네의 2배 가까운 환자를 봤어. 그러니……."

말끝마다 한 선생! 한 선생! 짜증난다.

전에 그 말이 '김 선생'으로 바뀌길 바라고 했지만 이젠 아니다.

빌어먹을 새끼!

"그럼 한 선생을 한방내과로 데리고 오든가요. 아! 잠시 실례할게요. 인사드릴 사람이 있어서요."

"김 선생! 야, 김장혁!"

개 짖는 소리를 무시하고 걸음을 재촉해 사람들 틈으로 파고들었다.

"개새끼! 이제야 좀 조용하네."

화려한 조명과 어둠이 공존하는 예식장 구석에 이르자 비로소 발걸음을 멈춘 김장혁은 욕을 뱉었다. 그러고는 천천히 예식장 내부를 살폈다.

재수 없는 두삼이 빨빨거리고 돌아다니며 알랑방귀 뀌고 있는 모습이 눈에 보였지만 무시했다.

사실 아침까지만 해도 핑계를 대고 참석하지 않으려 했다. 그러나 혹시 아직까지 그의 머릿속을 어지럽히는 얼굴을 볼 수 있을까 하는 마음에 온 것이다.

'찾았다!'

테이블 위의 은은한 조명을 받으며 차를 마시고 있는 우하란.

심장이 사랑을 안 사춘기 소년처럼 뛴다.

이미 두삼과 함께 지내고 있고, 곧 결혼한다는 것을 알고 있었지만 머리 한 구석에선 아직 기회가 남아 있다고 속삭인다.

두삼만 사라진다면……

"저… 안녕하세요."

처다보고만 있겠다고 생각했는데 김장혁은 어느새 하란의 옆에 서서 인사를 건넨다.

  돌아보는 그녀.

  "…아, 네. 근데 누구시죠?"

  "저 모르시겠어요? 전에 어머니 때문에 제 병원을 들렀었는데."

  "엄마 때문에 워낙 많은 병원을 다녀서요. 어디에 있는 병원이었죠?"

  "악양……."

  "아! 면에 있던……?"

  "예! 맞습니다."

  "근데요?"

  "…네?"

  "그래서 무슨 일이냐고요?"

  "……."

  어머니 때문에 왔다가 아무런 치료를 받지 못하고 15분쯤 머물다가 떠난 환자의 보호자에 반갑게 인사를 하다니, 생각해 보니 자신을 아느냐고 묻는 것 자체가 우기는 일이다.

  낯이 화끈거렸다. 예식장의 어둠이 숨겨줘서 다행이지 밝은 곳이었으면 핑계도 되지 못하고 뒤돌아 도망갔을 것이다.

  "…아, 아닙니다. 어머니가 어떻게 되셨는지 궁금해서……. 방해해서 죄송합니다."

  정중하게 인사를 하고 돌아서는데 두삼이 빤히 처다보고 있다.

쪽팔림이 배가 되는 순간이었다.

"네가 여긴 웬일이냐?"

"......."

두삼은 대수롭지 않게 물었지만 김장혁에겐 마치 '네까짓 놈이 내 애인에게 무슨 볼일이냐'는 듯이 들렸다.

매섭게 두삼을 노려보던 김장혁은 굳은 얼굴로 두삼을 지나쳐 예식장을 빠져나왔다.

그리고 사람이 없는 곳에 가 차 실장에게 전화를 걸었다.

"차 실장님, 해주셨으면 하는 일이 있습니다."

─무슨 일로 우리 조카가 이렇게 화가 났을까?

"...꼭 해주셨으면 합니다."

─뭐든 말해라. 누굴 묻어달라고 해도 그렇게 해주마.

확답을 받고서야 김장혁은 낮은 목소리로 원하는 바를 말했다.

＊　　　　　＊　　　　　＊

─놈이 더는 내 눈에 띄지 않게 해주세요.

─크크큭! 결국, 결정했구나. 어떻게 해줄까?

─조용히 사라지는 게 제일 좋겠죠. 여의치 않으면 어떤 방법이든 상관없어요.

─알았다. 끝나고 나면 연락해 주마.

─통화는 여기까지예요.

"......."

주차장 차 안에서 루시가 녹음한 김장혁과 차 실장의 통화를 들은 두삼은 말을 잊었다.

도대체 무엇이 마음에 들지 않아 살인을 사주하는 건지 모르겠다.

어린 시절 잠깐 괴롭혔던 것 때문에?

솔직히 같이 놀지 않고 퉁명스럽게 대한 것뿐이지, 때리거나 왕따를 시킨 적은 없다. 설령, 기억이 왜곡됐다는 것을 고려하더라도 욕을 한 것이 다였다.

당시 너나 할 것 없이 욕을 입에 달고 다닐 때라 그것으로 그렇게까지 상처를 입었을까 싶다.

아님, 하란이 때문에?

결혼식에서 보인 김장혁의 행동을 보면 현재로서는 가장 유력한 이유이다. 예로 최익현과 담을 넘던 놈들이 있지 않은가.

이런저런 이유를 찾아보지만, 여전히 사람을 죽이라는 이유가 되기엔 약하다.

그래서인지 두삼은 확인하듯 루시에게 물었다.

"날 죽이라는 내용이지?"

─이름이 언급되진 않았지만 확실합니다. 일단 하란 님께 보고를……

"그러지 마. 하란인 모르는 게 나아."

─이번 일을 비밀로 처리하고 메모리에서 삭제하라는 말인가요?

"그렇게 해줘."

─알겠어요. 어떻게 할까요?

죽이려 하는 이유를 찾지 못했다고 죽이러 오는 사람을 기다릴 생각은 없었다. 살려두면 사는 내내 불안할 텐데 그렇게 살긴 싫었다.

김장혁이 살인 명령을 내린 순간부터 돌이킬 수 없는 사이가 된 것이다.

"차 실장 그놈은 지금 뭘 하고 있지?"

—두삼 님을 처리할 사람을 부른 상태에서 사무실에서 기다리고 있어요.

"먼저 차 실장부터 해결하자. 모아둔 기록 있지?"

—네. 정리해 뒀어요.

전에 차 실장 얘기가 나왔을 때부터 루시는 그의 아지트와 사는 곳을 감시하고 컴퓨터를 해킹해 치명타가 될 정보를 모아왔다.

살펴본 결과 이런 인간이 길을 걸어 다닌다는 자체가 신기할 정도였다. 지방 경찰, 검찰과 유착해 살인, 매춘, 사채 등 더러운 짓은 다 하고 있었다.

마음 같아선 장강룡에게 연락해 당신 때문에 생긴 일이니 알아서 처리하라고 하고 싶다. 그러나 일단은 처리부터 하는 게 우선이었다.

"서울 중앙 지검 신동찬 지검장 메일로 보내. 내가 전화할게."

신동찬은 VIP실에서 인연이 있는 인물이었다.

—그럴게요. 어? 저 사람들은 누구지?

"왜, 무슨 일 있어?"

—처음 보는 이들이 차에서 내리고 있어요. 그 수가 서른 명

이 넘어요.

"…날 처리하기 위해 서른 명이나 부른 거야?"

―그게 아니라… 다들 무기를 들고 있어요.

"볼 수 없어?"

―스마트폰으로 연결할게요.

두삼은 얼른 스마트폰을 켰다.

그러자 무기를 든 수십 명이 건물 입구로 들어가는 영상이 보였다.

*　　　*　　　*

홍기운은 평범한(?) 10년 차 조직폭력배다.

고등학교 때 일진이니, 이진이니 하면서 놀다가 어영부영 들어오게 된 조직. 영화 속 주인공 같은 삶을 꿈꿨는데 막상 시작은 엑스트라1이었다.

게다가 생활해 보니 그와는 맞지 않은 세계였다.

코피가 나면, 한쪽에서 졌다 하면 끝나는 싸움이 아니라 칼로 쑤시고, 머리를 깨뜨리고, 죽여야 끝나는 싸움을 하는 곳.

결국 1년쯤 지났을 때, 사채를 받으러 다니며 어머니를 떠올리게 하는 아주머니를 만신창이가 되도록 때리는 모습을 보고 깡패 짓 그만두겠다고 했었다.

그러나 한번 발을 들이고 나자 나가는 것도 쉽지 않았다. 반쯤 죽을 때까지 맞고 새끼손가락을 잘린 후, 그만두겠다는 말을 철회해야 했다.

그 후로 그의 깡패 생활은 고난의 시작이었다.

잡일을 하고, 사고를 친 조직원 대신에 감옥에 다녀오고, 몇 년은 어린놈들 심부름하고, 청소를 하면서 계모와 언니들에게 시달림을 받는 신데렐라처럼 살았다.

다만 누군가를 괴롭히지도, 죽이지 않아도 되니 마음은 편했다.

그런데 우연찮게 차 사장이—다른 곳에선 실장이지만 사무실에선 그가 사장이다—자신을 다시 감옥에 보내려 한다는 걸 알게 됐다.

그것도 살인죄로 말이다.

이미 전과가 쌓일 대로 쌓여 이번에 들어가면 적어도 10년, 길게는 20년 형을 받을 가능성이 높았다.

홍기운은 화가 났다. 그러나 그의 어머니를 두고 협박하는 차 사장에게 대들 수도, 도망갈 수도 없었다.

어머니랑 도망갈까? 경찰까지 동원해서 잡으러 다니는 놈들인데, 지리산 골짜기로 들어가 나오지 않는 이상 불가능했다.

아님 차 사장을 죽일까? 빈틈을 노리면 가능하겠지만 그래 봐야 감옥에 가는 건 변함이 없다. 그리고 어머니가 무사할 리도 없고.

머리가 수북이 빠질 만큼 고민하고 있을 때 구세주가 나타났다.

어눌한 한국어를 쓰는 구세주.

그는 많은 것을 바라지 않았고, 많은 것을 준다고 제안했다.

차 사장이 뭔가를 하려 하면 보고를 해주면 되고, 일이 끝나면 차 사장이 가지고 있던 재산과 조직을 넘겨준다고 했다.

가진다고 해도 운영할 능력이 없는 조직 따윈 필요 없었다. 그러나 10년 일한 대가를 받을 수 있다는 건 솔깃한 제안이었다.

무엇보다도 더는 인생을 감옥에서 보내지 않아도 된다는 것에 구세주의 손을 잡았다.

"지금 차 사장이 서울로 올라가 누군가를 죽일 작정입니다."

―확실합니까?

"물론이죠. 근데 일이 그렇게 되면 전 더는 소식을 알려주지 못할 겁니다. 제가 살인 누명을 쓰고 감옥에 가야 하거든요. … 그때 약속하신 거 잊지 않으셨죠?"

―…그런 일은 없을 겁니다.

"20분, 아… 아니, 10분이면 실행할 놈들이 도착할 겁니다. 그전에 절 여기서 빼내주십시오."

―우리가 도착할 때까지 거기서 가만 계시면 됩니다. 그럼, 약속한 것처럼 오늘 두둑한 퇴직금 받고 자유롭게 살 수 있을 겁니다.

"…알겠습니다."

선택의 여지는 없었다.

"후우~ 이게 잘하는 건지……."

꽝꽝꽝!

전화를 끊고 얼굴을 감싸며 중얼거리는데 화장실 문을 두드리는 소리가 났다.

"야! 홍기운, 너 여기 있냐?"

1년 전에 들어온 새파랗게 어린놈의 새끼가…….

그러나 여긴 짬밥순이 아니다. 누가 더 잘 싸우고, 누가 더 잔인하느냐, 누가 차 사장에게 잘 보이느냐에 다라 직위가 결정된다.

"…으, 응. 똥 누고 있어."

"아이~ 씨발! 더럽게. 냄새가 나잖아!"

"…설사라 그렇게 냄새가 나진 않을 거야."

"씨발, 됐고! 사장님이 찾으서. 얼른 끊고 튀어 나와."

"서, 설사라 끊지 못해. 금방 갈 테니 조금만 기다려 주라."

"아주 지랄을 해라. 쇠파이프 휘두르다가 똥 싸겠다, 이 새끼야. 싸자마자 튀어 와."

"다, 당연하지."

다시 한숨을 쉬며 변기에 앉은 홍기운은 화장실에서 시간을 끌기로 마음을 먹었다. 그러나 5분도 되지 않아 아까 왔던 놈이 또 왔다.

"야이~ 씹새끼야! 아직도 싸냐? 너 때문에 내가 욕먹었잖아! 빨리 나와!"

"아, 아직……."

"똥 싸는 채로 끌려가기 싫으면 나오라고, 새끼야!"

꽝꽝꽝꽝꽝!

문이 박살날 지경이었기에 더 버틸 수가 없었다. 문을 열고 나가며 투덜댔다.

"…마지막 가는데 똥도 못 싸냐?"

"확! 지랄을 해라. 싸려면 경찰서에 가서 싸. 그래야 우발적인 범죄라고 보고 1년이라도 감형받지. 큭큭! 하하하!"

지가 말하고 지가 재미있는 모양이다.

끌려가다시피 차 사장이 있는 사무실에 들어갔다. 전화를 하는 동안 실행할 놈들이 도착을 했는지 어린놈들 몇 명이 더 늘었다.

똥도 못 싸게 빨리 오라고 한 것과 달리 차 사장의 표정은 그리 나빠 보이지 않았다.

"다 쌌냐?"

"…네."

"다시 설명하지 않아도 네가 할 일은 알고 있지?"

"네. 일이 끝나고 나면… 경찰서에 가서 자수를 하겠습니다."

"맞아. 그렇게 하면 돼. 원래는 실종되게 할 생각이었는데, 괜히 귀찮은 일이 생길 것 같아서 살인으로 계획을 바꿨으니까 너무 기분 나빠 하지 마라."

"…조직을 위하는 길인데 당연히 해야죠."

시간만 끌면 됐기에 마음에도 없는 말을 했다.

"새끼. 진즉에 정신 차릴 것이지. 네 어머니는 걱정 마라. 우리가 잘 보살필 테니까."

"감사합니다."

"그리고 다녀온 다음 가게 하나 내줄 테니까 노후 걱정은 말고."

잘도 그러겠다.

다 거짓말이다. 사무실 청소를 하면서 알게 된 거지만 어차피 매년 들어오는 애들이 있게 마련. 그러다 보니 필요 없는 인간 따윈 신경도 쓰지 않는다.

차 사장이 시계를 보며 말했다.

"그럼 슬슬 출발해 볼까?"

'씨발! 왜 이렇게 안 오는 거야.'

똥줄이 타는 기분.

여기서 다시 똥이 마렵다고 하면 분명 맞을 것이다. 그러나 시간을 끌려면 어쩔 수가 없다.

홍기운이 용기를 내 입을 열려 할 때였다.

아래층에서 소란이 일더니 한 명이 뛰어들어 왔다.

"사장님, 이상한 애들이 쳐들어왔습니다!"

"뭔 소리야! 누가?"

"모르겠습니다! 다만 인원이 많습니다."

"씨발! 이게 웬일이래. 너희들 나가서 막아! 재열이 넌 당장 전화해서 애들 불러."

"예!"

방안에 있던 10명 가까운 사람들이 우르르 밖으로 나갔다.

건물의 복도가 좁아서 두세 명만 있어도 올라오는 걸 막을 수 있는 구조였기에 지원 병력이 올 때까지 10명이면 충분히 버틸 수 있었다.

홍기운은 전화기를 드는 민재열을 막아야 하나 고민을 했다. 그러나 굳이 그가 나설 필요가 없었다.

"사장님! 전화기가 먹통입니다."

"그럼 112든, 119든 연락해!"

거칠 것 없고 세상 무서운지 모르고 행동하던 차 사장을 한 걸음 떨어져서 바라보니 우습다. 깡패가 위험하다고 112라니.

"안 됩니다!"

"씨발! 무기 들어! 홍기운 너 뭐 해. 당장 무기 들어!"

"네네."

홍기운은 일단 각목을 드는 척했다. 구세주가 질 가능성도 염두에 둬야 했다.

그러나 착각이었다.

구세주 팀(?)은 그가 생각했던 것보다 훨씬 조직적이고 강했다.

10명이 나간 지 5분도 되지 않아 피로 물든 창과 정글도를 든 사내들이 들이닥쳤다.

"너희들 뭐야! 어느 파에서 나왔어?"

차 사장이 민재열과 어깨를 나란히 한 채 사시미를 내밀며 외쳤다. 그러나 홍기운이 듣기에 그의 목소리는 떨리고 있었다.

지긋지긋한 곳에서 탈출이다.

홍기운은 각목을 내려놓고 가급적 차 사장과 민재열에게서 떨어졌다. 물론 앞에 있는 이들에게 온 신경을 곤두세우고 있던 차 사장은 알지 못했다.

그때 창을 내밀고 언제든 찌를 준비를 하고 있는 사람들 사이로 홍기운이 구세주라 생각하는 이가 들어왔다. 그는 방을 슥 훑어보다가 홍기운을 보고 차 사장이 눈치채지 못할 정도로 살짝 고개를 까닥거렸다.

그러다 차 사장이 외치자 감정 없는 눈빛으로 그를 봤다.

"너희 어디에서 왔어?"

"그건 알 것 없고."

"조선족? …도대체 무슨 원한이 있기에 이렇게까지 하는 거지? 원하는 게 뭐야?"

"우리 같은 사람이 원한이 있어서 움직이나? 그냥 위에서 시키니까 하는 거지. 원하는 건 한 가지 있어."

"…뭘 원하지? 조건만 맞는다면 주겠다."

적들에게 둘러싸여 있는 상태에서 호기롭게 달려드는 건 역시 영화에서나 있는 일이었다.

하긴 같은 사시미라면 모를까 달려들었다간 싸우기는커녕 그냥 창에 찔려 죽을 게 뻔한데 달려들 사람이 몇 명이나 될까.

"돈이 필요하긴 한데… 뭐, 안 줘도 상관없어. 길게 얘기하다 보면 나오겠지. 근데 옆에 있는 사람은 얘기하는데 필요 없지 않나?"

"그건… 커어억!"

"……!"

민재열이 무슨 말을 하기도 전에 대여섯 개의 창이 몸에 박혔다.

일체의 망설임도 없는 잔인한 손속에 차 사장도. 이들에게 협조하고 있는 홍기운도 놀랐다.

"왜 놀라? 너도 평소에 하는 일이잖아. 근데 그 칼은 언제까지 들고 있을 거지?"

"……."

쨍그랑!

차 사장은 손을 덴 사람처럼 화들짝 놀라 사시미칼을 떨어뜨렸다.

힘없는 일반인들에게 악귀 같았던 그가 더 악귀 같은 놈들을 만나자 일반인처럼 되어버렸다.

홍기운은 더 보고 있을 수가 없었다. 구토가 나려는 것도 간신히 참고 있었다.

"저……."

"왜 그러시죠?"

구세주는 차 사장을 상대할 때와 달리 빙긋 웃으며 홍기운을 상대했다.

"돈은 필요 없으니… 전 이만 가봐도 되겠습니까?"

"이런! 그래선 안 되죠. 약속은 약속인데."

"……."

"보기 힘든 거면 옆에서 잠깐 기다리세요. 정 안 되면 금고 안에 돈이라도 챙겨 가야지 않겠습니까?"

"…아, 네."

구세주가 아니라 범의 아가리인가?

홍기운은 혹시 그가 마음이 변했을까 걱정됐다. 그러나 이미 늦은 후회. 그가 약속을 지키기 바랄 수밖에 없었다.

"홍기운! 이 새끼 네가 배신한 거냐! 이 새끼……! 후환이 두렵지 않아!"

이제야 눈치를 챘는지 차 사장은 고래고래 소리쳤다.

홍기운 역시 지지 않고 외쳤다.

"그만둔다고 했을 때 놔줬으면 됐잖아! 너 때문에 감옥에 다녀 온 것만 세 번이야! 그런데 다시 20년 썩고 오라고? 좆 까! 내가 왜 그래야 하는데?"

"너, 이 새끼! 이러고도 무사할 줄 알아?"

차 사장의 외침에 이번엔 구세주(?)가 답했다.

"무사할 겁니다. 어차피 오늘을 기억하는 사람은 홍기운 씨밖에 없을 테니까요. 옆방으로 모셔."

"예."

무표정하게 창을 들고 있던 이들 중 한 명이 대답을 하며 홍기운을 안내했다.

홍기운은 복잡한 심사에 고개를 숙인 채 복도로 나왔다.

핏빛 발자국으로 지저분해진 복도 바닥이 보이자 현 상황과 어울리지 않게 '청소하려면 힘들겠다'는 생각이 들었다.

*　　　*　　　*

아주 잔인한 영화 한 편을 본 느낌이다. 그리고 그 영화(?)를 보고 황강이 장강룡에 대해 말을 아낀 이유를 알게 됐고, 세상은 넓고 미친놈은 많다는 걸 알게 됐다.

물론 다음 날, 아무렇지 않게 환자를 보고 있는 두삼 역시 그리 정상은 아니었다.

솔직히 자신을 죽이려고 했던 인간 같지도 않은 인간들이 사라지는 모습에 일을 하려면 저렇게 해야 하는구나, 라는 깨달음을 얻었다.

피해자는 죽었으니 인권이 없고, 가해자는 살아 있으니 인권을 논하는 나라에서 자기 목숨은 자신이 챙기는 게 어쩌면 당연했다.

아무튼, 앓던 이 중 하나를 치료하는 수준이 아닌 아예 뽑아
버리고 나니 시원했다.

두삼의 기분이 좋아 보였는지 테슬라가 물었다.

"한, 무슨 좋은 일 있어요?"

"골치 아픈 일이 쉽게 풀렸거든."

"난 또, 내가 떠난다고 기뻐하는지 알았어요."

지금 하는 것이 테슬라의 마지막 치료다.

윌리엄에게 일이 생기는 바람에 더 머물 수 없게 된 것이다.

"그것도 기쁘지."

"네? 난 한에게 더 치료를 받고 싶은데……. 너무해요."

"마냥 치료한다고 좋은 게 아냐. 지금 너무 빨리 변하고 있어
서 지켜볼 시간이 필요해. 그동안 잠깐 미국에 가 있는 거고. 네
가 지금처럼 좋아졌는데 내가 기쁠까 슬플까?"

"…기쁘겠죠."

"맞아. 헤어지는 건 나도 아쉬워. 하지만 금세 또 만날 거잖아,
안 그래?"

"생각해 보니 그러네요."

테슬라의 상태는 우려할 만큼 빠르게 좋아졌다. 엄마 옆에만
있던 애가 이젠 스마트폰을 더 좋아했고, 안으려 하면 싫은 기색
까지 내비친다.

안 그래도 지켜보는 것이 낫겠다 싶었는데 떠나기로 한 것이
다.

다시 보자는 말로 테슬라와 작별을 고했다. 복도로 나오자 윌
리엄이 손짓을 했다.

"닥터 한, 나 좀 보고 가."

"아까 작별 인사를 했는데 아직 할 말이 있으세요?"

테슬라를 치료하기 전에 이미 작별 인사를 했었다.

"그냥 가려니 아무래도 마음에 걸려서 말이야."

"윌리엄의 치료비는 정부에서 지원을 받는다고 말했잖아요."

민규식에게 듣기로 매년 10명 정도를 치료해 주고 응급센터 지원금을 국립병원 수준으로 올려주기로 했다고 한다. 그러니 병원비로는 충분했다.

"알아. 그래도 내 마음이 안 그래. 별건 아니고 괜찮은 벤처기업 두 곳의 주식이네. 오를 가능성도 있지만, 휴지가 될 수도 있는 거니 받게."

"잭팟이 터지면 눈물 나실 텐데요?"

"후후! 절반씩 나눴으니 걱정하지 말게."

"감사합니다."

휴지가 될 수 있다는 말에 대수롭지 않게 받을 수 있었다.

온 김에 3층으로 올라갔다.

첫날과 달리 라키 압둘라흐만은 반바지에 카피에를 쓴 채 휴식을 취하고 있었다.

"한, 이 시간에 웬일이에요?"

"오늘은 일찍 들렀어요. 간지러운 건 어때요?"

"아직까진 하루에 두세 번 간지럽긴 해요. 하지만 예전과 비교할 수 없을 만큼 좋아졌어요."

"그래요? 잠깐 볼까요?"

한약과 마시지를 통해 피부와 관련이 있는 장기들을 정상적인 기능으로 올렸다. 한데 아직 간지럽다면 아직 잘못된 게 있다는 뜻이었다.

두삼은 전보다 더 신중하게 그의 몸을 살폈다.

'이상이 없는데…… 인종에 따른 체질 문제인가?'

일단은 자신의 진단과 의술이 잘못됐다는 생각은 배제했다. 그것부터 의심하면 솔직히 대책을 찾기 너무 어려워졌다.

인종 간의 피부, 생김새와 내부의 차이는 환경적인 요인으로 세대를 거쳐 가며 진화한 덕분일 것이다. 즉, 비슷하지만 분명 다른 것이 있다는 얘기다.

아랍의 환경을 떠올려 봤다.

사막, 뜨거운 공기, 내리쬐는 햇볕 등. 그리고 그것을 한의학적으로 풀이해 본다.

'…밖이 양기로 가득하다면 몸은 음해야 해. 특히 뜨거운 공기를 마시는 폐는… 아! 혹시 내가 생각하고 있는 정상의 기준과 다르다?'

우리나라 사람들의 정상적인 폐가 양기 50, 음기 50이라면 라키의 경우는 정상이 양기 45, 음기 55일 수 있었다. 한데 그것을 50, 50으로 맞추니 완전히 낫지 않은 것이다.

만일 예상이 맞는다면 앞으로 외국인들에게 한방 치료를 할 때 좀 더 많은 것을 고려해야 할 것이다.

일단 폐의 음기를 늘려보기로 했다. 확실하지 않는데 한약을 바꾸는 건 낭비였다.

"지압하겠습니다."

가볍게 그의 가슴 부근을 지압하는 척하면서 차가운 음의 기운을 그의 폐로 보냈다.

"오늘 몇 번이나 간지러운지 체크해 보십시오. 참! 제가 드린 한약은 마시면 안 되니 제게 주세요."

"왜요? 뭐가 잘못됐어요?"

"잘못된 게 아니라 간지러움이 완전히 사라지게 하려고 하는 겁니다."

"지금 정도만으로도 얼마나 행복한지 모를 겁니다. 만일 완전히 사라진다면 아주 좋은 선물을 해줄게요."

"기대하죠."

이제는 쓸모없어진 한약을 챙겨 나오는데 민규식에게 연락이 왔다.

─지금 어딘가?

"부시 가족이 오늘 떠난다고 해서 작별 인사하고 암센터로 가는 중입니다."

─고생했군. 오늘 일은 끝나고 뭐 하나?

"음, 딱히 약속은 없습니다. 근데 무슨 일 있으세요? 목소리가 안 좋으시네요."

─일은 무슨. …방금 수술하고 나와서 목이 잠겼나 보네. 일 끝나고 연락 주게. 저녁이라도 같이하세.

"말기 암 환자 진단이 있어 7시쯤 끝날 텐데 괜찮겠습니까?"

─계속 병원에 있을 생각이니 더 늦어도 상관없네.

목이 잠겨서 목소리가 가라앉은 것 같진 않았다. 하지만 저녁 먹을 때 알게 될 일. 빠르게 암센터로 걸음을 옮겼다.

"후우~ 힘드네."

오늘도 세 명의 말기 암 환자에게 치료 불가 판정을 내렸다. 익숙해지면 괜찮을 거로 생각했는데 이젠 익숙해질지 의문이다.

옷을 갈아입고 민규식에게 전화했다.

"원장님 접니다. 어디서 뵐까요?"

ㅡ장례식장 2층 208호로 오게.

"……!"

장례식장이라는 말에 강 어르신이 떠올랐다. 조심스레 물었다.

"…이사장님이 돌아가셨습니까?"

ㅡ바로 아는군. 맞네. 그냥 편안한 복장으로 오게.

"…금방 가겠습니다."

편안한 복장으로 오라고 했지만 그럴 수가 없었다. 항상 준비하고 있던 검은 양복과 검은 넥타이를 하고 장례식장으로 갔다.

퇴근을 마치고 장례식을 찾은 사람들이 많은지 작지 않은 장례식장이 양복을 입은 사람들로 북적였다.

그러나 대학과 병원을 만든 이사장의 죽음을 기리는 곳이라기엔 2층 208호는 제단, 테이블 여섯 개와 음식을 나눠주는 부엌이 한꺼번에 자리한 가장 작은 빈소였다.

한데 빈소의 작은 규모보다 놀란 건 민규식과 고향 집에서 본 경호원 두 명만 있다는 점이었다.

민규식이 상주 역할을 하는지 상주 완장을 찬 채 제단 옆에 서 있었다.

"어서 오게. 마지막 인사드리게."

"…네."

액자 속 이사장은 환하게 웃고 있었는데 젊었을 때 찍어둔 건지 민규식보다 젊어 보였다.

향을 피우고 두 번 절을 했다.

'강 어르신, 부디 좋은 곳에 가시길……'

이사장과 자주 만나거나 친근하게 지냈다고 하기엔 무리가 있었다. 그러나 할아버지와 나이를 초월한 친우로 워낙 좋은 기억으로 남아 있던 이라 그런지 마음이 한없이 무거웠다.

마지막 인사를 드리고 일어나 민규식과 맞절을 한 후 입을 열었다.

"…이사장님의 빈소치곤 너무 작은 거 아닙니까?"

"나도 그렇게 생각하네. 마음 같아선 병원과 대학의 비상 연락망을 가동해 모든 직원이 오게 하고 싶었네. 그런데 이사장님이 조용히 가길 원하셨어. 그래서 꼭 알아야 하는 사람만 불렀네."

"……."

고인이 원했고, 민규식이 유언을 따라 했다는데 무슨 말을 더 할까.

"저기 가서 앉지."

민규식이 가리키는 테이블로 가서 앉자 흰 수염이 듬성듬성 난 경호원이 음식을 가져왔다.

"수고하십니다. 감사합니다."

"…술을 마시겠어요?"

"부탁드립니다."

그는 소주와 맥주 몇 병을 가지고 와 테이블에 놓곤 부엌이 자신의 자리인 양 가서 섰다. 그 모습을 보다가 두삼이 말했다.

"같이 드시죠?"

"……."

"놔두게. 그의 추모 방식이니까. 육개장 먹어보게. 최근에 주방 아주머니들이 바뀌었는데 확 달라졌어. 우리 병원이라 하는 말이 아니라 장례식장 맛집을 뽑는다면 우리 병원이 1등 할 걸세."

"하하… 원장님은 안 드십니까?"

"좀 전에 강창동 어르신 왔을 때 같이 먹었으니 신경 쓰지 말고 먹게. 맥주로 마실 텐가?"

"소주로 마시겠습니다."

그의 말처럼 육개장은 웬만한 음식점보다 맛있었다. 수육, 편육, 오징어무침, 빈소라는 걸 망각하고 음식에 집중할 정도였다.

"넉넉하니 부족하면 더 먹게."

"그럼… 밥과 국 좀 더 주십시오."

"허허! 자네 먹는 모습에 이사장님이 기뻐하시겠군. 위암 수술 후, 당신이 많이 못 먹으니 잘 먹는 사람들을 보며 아주 예뻐하셨거든."

"그러셨습니까? …이사장님은 어떤 분이셨습니까?"

두삼은 제단 위 영정 사진을 흘낏 보며 물었다.

"할아버님께 듣지 못했나?"

"그냥 친한 분이라는 말만 들었습니다."

"이사장님께서 당신 얘기하는 걸 어떻게 생각할지 모르겠군. 솔직히 나서길 극도로 꺼렸던 분이거든. 오죽하면 학교와 병원 관계자 중 이사장님 성함을 아는 사람이 드물까."

"잊히길 바라셨나 보군요?"

"그러셨지. 유언으로 남기셨고."

"저도 모릅니다. 성함이?"

"강에 한자 철자를 쓰셨네."

강한철. 강한철. 속으로 몇 번 중얼거리며 확실하게 기억했다.

"이사장님께서 저한테 남기신 유언은 없었습니까?"

"없었네. 그저 돌아가시기 직전엔 마사지를 받고 싶다고 하셨지."

"…부르시지."

"그 말씀 후, 5분도 지나지 않아 돌아가셨다네."

이사장은 마사지가 끝나고 나면 항상 할아버지만큼, 할아버지보다 좋다는 말을 했었다. 지금 생각하니 할아버지의 마사지가 그리워서 한 말인지도 모르겠다.

"아무튼, 제게는 말이 없으셨다니 잘됐네요. 원장님께선 유언이 있으셨으니 어쩔 수 없지만 전 재단을 만든 이사장을 최대한 알릴 겁니다."

"응?"

"병원과 대학을 만들어 수많은 사람을 살린 분인데 잊어선 안 되죠. 무료 진료를 받는 사람들에게 한강대학병원이, 그리고 병원을 만든 강한철 이사장님의 낮게 해줬다고 말할 겁니다."

병원은 설립 목적을 잊어선 안 된다고 생각한다.

민규식이야 잊지 않을 것이다. 그러나 두삼 자신이, 혹은 후임자가 본래 목적을 잃고 이익에만 매달릴 수도 있다.

그러니 세뇌하는 것처럼 끊임없이 강한철이, 그가 병원을 만든 이유를 언급해 엇나가는 것을 최소화해야 했다. 그러기 위해서라도 강한철은 잊혀서는 안 된다.

민규식은 살짝 놀란 표정으로 두삼을 봤다. 그리고 잠시 후 그답지 않게 호탕하게 웃으며 말했다.

"하하하! 그런 방법이 있었군. 난 못하지만 자넨 할 수 있겠어. 하하하! 맞아. 그런 방법이 있었어. 사실 나도 진즉부터 그러고 싶었다네. 하지만 이사장님이 허락해 주시지 않았지. 돌아가실 때까지도 말이야."

"그럼 그분이 어떤 분인지 말해주시겠습니까?"

"그러지. 내가 아는 한 말해주겠네."

민규식은 소주를 마신 후 말을 이었다.

"그분의 젊은 시절에 대해선 알지 못하네. 다만 6.25 직후부터 사채업을 하며 엄청난 부를 축적했다는 정도. 지금도 그렇지만 사채업이라는 게 합법과는 거리가 멀지 않은가."

강한철.

사채업으로 부를 쌓은 그는 본격적으로 정치권과 손을 잡고 더 큰 부를 쌓는데 혈안이 되었고, 당시 기업을 좌지우지 할 정도의 부를 쌓을 수 있었다.

그러나 돈을 버는 동안 쌓은 악업 때문인지 큰 화재로 부인과 자식들을 잃게 되었고, 본인은 설상가상 말기 암에 걸려 죽을 위기에 처했다.

그때 두삼의 할아버지를 만나 살아나면서부터 그의 삶은 바뀌었다.

보여주기 식으로 가지고 있던 한강대학을 키우는 한편, 한강대학병원을 설립해 지난날을 과오를 그가 가진 막대한 부를 장학금과 수많은 환자를 살리는 데 쓰며 속죄하고자 했다.

"…아무리 그렇게 했다 하더라도 과거 저지른 일이 잊히지 않으셨던 모양이야. 항상 자신은 죄인이니 조용히 사라지는 게 좋다고 말하셨거든."

"그렇군요."

강한철의 삶에 대해 잘했다, 잘못했다 판단하지 않고 기억했다. 두삼에겐 그저 마음씨 좋은 할아버지였다.

두삼이 할 일은 그가 병원을 설립한 것과 설립한 목적을 후대에 전하는 것이다.

"참! 원래 한강대학병원 초대 원장으로 자네 할아버지를 앉히려 했다네. 아마 자네에게 유산을 준 것도 그 때문이 아닐까 하네."

"아! 이제야 조금 이해가 되네요."

"듣기론 경영 능력이 없다고 고사했다더군. 아깝지 않나? 만일 한강대학병원 원장의 손자였으면 과거 그런 일은 안 당했을 텐데 말이야."

"그렇다고 해도 병원장 손자가 아니었을 겁니다."

"……?"

"병원을 경영하기엔 환자에게 너무 여렸습니다. 증거는 여러 번 망해본 저희 아버지죠. 배가 침몰할 것 같으면 혼자서라도 도망 나와야 하는데 선원부터 살리고 보는 분이거든요."

"자네는?"

"비슷하지 않을까요? 하하! 이제 제가 병원을 경영할까 걱정되지 않으세요?"

"약간? 허허허!"

"걱정되시면 건강하게 오래 사세요."

"나도 쉬어야지. 어떻게 나이 든 사람을 부려먹을 생각만 하나."

"그럼, 청하 교육 좀 시켜주십시오."

"허! 내가 안 된다니 청하를 끌어들이려는 건가?"

"제 주변에 사람이 없습니다. 제 인간관계 아시잖습니까?"

"쯧! 오늘 여기저기서 부탁이 많군."

"감사합니다. 근데 경호원분께선……."

"방일균 팀장이네."

"아! 방 팀장님이셨군요. 방 팀장님께선 이사장님에 대해 해줄 말씀 없으세요?"

"……."

두삼의 질문에 그는 잠시 영정 사진을 바라보다가 테이블로 와서 앉았다. 그리고 머리를 긁적거리곤 입을 열었다.

"많지는 않습니다. 다만 그분이 학교와 병원 말고도 여러 곳에 도움을 준 건 알고 있어요. 나 역시 그분이 돕던 보육원 중

한 곳에서 자랐죠."

　그는 저음의 동굴 목소리로 얘기를 시작했다.

　그렇게 세 사람은 강한철에 시시콜콜한 얘기를 하며 빈소를
지켰다.

100. 상견례

이틀째도 퇴근하고 빈소를 지켰다. 그리고 다음 날, 발인을 돕고 화장터까지 따라갔다.

　화장터에서 한 줌의 흙이 된 유골함을 들고 물었다.

　"원장님, 장지는 어디죠? 너무 먼 곳이면 압둘라흐만 씨의 치료 때문에 가긴 힘들 것 같습니다."

　"병원과 가까운 곳이네. 바쁘면 병원에서 내려줌세."

　"병원과 가깝다면 가겠습니다. 오후부터 진료한다고 미리 말해뒀거든요."

　"그 사람 참, 굳이 안 따라와도 된다니까."

　"엄청난 선물을 주셨는데 시간이 되면 와야죠."

　리무진을 타고 향한 곳은 한강대학교의 뒷산.

　미술대가 위치한 곳에서 좀 더 안쪽으로 가자 굳게 닫혀 있는 철문이 보였다.

"학교에 이런 곳이 있었군요."

"미술대 사람들이나 알지, 대부분은 잘 모르지."

보조석에 앉아 있던 방일균이 차에서 내려 철문을 열었다. 그리고 차는 산으로 향하는 도로를 따라 올라갔다.

도착한 곳엔 멋진 미술관처럼 생긴 건물이 있었다.

"이사장님께서 전에 머물던 곳이지."

"한데 왜 여기로?"

"이곳 제일 위층에 가족 납골묘가 있다네."

"아!"

"이상한가?"

"아뇨. 중국에선 흔했거든요."

공산당이 들어서면서부터인지 과거부터 그랬는지 모르지만, 돈이 없는 서민들의 경우 지붕 바로 아래 다락방에 납골당을 만들어 조상을 모셨다.

물론 강한철이 가족을 위해 만든 납골당은 다락방과는 달랐다.

화려하진 않지만 깔끔하면서도 편안한 분위기였다. 게다가 나무 사이로 대학과 병원이 한눈에 보여 이사장인 그가 잠들기에 딱이었다.

"좋군요."

"그런가? 난 한때 감시받는 기분이었다네. 겨울에 내 집무실에서 보면 여기가 보이거든."

"하하! 방을 옮기시지 그러셨어요."

"2, 3년 지나자 마음이 편해졌다네. 적자를 보더라도 이사장님이 책임져 주셨거든. 그 덕분인지 차츰 정상 궤도에 올랐고 말이야."

"뒷배로 생각하신 거군요."

"그렇다네. 이제… 다시 허튼 생각을 못 하게 하는 수호자가 되셨지만."

"수호자라… 좋네요."

민규식, 방일균, 두삼, 세 사람은 유골함을 안치하고 납골당에서 보이는 병원과 대학을 말없이 바라보다가 내려왔다.

*   *   *

강한철의 장례식이 끝나고 나자 4월에서 5월로 넘어가 있었다.

5월 초에 중요한 일이 있었는데 그건 바로 양가 부모님을 모시고 상견례를 하는 것이다.

이미 양가에서 허락을 받은 상태에서 하는 상견례라 문제가 발생할 일은 없었지만, 무슨 일이 생기지 않을까 하는 심적 부담감이 있었다.

"아버님, 어머님은 언제 도착하신대?"

"좀 전에 만남의 광장 지나셨대. 서울 다 와서 차가 좀 막힌다고 이경도 셰프 음식점으로 곧장 가신대."

"그래? 그럼 엄마한테 바로 출발하라고 해야겠다."

"차가 막힌다니 그럴 필요 없어."

"금세 뚫릴 수도 있잖아. 4시간 거리에서 올라오시는데 서울에 사는 우리가 기다리게 하면 안 되지. 우리도 얼른 출발하자."

말하면서 서둘러 화장을 하는 하란을 보고 있자니 긴장을 한 것 같았다.

다가가 가볍게 어깨를 주무르며 말했다.

"서두르지 마. 누군가가 늦게 도착하면 걱정을 하지, 화낼 분들이 아니잖아."

"그건 그래. 알았어. 서두르지 않을게. 그렇다고 가슴까지 주무르진 말지?"

"아! 손이 언제… 하하!"

"할 일 없으면 상큼, 달콤이 화장실이나 치워줘."

"쩝! 알았어."

반려동물을 키우는 건 불쌍하다, 예쁘다는 순간적인 감정만으로 결정해서는 안 된다는 것을 느끼는 중이다.

함께할 시간적 여유는 물론이고, 꾸준한 관심과 사랑 역시 필수였다.

바쁘다는 핑계로 하란에게만 맡겨둬서인지 약간 스트레스를 받는 모양이다. 그래서인지 고양이 거처에 점점 로봇들이 늘어나고 있다.

스마트 자동 화장실, 밥 주는 로봇? 기계? 놀아주는 로봇, 구석에 싼 변을 치우는 로봇까지. 그나마 집이 넓어서 다행이지 좁은 집이었으면 고양이 집인지 사람 집인지 모를 정도였을 것이다.

"묘오~ 묘오~"

자동 화장실에 쌓인 변을 치워주러 들어가자 두 마리가 다리에 붙으며 아양을 떤다.

"그래, 그래. 아빠가 시간을 더 낼게."

정리를 마치고 손을 씻고 나오자 하란은 준비를 마쳤는지 기다리고 있었다.

"예쁘네. 갈까?"

"응. 참! 예약은 확인했지?"

"또 전화하면 오늘 나올 음식 중 두세 가지는 뺀다고 할지도 몰라."

조금 전에 전화하니 스페셜 음식을 준비 중이니 방해 말고 얼른 오라는 얘기를 했었다.

차를 타고 이경도 셰프의 음식점으로 향했다. 한데 한강 다리를 건너자마자 차가 막히기 시작하더니 어느 지점부턴 움직이질 않았다.

"오빠, 너무 막히는데?"

"그러게. 교통사고라도 난 건가?"

"중앙선 침범 사곤가 봐. 맞은편에 차가 없잖아. 부모님께 연락드려 봐. 난 엄마한테 연락할게."

각각 전화를 걸었다.

—중간에 차가 잠깐 막히기에 걸어서 왔다. 참! 사부인이 일찍 와 계셔서 함께 차 마시고 있으니 천천히 오려무나.

"장모님이 벌써 와 계신다고요?"

—응. 차 막힐까 봐. 일찍 나오셨대.

비슷하게 출발했을 텐데 어떻게?

이유는 배영옥과 통화를 끝낸 하란이 설명했다.

"좀 전에 출발한다더니 일찍 도착해 가게 근처에서 산책하고 계셨대."

"헐!"

"평생 일하던 습관인가 봐. 약속에 늦을 것 같아 불안하시더래."

"평생 그렇게 사셨는데 어쩌겠어. 그나저나 아무래도 큰 사고가 난 것 같은데?"

차는 전화하기 전이나 후나 비슷했다. 약간 앞으로 간 것도 유턴해서 가는 차량 때문이지 차가 뚫린 것은 아니었다.

"그냥 걸어가는 게 빠를 것 같아."

"그러게. 차는 돌려보내고 걸어갈까?"

이때 루시가 말했다.

─600m 앞에서 싱크홀이 발생해서 버스와 자동차 몇 대가 홀 안으로 떨어지는 사고가 일어났다네요. 현재 상태에선 언제 뚫릴지 모르겠어요.

"…오빠, 진짜 걸어가야겠다."

"그러게. 사람들은 괜찮을지 모르겠다."

"사이렌 소리가 없는 걸 보면 아직 구조 작업도 시작하지 않은 거 같은데. 그래도 주변에 병원이 많으니 구조만 되면 문제없을 거야."

팔을 살짝 잡으며 말하는 것이 왠지 오늘은 참으로고 하는 것 같았다.

그녀의 말이 타당했기에 알았다는 듯 고개를 끄덕이고 차에서 내려 좌우를 살피며 보도로 갔다. 그리고 천천히 걸어 앞으로 갔다.

삐뽀! 삐뽀!

뻥 뚫린 좌측 차선으로 수십 대의 119구급대와 구급차들이 가는 걸 보니 안심이 됐다.

조금 더 걷자 사고 현장이 가까워졌는지 구조 차량과 구경하는 사람들이 보였는데 하란일 데리고 그곳을 뚫고 가기엔 도저히 불가능해 보였다.

"아무래도 이쪽 골목으로 가서 돌아가야겠다."

건물을 돌아서 가기로 하고 일방통행로인 좁은 골목으로 방향을 바꿨다.

일방통행로도 후진하려는 차량과 멋모르고 들어온 차량으로 북새통이 따로 없었다.

ㄱ자 형태로 꺾어 가는데 그곳에 사고 본부라도 만드는 건지 경찰과 구급대원이 오간다.

다행히 이제 만드는 건지 지나갈 길이 보였다.

"실례합니다. 지나가겠습니다."

"네, 그러십시오. 송 경장! 도착했으면 무슨 일부터 해야 하는지 몰라? 라인 치고 좌우로 두 명씩 배치해서 일반인들이 다니지 못하게 해!"

참, 사람 머쓱하게 만드는 재주가 있는 경찰이다.

얼른 지나가는데 119대원들과 조금 다른 복장을 한 남자가 무전기에 대고 큰 소리로 외쳤다.

"뭐라고? 위급한 환자들이 있는데 절단 작업을 해야 꺼낼 수 있다고? …미치겠군. 작업 환경도 지랄 같다면 어쩔 수 없잖아. 아! 차를 꺼낼 방법은? …겹쳐 있어서 위험해? …여기라고 방법이 있는 건 아냐. 일단 화면 연결되면 확인해 보고 말해줄게. …별수 있냐. 괜히 사람 살린다고 무리하지 마. 그러다 사고 나면 내가 죽여 버린다."

그의 거친 말엔 걱정이 담겨 있었다.

누군가가 팔을 잡아끄는 느낌에 돌아보니 하란이다. 지나가고 있다고 생각했는데 자신도 모르게 서서 듣고 있었나 보다.

"아! 미안……. 가자."

가자고 하는데 이번엔 그녀가 걸음을 멈췄다.

"가고 싶지?"

"…아니, 내가 무슨……. 난 위험한 거 딱 질색이야."

"그런 사람치곤 그 전에 너무 위험한 일을 많이 하지 않았나?"

"하하……. 그건 본능이랄까. 환자를 보면 나도 모르게 그렇게 되더라고. 하지만 네가 있는데 본능대로 할 수는 없잖아."

"……."

"나쁜 의미가 아니라 좋은 의미에서 하는 말이야. 솔직히 나도 위험한 일 싫어. 너랑 결혼해서 행복하게 사는 게 꿈이거든."

"후회하지 않겠어?"

두삼은 잠시 고민하다가 말했다.

"솔직히… 사망자가 생기면 후회할지도 몰라."

눈으로 보고 어쩔 수 없는 죽음임을 확인한다면 모를까, TV에서 사망자 기사를 본다면 자신이 돕지 않아 죽었다고 생각할 가능성이 컸다.

어쩌면 약간의 죄책감을 느낄지도 모르겠다.

물론, 옆에 없었다면, 조금 전의 말을 듣지 않았다면, 고민할 필요도 없었을 것이다. 하지만 듣고 움직이지 않은 건 자신의 의지였으니 감수해야 했다.

"그래도 괜찮……."

"…가. 가서 환자를 살려."

"…아냐. 오늘 상견례인데 그럴 수는 없어."

"그건 내가 알아서 할게. 아픈 사람을 보고 지나치지 못하는 오빠라 좋아했어. 근데 인제 와서 나 때문에 피한다면 이상하잖아. 대신 위험한 일은 삼가고 안전하게 돕고 오겠다고 약속해."

"…약속해. 가 있으면 금방 갈게."

"그래. 다녀와."

솔직히 하란이 어떤 심정으로 허락하는지 이해할 수 없었다. 하지만 한 가지, 많이 불안해하고 있다는 건 알 수 있었다.

두삼은 하란을 껴안았다.

"이런 나라서 미안."

"…피이~ 위험한 일 하면 두 번 다시 허락하지 않을 거야."

"내 능력 알잖아. 사랑해. 다녀올게."

가볍게 입을 맞춘 후 돌아섰다.

사고 본부를 차리던 사람들이 이곳에서 뭔 짓이냐는 눈빛으로 쳐다보고 있었지만, 무시하고 곧장 사고 현장으로 달려갔다.

입으로는 괜찮다고 말했지만 본심은 환자에게 가고 싶었던 것이 분명했다. 위험할지도 모르는 곳으로 가는데 방금 전까지 복잡했던 마음이 깨끗해지고 무거웠던 발걸음도 가볍다.

사실 두삼은 모르고 있었지만 구조 과장이 통화할 때 두삼의 표정은 잔뜩 일그러져 있었다. 그 표정을 보고 하란이 가라고 한 것이다.

"실례합니다. 지나가겠습니다."

구경하는 사람들을 뚫고 폴리스 라인까지 가는 것도 쉽지 않았다.

겨우 도착해서 폴리스 라인을 지키고 있는 경찰에게 말했다.

"후우! 후우! 저 한의사인데 도울 일 없을까요?"

"…선생님, 말씀은 감사한데 의사 선생님들은 꽤 계신 걸로 알고 있어요. 그보다는 구조를 못 해서… 어! 혹시 차이나타운 사건의 그분?"

지겹다고 했던 것이 이럴 때 도움이 되다니. 자신의 입으로 자랑하긴 부끄러웠지만 지금은 따질 때가 아니었다.

"맞습니다! 제가 그 한의사입니다!"

"역시! 들어오십시오. 도 순경, 이분 얼른 구조대 쪽으로 안내해 드려."

"예! 근데 의사분을 왜 구조대에……?"

"이분이 누군지 모르겠냐? 설명은 좀 있다 해줄 테니 얼른 모셔다 드려. 아마 구조대에서 알아서 할 거야."

"옙! 이쪽으로 오십시오."

도 순경을 따라가자 점점 사고 현장이 보였다.

강남 한복판이 맞나 싶을 만큼 큰 구덩이와 그곳에서 조금 떨어져 세워진 소방차들 사이를 부지런히 움직이는 구조대원들이 보였다.

도 순경은 무전기를 든 채 큰 소리로 지시를 내리고 있는 구조대원에게 안내했다.

그의 어깨를 툭툭 치자 구조대원은 살짝 짜증이 난 표정으로 도 순경을 보고 물었다.

"무슨 일입니까?"

"이분을 이곳으로 데리고 오라고 해서요."

"누구… 신데요?"

"한의사라고⋯⋯."

"도움을 주러 오신 의사분은 저쪽 구급차 많은 곳에 대기 중이니 그쪽으로 가십시오."

도 순경에게 맡기면 안 될 것 같아서 나섰다.

"수고하십니다. 전 인천 건물 붕괴 사고와 차이나타운 사건 때 응급처치를 했던 한의사입니다."

"네⋯⋯? 아! 아!"

그는 이름을 말하려는데 퍼뜩 떠오르지 않는지 '아!'를 연발했다.

"한두삼입니다. 구조 본부를 지나다가 위급한 환자가 있다는 얘기를 들어서 왔습니다."

"그러시군요. 근데 환자가 아직 올라온 상태가 아니라서… 구조 작업 중 죽을 가능성이 큽니다."

"내려가겠습니다!"

"…네?"

"구조 작업 중 죽을 가능성이 크다면 구조 작업 하는 동안 생명 유지를 시키면 되지 않겠습니까?"

"……."

달려올 때부터 하던 생각이었기에 망설임은 없었다.

＊　　　　＊　　　　＊

하란이 위험한 짓 하지 말라고 했는데 시작부터 위험한 일이다.

"선생님, 위험할 수 있습니다. 그래도 가시겠습니까?"

"구조대분들도 내려가잖아요?"

"그건 저희 일이니까요."

"저도 제 일 하러 가는 겁니다."

구조대원은 복잡한 표정을 지으며 두삼을 보다가 별 수 없다는 듯 말했다.

"…아무쪼록 조심하십시오. 공구는 들 수 있으시겠습니까?"

"네. 가벼운데요."

"훗! 힘이 장사시네요. 무슨 일이 있더라도 안전모랑 옷은 벗지 마십시오. 그리고 올라오고 싶으시면 줄을 두 번 당기시거나 옆에 있는 무전기를 사용하시고요."

"그러죠."

"자! 끝에 서세요. 돌 떨어지지 않게 조심하시고요. 엉덩이로 주저앉는다 생각하고 다리를 가볍게 떨어뜨리세요. 그럼 알아서 내려갈 겁니다."

싱크홀 끝에 서자 비로소 아래 자동차와 버스가 뒤엉켜 있는 것이 보였다.

우리나라에 제대로 된 싱크홀이 나타난 적이 없었는데 이번엔 제대로 나타난 것 같다.

전에 한 지하철 공사가 잘못된 건지, 바로 옆에 공사현장에서 문제가 생긴 건지 모르지만 무너진 상태를 보니 인재가 분명했다.

"후우~"

한숨을 뱉고 떨어지지 않으려고 버티고 있던 후들거리는 다리를 뗐다.

주룩 아래로 떨어지는 몸. 천천히 내려가는데도 심장박동이 비정상적으로 두근거린다.

후회라는 감정이 드는 찰나, 버스와 벽 사이에 박힌 승용차가 보였다. 그리고 버스 위에서 대기 중인 구조대원들이 말했다.

"인사는 나중에 하고 공구를 건네주십시오."

"여기 있습니다. 환자는 어디 있죠?"

"이쪽입니다."

손전등이 가리키는 곳은 버스와 승용차의 앞부분이 교차해 있는 지점이었는데 환자는 찌그러진 차 안에서 의식을 잃고 있었다.

일견 머리에만 피가 난 것 같은데 안색이 파리한 것이 다른 곳에서 피가 흐르고 있는 게 분명했다.

"혹시나 해 차 밑으로 가봤는데 피가 많이 나는지 피가 아래로 떨어져 내리고 있었습니다."

"하체 쪽이겠죠. 제가 어느 쪽에서 환자를 보면 되겠습니까?"

"반대편에서 해주세요. 선 꼬이지 않게 해주시고요."

"네."

위이잉~ 끼에에에에에엑!

쇠를 자르는 소리가 귀가 아프게 울렸다. 그러나 거기에 신경 쓸 틈이 없었다.

뒤쪽으로 가서 환자에게 접근할 길을 찾았다. 하지만 겨우 손을 넣을 정도밖에 되지 않았다.

'치료한다는 시늉은 못 하겠네.'

사람들이 있어 시늉을 하려 했는데 도저히 자세가 나오지 않았다.

찌그러진 앞좌석 창으로 손을 넣어 환자의 목에 손을 올렸다.

운전대에 심하게 부딪히며 늑골이 부러졌지만, 다행히 치명상은 아니었다. 그러나 앞 범퍼가 완전히 찌그러지며 다리를 압박해 걸레처럼 만들어 버렸다. 특히 대동맥과 대정맥이 찢어져 출혈이 심했다.

'지금 피를 막으면 불구가 될 가능성이 커. 하지만… 일단 살리는 게 우선이니까.'

명의를 만나서 다소 불편함은 있겠지만 두 다리를 쓸 수 있게 될 가능성도 있고, 설령 못 쓰게 된다 해도 재활을 통해서 움직일 가능성도 있었다. 그러나 죽고 나면 가능성은 제로(0)였다.

그러니 일단은 살리는 게 우선이다.

피가 새는 동맥과 정맥, 작은 혈관들은 막았다. 그리고 아래로 피가 최대한 순환이 되도록 혈관 십여 곳은 연결했다.

두삼이 손을 떼고 나오자 차량을 절단하던 구조대원 두 명이 자르기를 멈추고 물어봤다.

"…죽었습니까?"

"아뇨. 일단 응급처치를 해서 절단하는 동안은 버틸 겁니다. 이젠 꺼내서 올릴 때만 다시 처치하면 됩니다."

"아! 그렇군요. 전 그냥 목에 손을 올렸다가 떼기에 무슨 일이 생긴 줄 알았습니다."

"계속하셔도 됩니다. 참! 다른 곳엔 도움이 필요 없습니까?"

현재 사방에서 구조대원들이 선을 내리고 작업을 하고 있었다.

"다들 도움이 간절하죠. 버스의 환자는 이제 꺼내기 시작했는데요. 환자의 정확한 상태만 말해주셔도 많은 도움이 될 겁니다."

"그럼 돌아다니고 있을 테니 절단 작업이 끝나면 불러주세요."

"그건 어렵지 않은데 돌아다닐 수 있으시겠어요? 자칫 위험할 수 있습니다."

버스와 승용차가 떨어진 상태에서 승용차들이 그 위에 떨어진 것이라 싱크홀 안은 암석지대처럼 울퉁불퉁했다.

"끈도 달려 있고, 조심하면 괜찮을 것 같은데요."

"절대 무리는 마십시오."

"안 합니다."

두삼이 굳이 움직이려고 하는 이유는 두 다리가 다친 남자를 응급처치할 때 버스에서 느껴진 많은 기운 때문이었다.

몇 명은 아주 위급한 상태라 구조가 늦어지면 죽을 수밖에 없었다.

등에 달린 끈 덕분에 떨어질 일은 없었기에 엉키지만 않게 버스 쪽으로 이동했다.

버스는 후면에 승용차가 수직으로 박혀 있고, 우측은 벽에 막혀 있어 외국 스포츠가 끼여 있는 우측 창문으로 구조 작업을 하고 있었다.

막 꺼냈는지 피투성이의 남자애가 구조 침대에 실려 지상으로 올라가고 있었다.

"아이는 어떻습니까?"

"…글쎄요. 구해서 올려 보내기가 바빠서… 근데 누구세요?"

"한의사입니다. 응급처치를 위해 내려왔습니다."

"한의사? …아! TV에 나왔던……? 근데 위험 지역을 찾아다니세요?"

"그건 아니고요. 상견례가 있어서 가던 길인데……. 아무튼 이렇게 됐네요. 아이가 올라가기 전이면 잠깐 봐도 될까요?"

"올라가는데 2~3분 걸린다니까 그래주시면 좋죠."

"아저씨가 잠깐 볼게. 많이 아프면 안 아프게 해줄 수도 있어."

눈을 천천히 떴다 감으며 허락하는 아이의 손을 잡고 내부를 살폈다.

우측 팔이 부러지고, 척추가 살짝 뒤틀려 신경을 압박했고, 장 파열로 인한 출혈이 있었다. 그 외에는 찢어진 외상이다.

"아프지 않게 해줄게."

허리와 등 쪽에 손을 넣고 왼 다리를 들었다. 그리고 목 아래의 신경을 1시간가량 마비시킨 후, 그의 다리를 우측으로 당겼다.

우드득! 소리와 함께 신경을 압박하던 척추가 제자리를 찾았다.

"잘 참았다."

아이의 머리를 쓰다듬어 주고 아픈 곳을 간단히 적어서 옷 사이에 끼웠다. 그제야 구조 침대가 서서히 위로 올라갔다.

버스 내 다른 사람이 구출되어 나오길 기다리는데 너무 더디다. 혹시나 싶어 슬쩍 안을 보자 내부는 장난 아니었다.

"아! 선이 걸린 것 같습니다! 올라오지 않고… 어! 미, 밀립니다!"

"잡아! 일단 잡고 있어. 놓치면 환자는 물론이고 아래 있는 사람들도 다쳐! 주광아! 걸린 거 네가 풀어야겠다."

"…잠시만 기다려 주십시오!"

거의 수직으로 세워진 좁은 버스 뒷좌석에서 끌어 올리는 두 명, 바닥에서 환자를 묶는 한 명, 3명이 뒤엉켜 쓰러진 환자를 구하려 하니 어려운 건 당연했다.

다들 최선을 다하고 있는데 기운이 사라져 가는 이들이 많으니 서두르라고 할 수도 없었다.

두삼의 표정에 조급함이 느껴졌을까 부상자가 나오길 기다리던 구급대원이 말했다.

"지금 크레인이 도착했다니 저기 박혀 있는 승용차만 제거하고 나면 구조가 한결 빨라질 겁니다. 아! 지금 내려 보낸답니다. 한쪽으로 비켜서 계십시오."

그의 지시대로 벽에 바싹 붙어 구조대가 하는 작업을 지켜봤다.

크레인의 갈고리와 함께 차량을 묶을 수 있는 넓적한 끈이 내려왔다. 그리고 잠시 작업 후 흔들림과 쇠 긁는 소리와 함께 버스에 박혀 있던 승용차가 하늘로 올라갔다.

버스 안에 있던 구조대원 두 명이 밖으로 나오는 모습을 보고 본격적인 구조가 시작되겠다 싶었다. 그래서 앞으로 가려는데 '철벅!' 하고 물 밟는 소리가 들렸다.

"…올 때만 해도 없었는데 물이?"

자세히 보니 벽에 기대고 있었던 팔 뒤와 다리 뒤에 흙과 물이 묻어 있었다.

묘한 위화감 들어 돌아서서 기대고 있던 흙벽에 손을 댔다.

손이 금세 축축해질 정도로 흙벽은 물을 잔뜩 먹고 있었다. 크레인 작업을 하는 동안 몸을 벽에 기대자 흙 사이로 흐르던 물이 몸을 타고 내려온 것이다.

소름이 돋았다.

얼른 알려야겠다는 생각에 구조대원을 봤다. 한데 묵묵하게 자신의 일을 하고 있는 구조대원들을 보니 '과연 저들이 모를까?'라는 의문이 들었다.

소란을 떨지 않고 다가가 아까 얘기했던 구조대원에게 물었다.

"방금 봤는데 흙벽이 언제 무너질지 모른다는 거 알고 계세요?"

그는 흘낏 보더니 답했다.

"…네. 들어올 때부터 알고 있었습니다."

"근데……."

"왜 이곳에 들어왔냐고요? 저희가 안 들어오면 누가 다친 사람들을 구하겠습니까?"

"……!"

그는 더는 말하지 않고 환자를 끌어 올리는 데 집중했다. 두삼은 자신이 너무 과분한 명성을 누리고 있음을 새삼 깨달았다.

119 구조대원들은 거의 매일 자신이 차이나타운에서 했던 일을 하고 있었다. 진짜 히어로는 위험한 상황인 걸 빤히 알면서도 사람을 구하기 위해 이곳에 들어온 구조대원들이었다.

'한강으로 번 돈을 어디에 쓸까 고민했는데, 더는 고민할 필요 없겠군.'

방금 떠올린 생각이었기에 구체적인 계획은 없지만 현장에서 죽음을 무릅 쓰고 일하는 구조대원들을 위해 쓰기로 했다.

짝! 두삼은 양손으로 자신의 뺨을 때리며 정신을 차렸다. 지금은 엉뚱한 생각보다 사람들을 빨리 구해서 싱크홀을 벗어나는 게 우선이었다.

버스 뒤창에 구멍이 생기자 네 명의 구조대원이 하나, 셋으로 나눠서 비교적 멀쩡한 사람과 의식이 없는 사람으로 구분해 끌어 올리고 있었다.

전자는 한 명이 붙었음에도 두삼의 등에 매여 있는 것과 같은 장비로 끌어 올려 힘들 게 없었지만, 후자의 경우는 셋이 하면서도 의자에 부딪힐 수 있었기에 조심스레 팔 힘으로 당기고 있었다.

두삼은 의식이 없는 사람을 끌어 올리는 쪽으로 갔다.

"돕겠습니다."

"선생님은 혹시 모를 일을 대비해 뒤에서 밧줄이나 잡아주십시오."

"이 대원이 지친 것 같으니 뒤에서 끈을 잡으시죠. 제가 팔 힘이 제법 세거든요."

아까 버스 안에서 고생하던 대원을 옆으로 밀고 밧줄을 잡았다. 그리고 아래를 바라보며 힘을 줘 당겼다.

쑤욱!

"어?!"

힘겹게 올라오던 환자가 수월하게 올라오자 같이 잡고 있었던 구조대원들이 놀랐다.

"팔 힘이 좋다고 말씀드렸잖아요. 둘, 셋! 제가 올릴 테니 잠깐만 버티세요."

창까지 올라온 환자의 옆구리에 손을 넣고 조심스럽게 뺐다. 그리고 침대에 눕히고 상태를 살폈다.

안팎으로 부러지고, 터지고 10분만 늦었으면 출혈 쇼크로 심장이 멈췄을 것이다.

얼른 상태를 적고 구급대원이 차고 내려왔을 고리를 네 곳에 걸었다.

그다음 막 올라온─외관이 다소 멀쩡한─이에게 다가갔다.

"올라가기 전에 잠깐 진맥 좀 하겠습니다."

"…진맥이고 뭐고, 어, 얼른 올라가고 싶소."

"잠깐 손만 대면 됩니다."

천운을 타고났는지 그는 늑골에 금이 간 것 말고는 타박상밖에 없었다.

'우측 7번째 늑골 금'이라고 적어 그에게 준 후 줄을 두 번 당겨 올리라는 신호를 보냈다.

다음 다시 버스에 붙어 손전등을 빌려 버스 안을 비추었다. 그리고 구급대원이 다음으로 올릴 사람을 묶는 곳을 봤다.

"거기 대원님! 그 아가씨 말고 옆에 노란색 바람막이 입은 아저씨 올려주세요!"

"이 아가씨가 더 급해요. 숨이 끊어질 듯 약합니다!"

"…지금은 아닐 겁니다. 체크해 보세요."

"……"

대원은 그녀를 살펴보더니 잠시 묵념을 했다. 그러고는 입고 있던 안전복과 밧줄을 풀어 노란 바람막이 아저씨에게 다시 묶었다.

"…다음은 누구로 할까요?"

"구석에 있는 모자 쓴 남자아이로 부탁드립니다."

끌어 올리고, 응급처치하고, 올려 보내고, 중간에 처음 차에 끼어 있던 환자를 보고 바쁘게 움직였다. 그러면서도 주변의 변화를 놓치지 않고 있었다.

올라오는 환자들이 젖어 있었고, 후두둑! 후두둑! 흙벽 여기저기가 흐르기 시작했다.

게다가 위험을 알리는 건지, 위험이 다가올 거라는 걸 알아서 긴장한 건지 온몸이 찌릿찌릿했다.

다행이라면 마지막 환자를 막 올려보냈다는 것이다.

"이제 슬슬 빠져나가야겠어. 한 선생님, 고생했어요. 먼저 올라가세요."

"네. 고생하셨습니다."

"저희보다 더 열심히 움직이시던데요. 혹시 구조대에 관심 있으세요?"

"으으~ 아뇨. 솔직히 새가슴인지 일하는 내내 불안해서 집중하기 힘들었습니다."

"그건 우리도 마찬가집니다. 마지막 점검하고 이상 없으면 다 올라가. 언제 무너질지 몰라. 김 주임, 너도 얼른 올라오고."

"예!"

하나둘 올라가는 모습을 보고 두삼은 줄을 두 번 당기려 했다. 한데 그때 주변의 승용차들을 맡고 있던 대원 한 명이 말했다.

"근데 팀장님, 저기 스포츠카 타고 있던 사람이 없던데 먼저 구하셨습니까?"

"뜬금없이 뭔 소리야? 너희가 승용차 맡았는데 누가 먼저 올려 보내?"

"…아무리 찾아봐도 없기에 말씀드리는 겁니다. 떨어지기 전에 탈출했는지도 모르죠."

"버스랑 스포츠카 사이는 찾아봤어?"

"네. 앞 유리가 떨어져 나가 있어서 살펴봤는데 흙만 쌓여 있고 없었습니다."

그들의 얘기를 들으며 설마 하는 심정으로 스포츠카와 버스 사이를 바라보며 집중했다.

"아!"

"왜 그래요? 한 선생님?"

"…흙 속에 사람이 있습니다."

"……!"

스포츠카가 아래로 추락하면서 버스 사이로 끼이면서 앞 유리가 깨졌고, 운전자는 그 순간 튕겨 나갔다. 하지만 운 좋게 무너지면서 생긴 토사 위에 떨어져 목숨을 구한 것이다.

"김 주임, 거기서 옆 창문으로 가서 확인해 봐."

"네."

"나랑 진 대원만 남고 다른 사람들은 위험하니까 당장 올라가고."

그의 지시에 따라 다들 일사불란하게 움직였다.

"한 선생님은 안 가십니까?"

"전 언제든 올라갈 수 있으니 보고 가겠습니다."

"위험하다는……."

"찾았습니다!"

김 주임의 외침에 팀장은 말을 끝까지 하지 못하고 김 주임이 있는 곳으로 시선을 돌렸다.

잘 보이지 않았지만, 흙이 물러서 부상자를 버스 안으로 데리고 들어오는 게 쉽지 않아 보였다.

"내가 내려간다."

팀장은 안전선에 의지해 아래로 내려갔다. 그리고 김 주임을 도와 부상자를 버스 안으로 데리고 왔다.

"환자부터 올려 보낼……."

후두두둑! 쾅! 끼이이익!

본격적으로 흙이 무너지기 시작했는지 부서진 아스팔트가 스포츠카 위에 떨어졌고 버스가 한쪽으로 서서히 기울었다.

찌릿찌릿한 수준을 벗어나 뒷골이 쩌릿쩌릿했다. 그리고 이 순간, 이것이 죽음의 신호라는 걸 알았다.

"거기 위! 리프트 줄 빨리 보내요. 여기 무너집니다!"

무전기로 외친 후 아래를 향해 외쳤다.

"벗어주지 말고 부상자 꽉 잡아요. 당깁니다!"

두삼의 외침이 아니었다고 해도 팀장도, 김 주임도 매우 급한 상황임을 모를 수가 없었다.

"구조자 꽉 잡아."

팀장이 김 주임을 보고 말한 후, 자신의 리프트 줄을 풀어 김 주임의 등 뒤에 걸어줬다.

그리고 두 번 툭툭 당겼다.

"팀장님!"

"난 내려오는 줄 타고 바로 갈 테니까 구조자 놓치지 마라. 오늘 고생했다. 한 선생님, 당겨요!"

"제가 내려오는 줄 타고 가면⋯⋯!"

말하는 도중 김 주임과 구조자의 몸이 쭉 올라갔다. 혼자서 당기는 거라곤 믿어지지 않을 만큼 빨랐다.

두삼은 아래에서 벌어지고 있는 모습을 봤지만, 그들이 순서를 정할 때까지 기다릴 틈이 없었다.

벽에서 흙이 무너져 내림과 동시에 버스가 10도 이상 기울었는데 좀 더 지나면 흙이 안으로 들어가면서 순식간에 무너질 것이 분명했다.

"끙차!"

거의 다 올라오자 줄을 밟고 김 주임의 어깨를 잡고 끌어당겼다.

"⋯팀장님⋯⋯."

김 주임은 아래에 있는 팀장을 보며 중얼거렸다.

"리프트 줄 내려왔으니 걱정하지 말고 부상자나 꽉 잡고 올라가세요. 팀장님, 줄 내려가요!"

때마침 내려온 줄을 점점 기울어지는 창 안으로 넣어줬다.

내려오는 줄의 단점은 당길 수가 없다는 것인데 다행히 팀장은 앉아서 죽을 생각이 없는 듯 버스가 기울어지자 의자를 잡고 빠르게 올라왔다.

그는 버스가 20도 정도 기울었을 때 버스의 절반 정도를 올라와 줄을 잡을 수 있었다.

'후우~ 더는 못 버텨.'

이미 기울어질 대로 기울어져 두삼도 버티고 서 있기가 버거웠다. 그가 허리에 줄을 걸고 서서히 올라오는 모습을 보고 줄을 당겼다.

서서히 몸이 떠오르는 느낌.

"와이프랑 애들 우는 모습은 안 봐도 되겠네. 하하!"

거의 빠져나온 그가 안도의 웃음을 지으며 말했다.

가슴 아픈 말을 어떻게 저렇게 기쁘게 할 수 있는 건지.

두삼 역시 웃으며 말했다.

"조의금 굳었······!"

입이 방정이었을까 흙이 그의 몸을 덮쳤다.

쏟아지는 흙의 힘 때문인지 그와의 간격이 조금씩 벌어진다.

그때 그의 손이 쏟아지는 흙 사이로 나왔다.

두삼 역시 몸을 기울이며 안간힘을 다해 뻗었다.

40㎝ 차이.

하지만 아무리 뻗어봐도 몸이 고무처럼 늘어나진 않았다. 가까워지기는커녕 차츰 멀어진다.

"젠장! 미안해, 하란아."

아주 위험한 방법을 생각해 냈다.

하란에게 사과한 두삼은 바로 허리춤에 손을 올렸다.

지금은 저 손을 꼭 잡아주고 싶었다.

*   *   *

"후우우~ 쓰으으으읍~"

주민호는 싱크홀에서 나온 지 꽤 됐는데도 도무지 심장이 진정이 되지 않았다. 그래서 호흡을 길게 들이마시고 뱉으며 진정하려 했다.

그러나 조금 전 죽음의 문턱까지 갔다가 살아나왔는데 쉽게 진정이 될 리가 없었다.

조금 전의 일을 생각하자 가늘게 떨리던 온몸이 앉아 있던 의자가 흔들릴 만큼 벌벌 떨린다. 하지만 살고자 뻗은 손을 꼭 잡아주던 손을 생각하자 진정된다.

"…훗! 무슨 한의사가 그래?"

자신을 살린 손의 주인공을 떠올리자 굳어 있던 얼굴에 웃음이 핀다.

한두삼. 그는 자신의 생명줄인 리프트 밧줄을 풀어 주민호의 손을 잡았다.

자칫 잘못해서 손을 잡지 못했다면 두삼도 쏟아지는 흙에 휩

싸였을 것이다.

고마우면서도 한편으론 무모한 짓이라고 생각해서 왜 줄을 풀었냐고 묻자 두삼이 답했다.

'둘 다 살았잖아요. 그럼 됐죠. 참! 이번 일은 비밀로 해주세요. 약혼녀가 알면 혼납니다.'

어떻게 된 간덩이를 가진 건지.

물론 간덩이가 커서 그런 무모한 일을 했다고 생각하진 않았다. 119대원들이 그렇듯 그저 눈앞의 목숨을 살리고 싶었던 게 분명했다.

"…그나저나 떨림이 멈추지 않는군. 이제 슬슬 현장 근무를 그만둬야 하나."

다치고 다칠 뻔한 건 일일이 기억할 수 없을 만큼 많았다. 하지만 죽을 뻔한 건 잊을 수가 없었다.

이번이 세 번째.

더는 운이 없을 것 같았다.

사실 이런 일을 겪고 나면 스트레스 때문에 한두 달은 악몽을 꾸거나 일을 제대로 하지 못했는데 이번엔 도저히 극복할 수 있을 것 같지 않았다.

심각하게 현장 은퇴를 고려하고 있는데 노크 소리와 함께 김 주임이 들어왔다.

"팀장님, 괜찮으십니까?"

"멀쩡해. 내가 어디 아파 보이냐?"

"…조금이요."

"자식. 그건 방송에 나갈 때 극적으로 보여야 한다고 제대로 씻지 못하게 해서 그런 거야."

"믿어드릴게요."

"누가 들으면 내가 거짓말 하는 줄 알겠다. 참! 한 선생은?"

"올라오자마자 부리나케 옷 갈아입고 가던데요. 근데 알고 보니 오늘이 상견례였대요."

"진짜? 그 친구도 제정신이 아니구나."

"우리 과죠."

"넌 제정신이 아닌지 몰라도 난 제정신이거든. 인터뷰 전까지 잠깐 쉴 테니까 너도 얼른 가서 쉬어."

그만둬야겠다는 생각이 함께 일하는 동료를 보자 약해진다.

그가 빠지면 그의 자리를 누가 메울 것이며, 자칫 신입이 들어와 손발이 맞지 않는 상태에서 일하면 대형 사고로 이어질 수 있었다.

이래저래 잡념만 많아진다.

문득 앞을 보니 김 주임이 여전히 앞에 있었다.

"안 갔냐?"

"인터뷰한다고 전해 드리려고 온 건데요?"

"그럼 빨리빨리 말해야지 왜 미적거리고 있어?"

"준비가 더 필요하신 거 같아서요."

"지랄하네. 얼른 끝내고 쉬고 싶은 마음뿐이다."

떨림을 털어버리려는 듯 자리에서 벌떡 일어나 인터뷰를 하러 나갔다.

방금 빠져나온 싱크홀 옆에서 하는 인터뷰가 달가울 리 없다. 그러나 소방공무원들의 대우가 조금이라도 더 좋아지게 만들기 위한 홍보를 무시할 수 없었다.

바닥에 표시된 곳에 서자 여러 대의 카메라가 그를 찍었다. 그리고 이미 질문 순서를 정한 건지 젊은 기자가 차분히 질문했다.

"당장에라도 추가 붕괴가 예상되는 곳에 들어가 작업하기 쉽지 않았을 텐데요. 구조 과정을 간단히 설명해 주시죠."

"사고 접수를 받고 이곳에 온 시각은 사고 발생 15분 만이었습니다. 곧장 2명이 먼저 내려가 구조 작업을 시작했고 이어 도착한 이들 역시 내려갔죠. 밟기만 해도 주룩 흘러내리는 흙벽 때문에 내려가는 것도 쉽지 않았습니다."

말이 인터뷰지, 실상은 사건에 대해 상세히 설명하는 시간이었다.

보도 자료로 전해줄 수 있었지만, 잠깐이라도 TV에 나와야 하기에 번거롭더라도 해야 했다.

뉴스 화면에 나오는 시간은 대략 10초에서 15초가량. 가끔 길 때가 있는데 바로 이번 사건과 같은 경우. 그래도 30초를 넘지 않을 것이다.

나머지는 기자들에 의해 기사화 되되거나, 아나운서의 입을 통해 국민들에게 전해진다.

"더 질문 있으십니까? 없으면 전 이만 끝내도록……."

15분간의 브리핑 같은 인터뷰를 끝내려 할 때였다.

말이 끝나기도 전에 거의 전체 기자들이 손을 동시에 들었다.

지금까진 119구조대를 배려한 질문이었고, 이제부터 본격적인 질문을 한다는 눈빛들이었다.

주민호는 어쩔 수 없이 자세를 바로 하고 한 명을 지정했다.

"이 기자님, 말씀하세요."

"제가 듣기론 싱크홀로 내려간 의사가 있다고 들었습니다. 그 사람이 누군지 알 수 있을까요?"

"……."

주민호는 눈썹을 문질러 흙을 털어내며 잠시 생각에 빠졌다.

'여기까지군.'

싱크홀을 빠져나오면서 두삼은 오늘 일을 가급적 밝히지 말아 달라고 부탁했었다. 그에 기자들이 스스로 알아내는 건 어쩔 수 없지만, 인터뷰하는 동안 두삼에 관한 얘기는 하지 않았었다.

그러나 말이 나온 이상 숨길 수가 없었다.

기자들과 척을 져봐야 좋을 게 없었다.

"예. 있었습니다. 여러분도 잘 아는 사람입니다."

"차이나타운 사건의 그 한의사 맞습니까?"

이미 다 알고 온 듯한 느낌이었다. 하긴 본 사람이 몇 명이었는데 숨긴다는 것이 어불성설이다.

"예. 한두삼 한의사였습니다."

"그가 한 일이 구체적으로 한 일이 뭐죠?"

"한 선생은 어땠습니까? 진짜 차이나타운 사건 때처럼 대단했습니까?"

"자세한 설명 부탁드립니다!"

"그러니까 그게……."

주민호는 한동안 기사들의 질문에 두삼의 대변인처럼 말했다.

*　　　　　*　　　　　*

이경도 셰프의 음식은 맛있다. 특히 코스 요리를 먹고 나면 비싼 가격임에도 전혀 아깝지 않다.

근데 맛있음에도 자주 찾지 않는 이유는 코스 요리 시간 때문인데 기본이 2시간이고, 몇 가지 요리가 더해진다 싶으면 3시간이 훌쩍 넘어간다.

직업의 영향인지 비빔밥처럼 빠르게 먹는 음식을 선호하는 두삼에게 코스 요리는 데이트 할 때조차도 주문하기 힘든 요리였다.

한데 오늘은 그 코스 요리가 고마웠다.

사고 현장의 일을 끝내고 간단히 씻고 왔음에도 양가 부모님은 여전히 식사 중이었다.

"한 서방, 어서 와. 호호호!"

"죄송합니다. 늦었습니다."

"일을 하다 보면 늦을 수도 있지. 그렇죠, 언니?"

"상견례에 늦은 놈은 너밖에 없을 거다. 아무리 일이 좋아도 이런 날은 웬만하면 그냥 와야지. 이해해 줘서 고마워. 동생."

엥? 지금 엄마랑 장모님이 언니, 동생 하는 거야?

하란을 보자 한쪽 테이블에 쌓인 와인 병을 보며 어깨를 으쓱한다.

와인을 마시며 취기에 의기투합했다는 건가?

"험! 정신 사납다. 앉아라. 근데 안주가 왜 이렇게 늦게 나오냐?"

"아버님, 안주될 만한 걸로 시킬까요?"

"허허허! 아니다, 아가. 그나저나 술맛이 아주 좋구나. 복분자에 비해 쓴맛이 나지만 술술 들어간다."

"호호! 많이 드세요."

"두삼이도 왔는데 거국적으로 한잔할까?"

"네, 오라버니."

헐! 아버지는 오라버니야.

"넌 안 드냐?"

"…네네."

"철딱서니 없는 우리 아들을 구해준 예쁜 며느리를 위하여! 건배!"

"……."

"건배! 호호호!"

도대체 자신이 없는 동안 무슨 일이 있었던 건지……. 적응하긴 쉽지 않았지만 아무튼 상견례는 좋은 분위기(?)에서 끝났다.

"오라버니, 애들은 데이트하게 놔두고 우리 집에 가서 한잔 더 해요."

"그럴까? 애들아, 우리 먼저 간다."

"…들어가세요."

차를 타고 2차에 가는 양가의 부모님을 배웅하고 하란에게 데이트나 하러가자고 말하려는데 엄마의 등짝 스매싱을 생각나게 하는 손찌검이 등을 때렸다.

쫘아악!

"아, 따가! 왜……?!"

하란은 대답 대신 싱크홀 사고에 대한 뉴스 기사를 보여줬다.

슥 훑어보니 마치 사고 현장 안에 있었던 것처럼 자세하게도 써 났다.

"…쓰여 있는 것만큼 그리 위험한 상황은 아니었어. 이 기자 글을 너무 과장해서 썼네."

"허리춤의 생명줄을 풀어서 구조대원을 구했다는 것도 과장한 거야?"

"그러긴 했는데 손에 두 바퀴 감아서 저~언혀 위험하지 않았어. 진짜라니까."

하란은 더는 추궁하지 않고 물끄러미 바라보다가 두삼을 껴안았다. 근데 기분이 좋기보단 무서웠다. 그래서 너스레를 떨며 말했다.

"믿기지 않으면 구조대원한테 전화해서 물어봐."

"됐어. 오빠도, 구조대원도 무사했으면 됐지. 오늘도 수고 많았어."

"하란아……."

그녀의 수고했다는 말에 힘들었던 몸과 마음이 스르르 풀리는 것 같았다.

그러나 그녀의 말은 끝나지 않았다.

"근데 약속은 약속이니까, 앞으론 절대 위험한 일에 나서지 마. 약속 어기면 그땐……."

"그땐?"

"터치 금지야."

"…그, 그건 너무 가혹하잖아!"

"그렇게 생각하면 약속 지켜. 나 절대 허튼소리 안 하는 거 알지?"

"……!"

환자를 구하겠다는 본능과 하란의 몸을 탐닉(?)하는 본능이 머릿속에서 충돌하는 순간이었다.

101. 두 번째 대결

싱크홀 사고에 부상을 당한 사람들을 구하는 데 많은 이들이
애를 썼다.

구조대원, 구급대원, 경찰, 자원봉사로 참여한 의사들과 일반
시민들. 근데 미안하게도 모든 이목은 두삼에게 쏠렸다.

뇌전증 치료제 이슈가 채 가시기도 전에 일어난 일이라 폭발
력은 더 컸다.

하루에 두세 건의 인터뷰, 각종 방송에 출연해 달라는 요청
병원을 통해 들어왔다. 거절을 하면 무작정 병원으로 찾아와 카
메라를 들이미는 경우도 있었고, 집 앞에서 대기하는 경우도 있
었다.

파파라치까지 붙었다는 얘기에 마침 다음 환자도 없고 해서
라키 압둘바흐만을 끝으로 RC센터의 운영을 한동안 중지하기로

결정했다.

"라키, 석 달치 약을 준비해 뒀으니 약을 다 먹을 때까진 술은 자제하세요. 아! 술은 못 마시나요?"

"그렇긴 한데 몰래몰래 마십니다. 하하!"

"혹시 마시게 되면 그날과 다음 날은 먹지 말고요. 상태가 안 좋다 싶으면……."

"하하하! 걱정 말아요. 다시 올 테니까. 아니면 한이 한번 들러요. 왕족 부럽지 않게 대접하죠."

"어떤 대접일지 궁금하네요. 기회 되면 연락하고 방문하죠."

"꼭 오세요. 그리고 이건 결혼 선물이니 받아요."

"에? 제가 결혼한다는 건 어떻게 알았어요?"

"기사에서 봤어요. 진즉에 말했으면 좀 더 괜찮은 걸로 준비했을 텐데……."

"마음만으로도 고마운데… 고맙습니다."

선물보단 그의 마음 씀씀이에 기분이 더 좋았다.

라키와 작별을 하고 암센터로 돌아와 이른 퇴근을 준비했다. 오늘이 '포장마차에서의 희열' 촬영 날이다.

똑똑!

양태일이 들어왔다. 점심 때 면담을 요청한다고 연락이 와서 지금 오라고 했었다.

"딱 맞춰서 왔네."

"어디 가세요?"

"방송 출연."

"방송인 다 되셨군요."

"싫든 좋든 치료제 홍보를 해야 하거든. 앉아. 뭘 상담하겠다는 건데?"

"방송 출연 때문에요."

"문 PD랑 만났냐?"

"네. 선생님이 하시던 전설을 찾아서 시즌2에 제가 출연했으면 한다고 하시더라고요. 근데 선생님이 추천하셨다면서요?"

"응, 배우는 게 많을 거야."

"그게 중요한 게 아니라, 저 아직 레지던트인데요."

"이 선생님이 반대하셔?"

"…아뇨. 좋은 기회니까 열심히 하래요."

"근데 뭐가 문제야? 출연하는 게 싫어?"

"…그건 아니고요."

"그럼 눈치가 보여?"

"아무래도 위치가 위치다 보니, 그렇죠."

"눈치 볼 필요 없어. 네가 출연하면서 병원에서 얻는 이익이 있을 테니까. 아! 네가 갑자기 그만둬 버리면 좀 그렇긴 하겠다."

"계속 있을 겁니다. 선생님이 계실 동안은요."

"그럼 해. 네 이름도 알리는 일인데 망설일 필요가 뭐가 있어. 나중에 잘되면 술이나 사."

"진짜 합니다?"

"해! 해! 문제가 생길 것도 없지만 생기면 내가 책임지고 막아줄게. 됐냐? 단, 네가 싼 똥까지 치워줄 생각은 없으니까 처신 잘해. 더 할 얘기 없음 간다."

확신이 필요한 것 같아서 확신을 줬다.

부려먹으려면 그만큼 투자도 해야 했다.

'아! 민 원장님도 이런 마음이었나?'

처음 병원에 들어왔을 때를 떠올리며 촬영 장소로 향했다.

주소를 찾아 도착한 곳은 상암동 근처의 4층짜리 건물로 촬영지는 주차장 바로 옆 가건물로 방송을 볼 땐 예전에 흔히 보던 포장마차인 줄 알았는데, 절반은 실내, 절반은 포장마차인 형태였다.

주차를 시키고 나가자 모자를 눌러 쓴 여자가 다가와 말했다.

"안녕하세요, 한 선생님. 조연출인 남명지예요. 근데 일찍 오셨네요?"

"조금 일찍 출발했더니 차가 잘 안 막혔네요."

"여긴 준비 중이라 어수선 하니 2층 카페에서 커피 드시면서 기다려 주시겠어요? 준비되면 사람 보낼게요."

"그래요."

차에서 기다리는 것보단 백배 나았기에 곧장 카페로 올라갔다.

창가에 자리를 잡고 생과일주스와 빵을 주문했다.

창밖을 보며 사람을 구경하는 것도 웅성거리는 소리에 고개를 돌리니 낯익은 얼굴이 보였다.

"두삼이 형!"

나연섭은 두삼을 발견하고 활짝 웃으며 다가왔다. 두삼 역시 웃는 얼굴로 그를 맞이했다.

"잘 지냈냐?"

"흐흐! 물론이죠. 요즘 우리 그룹 잘되고 있잖아요."

"개인적으로도 잘되고 있고 말이지?"

"오! 알고 있었어요?"

"하란이랑 네가 나오는 프로그램 항상 보는데, 요즘은 일일이 다 보지 못할 만큼 많아져서 떴구나 싶었지."

"아직은 탑급에는 쪼끔 부족하죠. 헤헤!"

나연섭은 은근히 잘난 척을 했다. 그러나 최근 잘난 척할 만큼 인기가 많긴 했다.

"잘될 때일수록 겸손해라."

"당연하죠. 제가 다른 건 몰라도 사람 상대하는 건 아빠를 닮았거든요. 누난 잘 지내죠?"

"응. 너 보러 간다니까 축하한다고 전해달라더라."

"사랑한다고, 조금만 더 기다려 달라고 전해주세요."

"…오늘 방송에서 예전에 특이한 환자를 치료한 경험을 얘기해야겠네. 저녁 먹다가 토하는 시청자가… 읍!"

나연섭은 얼른 두삼의 입을 막았다.

"농담이에요! 농담이랑 진담을 구분 못 하다니 형도 점점 나이가 들어가나 봐요."

"훗! 나도 농담이었거든. 부모님은 잘 계시고?"

"사이가 너무 좋아 탈이죠. 이러다가 동생 생기는 거 아닌지 모르겠어요. 근데 형 요즘 저보다 더 유명한 거 같아요."

"두어 가지 일이 겹쳐서 잠깐 관심을 받고 있는데 언제 그랬냐 싶게 잊히겠지."

"이번 기회에 본격적으로 방송하는 건 어때요?"

"기자들이 집 앞에 죽치고 있고 파파라치들 때문에 24시간 감시당하는 기분 별로더라."

"그건 진짜 별로긴 하죠."

오랜만에 만나서 그런지 두 남자의 수다는 여자들의 수다 못
지않았다.

"어디 불편한 곳은 없지?"

"전혀요. 이 얼굴도 마음에 들고요. 아! 한 가지 궁금한 건 있
어요."

"뭔데?"

나연섭은 은밀한 얘기를 하려는 건지 주변을 살핀 후 귓속말
처럼 나지막이 말했다.

"정력에 좋은 방법이나 한약 같은 건 없어요?"

"……."

"그런 눈으로 보지 마요. 나도 성인이에요."

"널 어리게 보는 게 아니라 네 나이에 왜 정력에 좋은 한약을
찾는지 그게 궁금해서 그런다."

"그게… 요즘 여친이 생겼는데 아무래도 너무 짧아 실망하는
거 같아서요."

"네 기분이 그런 거 아니고?"

"물어보진 않아서 정확한 건 아닌데, 느낌이 그래요."

"얼마나 하는데?"

"하는 거만 따지면 대략 10분 전후요."

"훌륭하네."

"에? 훌륭한 거예요?"

성기능클리닉을 할 때 많은 이들이 고민하는 것이 크기와 시

간이다.

우리나라 남자 4명 중 1명이 자신을 조루라고 생각한다는 연구 결과가 있다.

그러나 외국에서 연구한 사례를 보면 섹스를 시작할 때부터 초시계를 이용해 측정한 결과 평균이 6분이다. 1분 이하, 혹은 1분 30초가 넘지 않는 경우만 조루라고 보는데 그런 남자는 극히 드물다.

야구동영상(?)에서 나오는 짐승 같은 플레이 타임은 직업이기에, 혹은 카메라를 이용한 눈속임이고, '남자라면 20분 정도는 해야지'라는 친구들의 말은 거짓말일 가능성이 크다.

물론, 그런 사람도 없진 않다. 그러나 그런 이들은 조루처럼 극소수에 불과하다.

문제는 여자들이 오르가슴에 이르는 시간이 10분~ 20분 사이라는 점인데 그 간격을 전위와 후위를 잘 이용해 만족시켜 주면 된다.

나연섭과 이런 얘기를 하게 될 줄은 몰랐지만 성기능클리닉을 한다고 생각하고 상세하게 설명했다.

"음, 조루는 아니지만 결국 여자 측면에서 보면 나만 즐긴 꼴이네요."

"단순한 계산으로 보자면 그렇지만, 그날 컨디션이나 상황에 따라 여러 변수가 존재하니까."

"형은 얼마나 해요?"

"비슷해."

차이가 있었지만, 환자를 상대할 때처럼 답했다.

환자를 더 아프게 할 순 없지 않은가.

"음, 그럼 약이라도 먹어야 하는 건가?"

역시 상담엔 재주가 없나 보다. 기껏 설명해도 대부분 환자는 나연섭과 비슷한 말을 한다.

발기 부전 치료제는 말 그대로 치료제지, 정력제가 아니다. 괜스레 제대로 처방받지 않고 불법 유통되는 약을 먹었다간 몸이 상하기 일쑤다.

이럴 땐 그냥 강화하는 법을 가르쳐 주는 게 낫다.

"제일 좋은 방법은 하체를 단련하는 거야. 허벅지의 근육량을 늘려."

"스쿼트요?"

"아주 좋은 운동이지. 틈틈이 해. 분명 만족스러운 결과가 나올 거야."

"차선책은요?"

"제일 좋은 방법을 가르쳐 줬는데 왜 차선책을 찾아?"

"알아두면 좋잖아요."

"…변강쇠가 되고 싶은 거냐? 차선책은 음식이야. 넌 소양인이라 마늘, 양파, 당근, 부추가 좋아. 그리고 한 가지 더. 틈나는 대로 무릎 바깥에 있는 족삼리혈을 꾹꾹 눌러줘. 내가 가르쳐 준세 가지만 제대로 하면 원하는 정력을 얻게 될 거다."

"음, 해봐야겠네요. 형, 또 궁금한 게 있는데요. 혹시 성감대는……."

"그건 말이지……."

나름 의사지만 친한 사람과 상담하는 것은 왜 이렇게 힘든 건지 모르겠다. 그래도 이상한 성적 판타지를 사실인 양 알고 있는 것보단 정확하게 알려주는 게 나을 것 같아 열심히 설명했다.

슬슬 지쳐갈 때쯤 나연섭의 매니저가 다가와 말했다.

"연섭아, 메이크업할 시간이야."

"네, 가요. 형, 나중에 다시 얘기해요."

이미 할 만큼 해줬는데 뭘 또 얘기를 하자는 건지.

아무튼 나연섭 덕분에 대기시간은 순식간에 지나 버렸다.

출연자들이 속속 도착하고, 분장을 하고 나자 어느새 촬영 시간이 됐다.

방송은 1명의 메인 MC와 3명의 서브 MC가 진행하는 방식으로 메인 MC인 배우 김이수가 기분 좋은 목소리로 시작했다.

"요즘 가장 핫한 사람이 누굴까요?"

"이적료와 3년 계약에 1,000억을 받은 안현민 선수가 아닐까요?"

인문학자인 대학교수가 말했다.

"안현민 선수도 핫하죠. 연섭 씨 생각은 어때요?"

"요즘 다방면에서 활동하고 있는 저 아닌가요?"

"하하하! 틀린 말은 아니군요. 또 누가 있을까요?"

김이수의 시선은 자연스럽게 아나운서 출신 방송인 최수향에게 향했다.

"제가 볼 때 가장 핫한 사람은 뇌전증 치료제 '한강' 개발에 참여하고, 사흘 전 있었던 강남대로 붕괴 사고에서 활약했던 한두삼 한의사가 아닐까 생각해요."

"아! 맞다. 그 사람이 있었군요."

"저 그 한의사 선생님이랑 친해요."

"어떻게 아는 사이에요?"

"…예전부터 몸이 약했는데 한 선생님 만나고 이렇게 건강해졌죠."

"오! 굉장한 인연이네요. 이쯤하면 오늘 초대 손님이 누군지 아시겠죠? 한두삼 선생님입니다!"

조연출이 살짝 미는 힘을 빌려 카메라 안으로 들어갔다.

"안녕하세요!"

"어서 오세요."

MC들과 악수를 하고 정중앙 자리에 앉았다.

"시청자분들에게 간단한 자기소개와 인사하시죠."

"안녕하세요. 제가 한 일에 비해 과한 관심을 받고 있는 한강 대학병원 한방센터의 한의사 한두삼입니다. 말주변이 없어서 혹시 실수하는 말이 있더라도 너그러이 봐주시기 바랍니다."

짝짝짝짝!

"짧고 굵은 소개군요. 근데 과한 관심이라니, 제 생각은 그 반대 같은데요."

"……?"

"관심에 비해 한 선생님에 대해 너무 모르고 있는 것 같습니다."

"그리 대단하지도 않은데요."

"그건 술을 마시면서 천천히 알아보면 되겠죠. 일단 주문부터 하죠. 맥주, 소주, 막걸리, 와인, 심지어 보드카까지 준비되어 있으니 편하게 주문하세요."

"술은 소주로 하고……."

메뉴판을 보니 과거 학교 근처 단골 실내 포장마차에서 시켜 먹던 안주가 보였다.

"오돌뼈랑 계란말이, 꼼장어 이렇게 시키면 되나요?"

"네. 대답만 잘해주면 얼마든지 시켜도 좋습니다."

"안주를 먹기 위해서라도 열심히 대답해야겠네요."

"좋은 자세군요. 하하하! 일단 최근에 나온 뇌전증 치료제 '한강'에 관해 물어볼게요. 정확하게 뇌전증이라는 것이 뭡니까?"

"뇌의 신경세포가 과도한 전기적 신호를 발하는 겁니다. 우리가 흔히 간질이라고 알고 있는 것이 바로 뇌전증이죠."

"아! 그렇군요. 쉽게 과도한 전류가 흘러서 감전된 것처럼 되는 거군요?"

"비슷합니다. 만지는 사람에게 전류가 흐르는 일은 없으니까요. 한강은 그러한 신경세포가 과한 신호를 내지 못하도록 억제함과 동시에 치료합니다."

"우리 작가들이 찾아온 자료에 의하면 현재 수술된 국가에서 '한강'의 약효에 놀라움을 금치 못한다고 들었는데 예상하셨습니까?"

"네. 임상 시험 결과를 보면 1만 명에 한 명꼴로 치료가 되지 않고 있습니다. 시험 결과만 본다면 99.99% 치료할 수 있다는 거죠."

"치료가 안 되는 사람은 이유가 뭐죠?"

"알아본 결과 치료제에 포함된 약효에 선천적으로 반응을 하지 못했습니다."

"아! 그런 분들은 어떻게 하죠?"

"다른 치료 방법이 사라진 건 아니니까요."

"한 선생님이 치료한다고… 오! 술이랑 첫 안주가 왔군요. 일단 한잔 마시고 계속하죠."

여느 인터뷰와 조금 달랐다.

술을 마시면서 사적인 얘기를 하다가 또 방송용 질문을 하고, 그러다가 다시 사적인 얘기를 하고. 자연스럽게 얘기가 나올 분위기를 만들어줬다.

"기사에서 봤는데 엄청난 돈을 벌게 됐다면서요?"

"치료제가 얼마나 팔리느냐에 따라 차이가 있겠지만… 그렇겠죠?"

"매년 1,000억이라……. 상상이 안 가는 돈인데 혹시 어떻게 사용하실 생각인지요?"

요즘 지겹게도 듣는 말이다.

부러움과 호기심에 하는 말이겠지만 돈을 기부하라는 사람들 역시 많다 보니 솔직히 짜증스럽다.

'아니지. 방송에 나온 김에 이런 말이 더 나오지 않게 해야겠어.'

아직 돈이 들어온 것이 아니라, 실행 전까지 입을 다물고 있으려 했는데 아예 공표해 버리는 것도 나쁠 것 같지 않다.

"며칠 전 구조 현장에서 생각한 건데, 119구급대원들을 위해 써볼까 합니다."

"자세히 말씀해 주시겠어요?"

"아직은 생각 중이라 자세히 말씀드리긴 어렵습니다. 다만 최근 특수 요양 급여 비용 기준이 개정되어 공무수행 중 발생한 부상, 질병에 개인 부담이 줄긴 했지만, 미비한 점은 여전히 있는 것 같습니다. 그래서 개인 부담하는 부분을 보조할까 하고요."

"음, 대충 계산해도 많은 돈이 들어갈 것 같은데요. 설마 번 돈을 다 그곳에 쓰겠다는 뜻은 아니죠?"

"글쎄요. 일단 해보려고요. 아! 다만 조직을 만들 건 아니라서 일단은 전국에 있는 한강대학병원을 통해 진단을 받아야 가능하게 할 생각입니다."

"······."

너무 황당한 계획이라고 생각하는지 다들 말을 잇지 못했다.

근데 지금 계획이 일부에 불과하다면 어떤 표정을 지을지 궁금하다. 80%를 쓸 생각이고 돈이 남는다면 유족보상금을 보조할 생각이다. 그러고도 남으면 경찰로 확대할 생각이다.

연 1,000억을 번다면 조금 힘들지도 모르겠다. 하지만 실제로는 훨씬 많을 것이다.

올해 판매 예상액이 20조. 적어도 1조 이상은 나올 수 있었다.

'그나저나 쓴다고 생각하니 괜히 헛헛하네. 새로운 의약품을 만들어볼······. 대체 무슨 생각인지 모르겠네.'

돈을 쓸 생각과 동시에 다시 벌 생각부터 하다니 욕심이 없는 것 같기도 하고, 많은 것 같기도 하고 스스로 가늠이 잘 안 됐다.

"말이 나와서 묻는 건데 싱크홀 사건에 대해서도 묻고 싶은 게 있어요. 정말 생명줄을 푸셨어요?"

"결론만 놓고 보자면 그렇죠."

"구조대원의 말에 따르면 손을 못 잡았으면 같이 죽을 수 있었다는데 안 무서우셨어요?"

"무서웠죠."

"그런데 왜 그런 거예요?"

"구조대원이 살기 위해 이렇게 손을 뻗었거든요. 근데 그 손을 잡지 못하는 게 더 무서웠어요."

"…대단하군요. 저라면 절대 못 했을 겁니다. 차이나타운 사건 때도 비슷한 이유였나요?"

"그렇죠."

어째 매번 인터뷰마다 과거 얘기는 빠짐이 없다. 물론 너무 자주 말해 이젠 생각 없이 줄줄 읊을 수 있었기에 딱히 피곤하지도 않다.

2시간 촬영 후 잠깐 휴식 시간을 가졌다.

남자 MC 세 명은 담배를 피우러 가고 두삼은 카메라를 벗어나 시원한 물을 마시고 있는데, 최수향이 다가왔다.

"술 많이 마신 거 같은데 괜찮아요?"

"멀쩡합니다."

"적당히 드세요. 김이수 선배님 말술이거든요. 종종 게스트들이 취해서 촬영이 늦어지기도 해요."

"헐! 그럼 안 되죠. 적당히 마실게요."

"그렇게 해요. 근데 사적인 질문 하나 해도 돼요?"

최수향의 물음에 고개를 끄덕였다.

"혹시 여자 친구 있어요?"

"네. 있어요."

"진지한 사이?"

요즘 분위기에 약혼녀가 있다고 한다면 하란까지 괴롭힐 게 뻔했다. 그래서 친하지 않으면 여자 친구로만 말하기로 했다.

"진지하게 사귀고 있죠. 근데 왜요?"

"없으면 제 후배 중에 괜찮은 애가 있어 소개해 주려고 했죠."

"헤어지면 생각해 볼게요."

"이건 제 연락처예요. 생각이 바뀌면 연락해요. 가끔 얘기할 사람이 필요할 때 연락해도 괜찮고요."

"…아, 네."

인제 와서 가을에 결혼한다고 말할 수도 없고. 그래서 그냥 받았다.

그녀는 연락처를 건네주며 자연스럽게 손을 스쳤는데 그 동작이 참 미묘하다.

'유혹하는 건가? 살다 보니 아나운서에게 대시를 다 받아보네.'

우연일 수도 있지만, 두삼이 느끼기엔 분명 유혹이었다. 물론 유혹이든 아니든 관심 밖이었지만.

돌아서서 가는 그녀의 뒷모습을 보다가 건네준 쪽지를 갈가리 찢어서 호주머니에 넣었다. 그리고 다시 촬영하러 테이블로 갔다.

*　　　*　　　*

부우우웅!

"선생님 메시지 왔어요."

"…개인 전화니까 놔둬요."

"선생님, 급한 일이면 받고 하셔도 됩니다."

환자가 신경이 쓰이는지 말했다.

"아닙니다. 시술 끝났습니다. 죄송합니다."

"괜찮아요. 수고하셨어요."

환자가 나간 후 5분만 쉬자고 말한 후 스마트폰을 확인해 봤다.

[든든한 집안에 지성과 미모를 가진 아가씨들 중매해 드려요. 사진 확인하시고 만나길 원하는 이가 있으면 전화 주세요.]

"…이제 하다 하다 결혼 중매인한테도 넘어간 거냐? 나연섭 이 자식!"

어제부터 얼굴도 알지도 못하는 연예인들의 한번 만나지 않겠 느냐는 메시지가 왔다.

처음엔 정중히 거절했는데 점점 많아지고 시도 때도 없이 오 니 일일이 거절 문자를 보내는 것도 일이었다.

거기까진 좋다 이거다. 거절당했으면 얌전히 전화번호를 지울 것이지, 여기저기 뿌리고 다니는 건지 메시지가 점점 변질되고 있었다.

물론 처음 개인 전화번호를 넘긴 건 나연섭이었는데 미안하다 는 문자 하나 보내고 난 뒤 전화도 받지 않고 있었다.

"지성은 모르겠고 미모는 죄다 고친 거고만……."

전화번호를 차단하고 다음 메시지를 확인했다.

긴 글이었는데 축약하면 연예 기획사인데 공동 대표가 될 생 각이 없냐는 얘기였다.

"다른 사람 찾으세요."

역시 차단.

차단! 차단! 차단!

짜증 난다. 당장에라도 전화번호를 바꿔 버리고 싶다. 그러나 과거 중요한 환자들과 외국인들 연락처까지 다 연결된 폰이라 그럴 수가 없었다.

겨우 다 차단했다 싶었는데 우우웅! 문자가 왔다.

"으아~ 빌어먹을 놈! 내가 기필코 똥오줌 못 가리게 해준다."

분노를 쏟아내고 메시지를 확인했다.

이번엔 스팸 문자가 아니라 장강룡에게 온 문자였다.

[두 번째 대결, 이번 주 토요일 1시에 어떠냐?]

드디어 두 번째 대결을 할 모양이다.

답장을 보냈다.

[친구 결혼식이 있어 끝나고 가면 3, 4시쯤 될 것 같습니다.]

[그럼 4시 제기동 약령시장에서 보자.]

[알겠습니다.]

더는 메시지가 없었기에 책상 구석에 넣으며 중얼거렸다.

"한약 관련이라고 했는데 어떤 식으로 대결을 하려는 건지…… 쩝! 토요일이면 알 수 있겠지. 근데 2:0은 재미가 없으니 마지막 대결을 위해서라도 1:1을 만드는 게 좋겠지?"

한번 지고 나니 묘한 오기가 생겼다.

아무튼 이상한 메시지가 계속 왔지만 틈틈이 차단을 하며 일에 전념했다.

오후 3시경, 오늘 예약된 환자들의 치료가 끝났다.

"이 간호사, 새로 들어온 환자는 없어요?"

"네, 선생님."

매일 열심히 색전술을 시술하다 보니 밀려 있던 환자가 많이 줄었는지 여유롭다. 내일 예약 명단을 보니 오늘보다 더 적었다.

"그럼 색전술은 끝내죠."

"접수대에 있을 테니 필요하면 연락주세요."

"그럴게요. 수고해요."

색전술이 끝났다고 두삼의 일이 끝난 것이 아니듯, 이 간호사 역시 두삼을 보조하는 것 말고도 다른 업무가 있었다.

한데 나갔던 이 간호사가 5분도 되지 않아 돌아왔다.

"무슨 일이에요?"

"선생님을 찾는 외국인이 있어서요."

이 간호사 뒤에 할리우드 영화에서 나오는 듯한 금발의 미남자 고개를 내민다.

"닥터 보면!"

"한, 이제 스미스라고 불러도 되지 않아? 하하하! 오랜만이야."

"…어, 어. 그래."

잘난 척하는 친구는 이상윤으로 족한데……

"한국엔 언제 왔어?"

"나흘 전에."

"상윤이 결혼식에 참여하기 위해 온 거야?"

"그렇지. 케빈이 조만간 출전할 것 같다는 얘기도 너에게 전할 겸 말이야."

"지금까지 용케 참았네. 상태는 어때?"

"최고야. 케빈이 왔을 때 그의 어깨를 검사해 보고 기절하는 줄 알았어. 수술 자국이 없었다면 망가졌다고 절대 믿지 못했을 거야. 게다가… 맙소사! 무슨 짓을 했기에 망가진 어깨가 예전보다 좋아질 수 있지?"

"……."

"아! 설명 나중에 해줘. 요즘 동양의학을 배우고 있거든. 수료하고 나서 들어야 한 가지라도 배우지. 네게 배우기 위해 한국으로 올까도 생각 중인데 그럴 시간이 없으려나? 그래도 조금은 가르쳐 줄 거지? 하하하! 고마워, 고마워."

'답하지도 않았거든!'

스미스가 이렇게 수다가 많은지는 처음 알았다. 케빈이 6월 초에 첫 등판을 한다는 얘기는 10분 후에 들을 수 있었다.

그의 입에 환자에게 받은 김부각과 음료수를 물려주자 그제야 조용해진다.

"나 영어가 약해. 그러니 얘기할 때 또박또박 천천히 얘기해야 알아들어. 솔직히 네가 한 말의 절반밖에 못 알아들었어."

"그래? 다시 말해줘?"

"…대충 뜻은 이해했으니까 됐어. 나흘 전에 왔다면서 그동안 뭐한 거야?"

"파티 준비하느라 바빴어."

"파티?"

"총각 파티 말이야. 낯선 나라에서 준비하려니까 쉽지 않더라고. 준비하는데 꼬박 사흘 걸렸어."

"…그거 꼭 해야 하는 거야?"

"대학 다닐 때 결혼하면 서로 총각 파티 해주기로 했거든. 웃기는 건 둘 다 비혼주의자였어. 하하하!"

"하하하……."

"오늘 밤에 할 건데, 올 거지?"

"…글쎄다. 난 그런 거 별로 안 좋아해."

"그러지 말고 참석해 주라. 스트리퍼 걸은 러시아 미녀 5명을 구했는데 정작 와서 축하해 줄 사람들이 부족해. 윤이 한국에서 친구라고 하는 사람은 너뿐인데, 네가 빠지면 되겠어?"

"후우~ 장소가 어딘데?"

"이태원에 있는 호텔 윈블던."

"알았어. 참석할게."

절대 러시아 미녀 5명 때문에 허락한 건 아니다.

음, 하란이에겐 무슨 핑계를 대지?

*   *   *

이태원에 있는 윈블던 호텔의 수영장 파티는 두삼이 대학교 다닐 때부터 핫한 곳으로 유명했다.

수영복 차림의 늘씬한 금발의 미녀, 미남들이 넘치고, 신나는 음악이 귀를 때리고, 화끈한 하룻밤의 로맨스를 꿈꾸는 곳.

그런 곳에서 파티룸을 빌려 총각 파티를 한다고 했을 때 알았어야 했다.

혹시나 해서 데리고 온 양태일과 박혁이 입구부터 북적북적한 사람들을 보고 중얼거렸다.

"축하해 줄 사람이 부족한 것 같진 않은데요?"

"동네 주민들을 다 모았나 봅니다."

"…그러게. 이왕 온 거 어쩌겠냐. 적당히 놀다가 알아서 들어가라."

"선생님은요?"

"나도 좀 구경하다가 가야지. 왜? 같이 다닐래?"

"아뇨. 재미있게 노십시오!"

쌩하니 사람들 사이로 사라지는 두 사람.

아무리 잘해줘도 병원 밖에서까지 같이 다니기엔 불편한 상사인 모양이다.

파티룸 안으로 들어가자 절반은 시끄러운 음악과 음악에 맞춰 춤을 추고 있고, 절반은 술병을 들고 즐겁게 이성과 대화 중이다.

두삼은 시원한 통속에서 맥주를 꺼내 들고 왼쪽 방으로 들어갔다.

소파와 의자들이 있는 휴게실 같은 곳이었는데 술을 마시며 키스를 하거나, 가슴에 얼굴을 묻거나, 허벅지 위에 올라가 서로를 탐닉하고 있던 커플들이 보였다.

두삼에겐 익숙지 않은 분위기라 얼른 다음 방으로 넘어갔다.

두세 개 방을 더 지나서야 넓은 홀이 나왔는데 상윤과 스미스가 바(Bar) 앞에서 얘기를 나누고 있다가 반겨준다.

"여어~ 어서 와, 한."

"어서 와."

"응. 어째 주인공이 너무 조용하게 노는 거 아니냐?"

"이제 시작인데, 뭐."

"밤새워서 놀 모양이네?"

"그냥 분위기만 즐길 거야. 솔직히 내가 그동안 못 논 것도 아니고."

이상윤의 말에 놀라는 건 스미스였다.

"에? 천하의 윤이 분위기만 즐길 거라니! 러시아 미녀 5명은 어쩌라고? 돈도 이미 지급했단 말이야."

"네가 하든가. 싫으면 저기 있는 불쌍한 레지던트들에게 기회를 주든가 해."

"네가 그 미녀들 얼굴과 몸매를 못 봐서 그런 모양인데, 보면 달라질 거야."

"그럴 일 없을 거야."

"나중에 후회하지 마라."

"후회되면 네 총각 파티 때 내가 할게."

"…미친놈! 난 절대 양보 안 할 거거든!"

"그러든가. 난 잠깐 두삼이랑 얘기하고 올게. 가자."

"어딜?"

"따라와."

이상윤은 맥주 몇 병을 챙겨 어디론가 향했고, 두삼은 뭔 일인가 싶어 따라갔다.

이상윤이 자리를 잡고 앉은 곳은 물이 없는 수영장의 난간이었다.

"잠깐 얘기나 하게. 앉아."

"무슨 얘기 하려고 이렇게 분위기를 잡는 건데?"

"……."

옆에 앉자 그는 대답 대신 맥주를 따서 건넸다.

할 때 되면 하겠지 싶어 야경으로 눈을 돌렸다.

LA에서 봤던 야경과는 조금 달랐지만, 우리나라의 야경 역시 멋졌다.

그는 한 병을 완전히 비운 후 입을 열었다.

"널 만난 이후로 참 다사다난했어."

"평범하진 않았지."

"만나지 않았다면 지금쯤 침대에 누워 세상을 한탄하고 있거나, 목숨을 끊고 세상에 없겠지?"

"세상 참 부정적으로 사네. 누군가를 만나서 지금처럼 나았을 수도 있지."

"과연 너 같은 의사가 있었을까?"

"세상은 넓고 능력자는 많으니까."

"글쎄다. 내 눈엔 별로 없던데."

"…어련하겠냐."

하여간 잘난 척은 장소를 안 가리네.

잠깐 말이 끊겼다. 그러나 잠시 후 고백하듯이 말을 이었다.

"그동안 투덜거렸던 거 사과할게."

"…얘가 왜 이래? 어디 아프냐?"

"예전엔 정신 상태가 매우 아팠지. 실력도 없는 주제에 널 이기려고 아등바등했으니까. 빌어먹을 자존심 때문이었어. 왠지

네가 나보다 뛰어나다는 걸 인정하고 나면 내가 무너질 것 같았거든."

"…분야가 다르다고 했잖아. 그리고 네 실력 훌륭해. 자주 너처럼 수술할 수 있다면 어떨까 생각하곤 해."

"위로하는 거야?"

"널 위로할 만큼 잘난 것도 없어. 솔직히 사고, 사건을 겪을 때마다 한의사의 한계에 대해 많이 생각하게 돼. 물론 한방이 양방보다 낮다고 보진 않고, 의사 시험을 볼 생각도 없어. 단지 사람은 누구나 자기가 가지지 못한 것을 부러워한다는 걸 말해주고 싶은 거야."

"쯧! 짜증 나는 새끼."

"사과하더니 이번엔 욕이냐? 조울증이냐?"

"실력으로든, 마음으로든 이길 수가 없어서 하는 말이야. 네가 이겼다, 한두삼."

이겼다고 말했다고 기분이 좋거나 하진 않았다. 오히려 갑자기 왜 이러는지 걱정스럽다.

"그런 표정으로 안 봐도 돼. 지극히 정상이니까. 아, 속 시원하다. 왜 그동안 말하지 못하고 이겨야겠다는 생각만 한 건지 모르겠다."

"…진짜 괜찮냐?"

"괜찮아. 근데 내가 졌다고 한 건 이 순간까지야. 1년 후, 음… 그때까진 좀 힘들겠다. 어쨌든 3, 4년 후엔 내가 이겼다고 말할지도 몰라."

이긴다고 말할 때의 표정은 평소 보던 이상윤의 모습이라 조금 안심이 된다.

다시 말없이 야경을 보며 술을 마셨다.

무슨 생각을 하는지 모르겠지만 패배를 인정한 지금 그리 행복하진 않을 것이다. 그래서 두삼 역시 조용히 있었다.

가지고 온 6병을 3병씩 마시고 일어날 때쯤 말했다.

"행복해라."

"그래야지. 근데 말로만 끝내려는 건 아니겠지?"

"TV 말이냐? 준비해 뒀으니 신혼집 주소나 말해줘라."

"크으~ 통 큰 쓸쓸이에 다시 한번 졌다."

"닥쳐! 나 결혼할 때 꼭 이기도록 해."

"쓸쓸이만큼은 30, 40년 지나도 이길 수 있을까 모르겠다."

"……."

"자자! 들어가자. 총각 파티의 핵심은 못 즐겨도 분위기는 즐겨야지."

두삼은 도망치듯 안으로 들어가는 이상윤을 보고 중얼거렸다.

"뻔뻔한 놈……."

아무튼, 결혼 축하한다.

*　　　　*　　　　*

예식 후, 누가 봐도 신혼부부가 탄 차임을 알 수 있게 꾸며진 차를 타고 인천공항으로 떠나는 이상윤과 백희정을 배웅하고 제기동 약령시장으로 갔다.

3시 30분에 도착해 장강룡에게 도착했단 메시지를 보내자 정확한 위치를 알려주었다.

두 사람이 지나갈 정도의 골목길에 있는 한약방으로 손 글씨로 쓴 양철 간판과 세월의 흔적이 보이는 약재보관함이 오래된 약방임을 보여주는 듯했다.

장강룡은 가게 주인과 차를 마시며 얘기를 나누고 있었다.

"약속 시간보다 일찍 왔군."

"뭘 하기엔 어정쩡한 시간이라 결혼식장에서 바로 오는 길입니다."

"앉게. 차 마시고 바로 시작하지."

장강룡 맞은편에 앉은 노인에게 꾸벅 인사를 한 후 자리에 앉자 장강룡이 차를 따라줬다.

"이곳 약재는 어떤 거 같나?"

"좋네요. 관리도 잘 되어 있는 거 같고요. 다만 중국산 약재를 국내산이라 파네요. 좋은 약재라 그렇게 하지 않아도 잘 팔릴 것 같은데요."

두삼의 대답에 장강룡은 껄껄 웃으며 옆에 있는 맞은편 노인에게 말했다.

"껄껄껄! 내가 뭐랬나. 바로 알아볼 거라 했지. 오늘 잘 쓰겠네."

"흥! 중국산이라고 하면 무조건 가격을 깎으려고 하니 그런 거지. 비싼 건 국내산보다 비싸단 말이야."

노인은 투덜댄 후 횅하니 밖으로 나가 버렸다. 두삼은 무슨 상황인지 몰라 물었다.

"…제가 뭔가를 잘못한 겁니까?"

"아니. 나랑 내기를 했는데 져서 심통이 난 걸세. 오늘 하루 여길 공짜로 쓰게 됐거든."

"제가 신경 쓸 일은 아니군요."

"그건 그렇지. 가끔 귀한 약재를 구하지 못할 때 들러보게. 거의 모든 약재를 구할 수 있을 걸세."

"기억해 두죠."

주전자 하나를 비우고 난 후 2차 대결을 위해 약방 후문을 통해 노인의 집으로 이동했다. 작은 마당이 있는 옛집으로 구석에 황강이 서 있기에 물었다.

"려령이가 왔습니까?"

"아니. 시킬 일이 있어서 잠깐 불렀네. 이런 일은 황강이 잘하거든."

"그렇군요."

"더 질문이 없다면 바로 시작하지. 2차 대결은 전에 말했듯이 한약일세."

할아버지와 장강룡 두 사람은 한약으로 어떤 식으로 대결을 했을까 꽤 궁금했었다.

소화불량이나 설사 같은 단순한 병이 아닌 이상 길게는 몇 달, 짧게 한다고 해도 최소 며칠은 지켜봐야 한약이 제대로 환부에 제대로 작용하는지 알 수 있다. 그런데 장강룡은 몇 시간이면 충분하다고 하니 궁금할 수밖에.

"대결 방법은 어떤 식입니까?"

"간단하네. 1차 대결과 비슷하게 5명의 환자를 보고 그 환자에게 맞는 약방문을 적고, 밖에 있는 약방에서 그 약재를 고르면 되네."

"만들지 않고요?"

"굳이 만들어야 아나?"

"…아뇨."

그의 말처럼 간단한 방법이었다. 그러나 그 방법 안에 망문문절, 처방 능력, 약초에 대한 안목 등 측정할 수 있는 대부분이 다 담겨 있었다.

흥미로운 건 첫 번째 대결도, 두 번째 대결도 승패의 판단은 스스로 해야 한다는 점이다.

"황강이 오전에 약령시장 한의원을 찾은 사람 중 다섯 명을 선별해서 데리고 왔네. 될 수 있으면 인종, 성별, 국가를 달리해서 데리고 오라고 했다네."

"굳이 그렇게까지 할 필요 없으신데……."

첫 번째 대결에 비해 두 번째 대결은 꼼수를 부리고 싶어도 부릴 만한 것이 없었다.

"한 점 의심 없이 이기고 싶네."

"이번엔 쉽지 않을 겁니다."

"시작할까?"

"네!"

황강이 곧장 환자들을 데리고 나왔다.

황인종인 40대 남자와 30대의 여성. 나이를 짐작하기 어려운 흑인 여성, 은발의 60대 초반 남자, 파란색 눈이 유독 눈에 띄는 50대의 백인 여성.

장강룡은 40대 남자에게, 두삼은 파란색 눈의 백인 여성에게 다가가 망문문절을 통한 진단을 했다.

"실례합니다. 진맥에 앞서 몇 가지 물어볼게요. 어디가 불편하세요?"

"소화가 잘되지 않아서 왔어요."

영어로 물었는데 한국어로 말했다.

"고향은 어디세요? 한국에 오신 지는 얼마나 되셨죠?"

"네덜란드요. 10년째예요. 선생님이 나온 프로그램도 즐겨 봐요."

"하하. 감사합니다. 한의원에 왔다가 여기까지 오셨다는데, 평소 한방에 관심이 많으세요?"

"네. 약보다 몸의 부담이 덜해서 자주 이용해요."

"평소 식사를 어떻게 하는지 알 수 있을까요?"

라키 압둘라흐만 케이스를 겪은 후, 한약을 지을 때 자라온 환경에 따른 체질까지 고려하고 있었다. 그러다 보니 자연 질문이 길어졌다.

충분히 묻고 살핀 다음 진맥을 하니 좀 더 명확하게 보였다.

위산과다로 인한 소화불량.

위산을 억제해 주는 약을 먹으면 안정화되겠지만, 그보다는 부교감신경을 좀 더 안정적으로 만드는 한약을 지어주기로 했다.

물론 수면, 식사, 휴식, 음주 따위의 일상생활 관리가 필수적으로 동반이 되어야 했다.

다음으로 은발의 백인 남성.

"…난 말기 대장암이오. 일본에서 줄기세포 치료를 받았는데 실패했다오."

일본의 경우 2014년 줄기세포 치료와 관련 임상 시험 후 의약 단체들이 무모한 일이라고 비판했음에도 재생의료법 개정안이 발효해 줄기세포를 통한 각종 치료를 하고 있었다.

하지만 암의 경우 우리나라의 민간요법 수준으로 잘된 예도 있지만, 실패하는 예가 더 많았다.

줄기세포 분야를 선도하겠다는 의지는 좋다. 그러나 2, 3차 임상 시험을 생략한 상태에서 죽음을 앞둔 암 환자의 공포를 이용하고 있는 건 비난받아 마땅했다.

"한국엔 치료받으러 오셨습니까?"

"우연히 민간요법에 대해 듣고 무작정 왔소."

"한약을 잘못 먹으면 병이 더 나빠진다는 얘긴 들었습니까?"

"이제 한 달도 남지 않은 나에게 더 나빠질 것이 있다고 생각 하오?"

"…일단 진맥을 해보겠습니다."

거의 포기를 하고 한 진맥. 한데 진맥 결과는 조금 달랐다.

이상하게 들리겠지만 암 종양들이 아주 예쁘게(?) 자랐다. 봄 의 핀 쑥처럼 이곳저곳에 중구난방으로 난 것이 아니라 잘 가꾼 꽃처럼 대장에, 위에, 간에, 듬성듬성 컸다.

'수술과 색전술 치료를 병행하면 어쩌면……'

적어만 두고 곧장 제 생각을 말하지 않았다. 어차피 장강룡도 봐야 했기에 끝나고 말하기로 했다.

1시간이 조금 넘게 걸려 5명의 진단을 끝내고 곧장 약방으로 가서 약을 고르고 잘라 약재를 만들었다.

"자르는 김에 내 약재도 잘라주겠나?"

"그러죠."

장강룡이 고른 약재는 기운이 풍부한 것이 자신이 고른 것과 크게 다르지 않았다. 다른 약재가 몇 개 보이긴 했지만 대용할 수 있는 것이라 승패가 쉽게 날 것 같지 않았다.

약재까지 다 고르고 나자 어느새 해가 저물고 있었다. 평상을 펴고 그 위에 다섯 명의 이름과 약재를 놓았다.

"다 됐나? 더 할 일이 있으면 하게."

"괜찮습니다. 어르신은요?"

"나도 더는 할 것 없네. 그럼 비교해 볼까?"

"그러죠."

"일단 환자들의 진단 결과를 비교하세."

1차 대결 때 그의 진맥 실력은 진짜였다. 그래서 이번엔 두삼 역시 신중을 기했다.

그래서인지 거의 차이가 없었다.

"진맥은 차이가 없군."

"어차피 이번 대결은 한약 아닙니까. 이번엔 처방전을 비교하죠."

처방전에서 네 가지가 갈렸다. 세 가지는 아까 말한 것처럼 대체할 수 있는 약과 관련된 것이었고, 한 가지는 사용된 약재의 양(量)의 차이였다.

"왜 여기 적백하수오관중탕 인삼을 쓴 건가?"

소음인에 속하는 흑인 여성에게 적하수오 대신 인삼을 쓴 것을 두고 물었다.

"산후 부종과 통증을 호소해서 적백하수오관중탕을 선택하긴 했는데, 체질적으로 약해진 양의 기운을 더하기 위해 인삼백하수오관중탕을 선택한 겁니다."

"이제마의 사상체질 말인가?"

"황제내경식 체질 분류법으로 한다면 소음체질이죠."

황제내경식 5가지 체질은 이제마식 사상체질에 음에도, 양에도 치우치지 않은 조화로운 음양화평체질이 하나 더해진다.

"…그렇군. 잠깐 환자를 보고 오겠네."

그는 자리를 비우더니 5분 후에 돌아왔다. 그다음 이렇다 저렇다 말없이 이번엔 대황(大黃)의 양을 조금 늘린 것을 지적했다.

"환자가 소양체질이라 태평혜민화제국방에 나오는 연교음자의 처방을 한 것 같은데, 대황의 양을 늘린 이유가 있었나?"

"40대 중반의 이 환자의 경우 베트남에서도 남쪽에서 40년 가까이 살았던 사람입니다."

"그게 양을 늘린 이유라는 건가?"

"네. 그가 살아온 환경은 양의 기운이 강하죠. 자연 소양체질임에도 우리나라 사람들보다 음하다고 본 겁니다. 그래서 1.5g 대황의 양을 늘렸습니다."

"좀 더 음하게 만들려고?"

"네."

"자란 이 고향에 따라 약효를 달리한다. 다양한 환경의 인종들이 사는 중국에서 온 내가 그 생각을 망각하고 있었다니……."

그는 한참 동안 말을 잇지 못했다.

너무 오랫동안 멍하니 있는 것 같아 헛기침하며 말했다.

"험! 이제 약재를 봐야 하지 않겠습니까?"

"약재는… 딱히 볼 것이 없지 않나. 내가 고른 약재 중 이상한 게 있나?"

"아뇨, 없습니다. 최상급입니다."

"자네가 고른 것도 마찬가지네."

"…그럼 이제 결론을 내야겠군요?"

그는 즉각 대답하지 않고 처방전과 약재를 뚫어지게 바라보다가 중얼거리듯 말했다.

"내가 졌네."

"……!"

"산후조리가 필요한 아가씨에겐 인삼백하수오관중탕이 더 적절한 판단이었다고 생각하네. 대황에 대해서는 좀 더 고민해 봐야 할 문제지만… 그 역시도 자네 판단이 더 낫다고 보네."

그는 순순히 패배를 인정했다.

102. 넘지 말아야 할 선

"피곤한 게 어떻게 나 때문이야."

"오빠가 아빠한테 나 괴롭히라고 했다면서요. 그러니 오빠 탓이죠. 흉부외과 일만으로도 쉴 시간 없이 바쁜데 내과도 공부하려니 죽을 것 같아요."

"엄살은……."

"엄살? 여기 다크서클 봐요. 이래서 남자를 사귈 수 있을 것 같아요?"

"아, 알았어! 마사지해 줄 테니까 그만 징징대. 30분이면 되지?"

"풀코스로 해줘요."

"쉴 시간 없이 바쁘다고 하지 않았나?"

"없어도 이럴 땐 내야 하지 않겠어요? 한 달은 가뿐해질 텐데.

호호호!"

"밥 먹으러 나왔다가 일거리만 늘었네. 얼른 가자, 오후에 방송국에 가야 해."

얼굴에 밝은 미소를 지은 채 민청하와 시시덕거리며 지나가는 두삼을 보는 김장혁의 표정이 일그러졌다.

'차 실장은 도대체 뭘 하기에 아직도 저 자식이 웃고 다니는 거야!'

당장에라도 실행할 것처럼 말하더니 꼬리를 만 건지 중간보고조차 없다.

웬만하면 그를 믿고 기다리려 했지만 눈앞에서 알짱거리니 참을 수가 없어 전화를 걸었다.

뚜우~ 뚜우~ 뚜우~

―고객님이 전화를 받지 않아 삐! 소리 이후 음성 사서함으로 연결됩니다. 삐!

"차 실장님, 전에 말씀드렸던 일 때문에 전화했어요. 가타부타 말을 해줘야 기다리질 않죠. …연락주세요."

전화를 피하는 건지, 받을 입장이 안 되는 건지 모르지만 받지 않아 메시지를 남기고 기다렸다.

두 시간쯤 기다렸는데 연락이 없어 다시 연락을 했다. 그러나 마치 피하는 것처럼 받지 않았다.

결국 아버지 김광도에게 연락해서 물어보기로 했다.

―이 시간에 네가 웬일이냐?

"차 실장에게 연락을 하려는데 연락이 안 돼서요."

―무슨 일로?

"그냥… 궁금한 게 있어서요."

―음, 언젠가 말하려 했는데 오늘이 좋겠구나. 네가 차 실장이랑 뭘 하는지 대충은 알고 있지만 이제 슬슬 거리를 둬야 할 게다.

김장혁에게 차 실장을 소개해 준 것이 김광도였다. 그러나 필요 이상 엮이는 걸 꺼렸다.

차 실장이 지금까지 김광도의 일을 돕고, 김장혁을 조카처럼 대했지만 그건 얻을 이익이 있기 때문이지, 개인적으로 좋아해서가 아니었다.

지금은 서로 이익이 되니 문제가 없지만 만일 균형이 깨지고 차 실장이 돈이 필요하게 되면 그땐 지금까지 도왔던 일을 협박 삼아 돈을 뜯어내려 하거나 뺏으려 들 것이 분명했다.

"아버지가 무얼 염려하는지 알고 있습니다. 나름 생각하고 있으니 걱정 마세요."

―알고 있다니 더 말하지 않으마. 차 실장과 마지막으로 통화한 게 언제냐?

"4월 중순쯤이요."

―그러고 보니 나도 그때쯤 이후로 연락을 못 해봤구나. 네가 가진 전화번호가 어떤 거냐?

"1456이요."

―직통전화가 맞는데……. 잠깐 기다려 봐라. 사무실 전화번호 불러주마.

"네."

번호를 불러주길 기다리고 있는데 갑자기 소란스러움이 들려왔다.

—…당신들, 뭡니까?

—…검찰청에서 나왔어……. 김광도 씨, 당신… 살인과 폭력 사주, 세금 포탈… 등의 혐의로 …가주셔야겠습니다.

—뜬금없이 와서 무슨 헛소리야! 법 없이도 살 수 있는 사람이 나야. 검찰청에서 나왔다고? 내가 고 지검장이랑 잘 아는 사이야.

—…체포해.

—놔! 하던 통화 끝내고 내 발로 갈 테니.

드문드문 들렸지만, 상황이 어떻게 되어 가는지는 짐작할 수 있었다.

—장혁아, 내가 잠시 후에 다시 연락하마.

"어떻게 된 겁니까?"

—뭔가 실수가 있는 거겠지. 걱정하지 말고. 이만 끊으마.

"아버지! 아버지!"

뚝! 전화는 끊어졌고, 김광도의 호언장담과 달리 전화는 오지 않았다.

*   *   *

김광도는 증거인멸과 도주의 우려가 있다고 구속영장이 발부되어 구치소에 갇혔다. 그에 김장혁은 변호사와 함께 구치소를 찾았다.

면회실에 앉아 있자 수용자 복장을 한 김광도가 들어왔다.

그는 불과 며칠 만에 자신만만한 표정은 온데간데없고 흰머리가 상당히 늘었다.

"아버지!"

"…너한테 못난 꼴을 보이는구나."

"그런 말씀 마세요. 곧 풀려나실 겁니다."

"글쎄다. 어떤 놈이 파놓은 함정에 제대로 빠진 것 같은데… 누군지 도통 감을 잡을 수가 없구나. 참! 연락해 보라는 곳은 해봤냐?"

"통화가 쉽지 않았습니다. 다들 바쁘다고……"

"빌어먹을! 얻어먹을 때는 간이고 쓸개고 다 빼줄 것처럼 굴더니."

"더 연락할 곳은 없습니까?"

"…없다. 아무래도 재판까지 가야 할 모양이다. 검사장 말로는 증거가 확보됐다고 하더구나."

"혹시 차 실장이?"

"그럴 가능성은 작다. 검찰 역시 차 실장을 찾고 있다더라. 아마도 너까지 노리는 것 같다."

"……!"

조금 전까지만 해도 자신만만하던 아버지의 힘없는 모습에 내내 마음이 착잡했었다. 한데 자신까지 용의선상에 올랐다는 말에 피가 싸늘하게 식었다.

"걱정하지 마라. 정황 증거일 뿐이다. 설령, 그것이 문제가 된다고 해도 내가 지시했다고 하면 된다."

"어떻게 제가 편해지자고 아버질……"

"냉정하게 생각해라. 둘 다 감옥에 가는 건 절대 피해야 한다. 누군가는 밖에서 상황을 유리하게 만들어야 해. 할 수 있겠지?"

"예……. 최선을 다하겠습니다."

씁쓸한 표정으로 대답했지만 김장혁은 감옥에 들어갈 사람이 자신이 아닌 것에 안도했다.

"한데 차 실장은 어디에 있을까요? 지금 나타나면 곤란하지 않겠습니까?"

"아무래도 영원히 나타나지 못할 가능성이 크겠지. 아마 이름 모를 산이나 바닷속에 있지 않을까 싶다."

"네?"

"변호사를 통해 알아보니 차 실장뿐만 아니라 따르던 조직원 상당수가 갑자기 사라졌단다. 사무실이 있던 건물은 갑자기 철거됐고. 이게 무슨 말이겠냐?"

"조폭 간의 다툼입니까?"

"사라진 조직원이 근 20명이 된다니 그러지 않겠냐. 문제는 그 조직이 우릴 역시 노리고 있다는 거다."

"……."

"차 실장이 사라지고 차 실장과 우리가 거래한 증거들이 검찰로 보내졌다. 처음부터 우리를 노리고 차 실장을 공격했는지도 모르지."

김광도의 설명을 듣는 순간, 누군가가 떠올랐다.

'설마……!'

"근데 도통 누군지 모르겠어. 누군지 알아야 대책을 마련할 텐데 말이야. 내가 그동안 망하게 한 인간 중에 검찰과 조직폭력배를 움직일 사람은 없는데 말이야. 넌 혹시 짐작되는 사람이 있냐?"

"…아뇨. 제게 당한 인간들은 제가 한 줄도 모르고 있을 텐데요."

"음……. 조사를 받다 보면 명확해지겠지. 이제부터 해야 할 일을 말해주마. 검찰 쪽에서 사람을 붙였을 수도 있으니 주의하면서 해야 할 거야."

숨겨둔 돈을 찾아 누구에게 돈을 뿌리라는 말을 했지만, 김장혁은 집중을 할 수가 없었다.

'이 망할 놈의 영감탱이가! 감히 내 일을 방해하는 것도 모자라 벼랑 끝으로 밀어? 으득!'

김장혁은 머리가 하얘질 정도로 화났지만, 어금니를 악물며 참았다.

꽝!

그러나 면회를 마치고 구치소에서 나온 김장혁은 결국 화를 참지 못하고 애꿎은 차의 보닛에 화풀이했다.

"감히… 감히! 날 방해하고 무사할 거로 생각하는 건 아니겠지? 으아아아! 찢어 죽여도 시원찮을 늙은이!"

쾅! 쾅! 쾅! 쾅!

자동차를 부수려는지 연신 쳤다.

보닛과 보조석 문이 울퉁불퉁해질 때까지 치던 그는 호흡을 가다듬었다. 그리고 곧장 장강룡에게 연락했다.

그리고 연결되자마자 소리쳤다.

"어르신이 그런 겁니까?"

물론 차 실장의 조직을 없앨 만큼 무서운 노인네였기에 본능적으로 최소한의 예의는 지켰다.

―…무슨 소리냐?

"차 실장이라고 하면 아시겠습니까?"

―아하~ 네가 한두삼을 죽이라고 지시를 내린 놈 말이구나?

"…무, 무슨 말을 하는 겁니까. 전 그저 겁만 주라고……."

―경고했을 텐데. 내 일을 방해하지 말라고.

싸늘한 장강룡의 목소리에 정신이 퍼뜩 들었다.

"…제가 복수할 기회를 준다고 했잖습니까!"

―네놈의 복수가 살인이었느냐. 그랬다면 뭣 하러 날 고생시켜 가면서 의술을 배웠느냐?

"그래서 저희 아버지까지 검찰에 넘긴 겁니까?"

――…무슨 말을 하려고 전화를 한 건지 모르겠지만 쥐 죽은 듯이 살아. 한때 널 가르쳤던 것에 대한 마지막 온정이다.

"…그렇게 못 하겠다면요?"

―가르친 것을 다시 가져가는 수밖에. 하찮은 네 목숨까지 거두게 하지 마라. 마지막 경고다.

"……."

장강룡은 협박을 끝으로 전화를 끊었고, 김장혁은 그런 그의 말에 화를 안으로 삭일 수밖에 없었다.

물론 통화가 끝나자마자 전화기를 던지는 것으로 불만을 표했지만 말이다.

*　　　　*　　　　*

—꽈직! 삐이이이익!

김장혁의 스마트폰이 부서짐과 동시에 귀를 아프게 하는 전자음이 들렸기에 얼른 루시에게 말했다.

"꺼버려."

—네.

"그 자식, 스마트폰 던지는 게 취미야, 뭐야?"

—화가 많이 난 것 같은데요.

"어쩌겠어. 인과응보지."

차 실장의 컴퓨터와 스마트폰을 해킹해 알아낸 자료를 보면 김광도, 김장혁 부자는 정말이지 최악의 인간들이다.

김광도는 돈을 위해서 많은 이들을 망하게 만들었고, 김장혁의 경우 그저 기분이 나쁘다는 이유로 사람들을 괴롭히고 망가뜨렸다.

살인은 하지 않았다. 그러나 그들에게 괴롭힘을 당한 이들 중 몇 명은 절망감에 자살을 했다.

과연 그 죽음에 그 둘의 책임이 없을까?

물론 타인에게 저지른 죄까지 물을 생각은 없다. 그저 스스로를 보호하기 위해 검찰에 신고한 것이다. 나머지는 경찰과 검찰에 맡기고 빠져나오지만 못하게 막는 걸로 충분했다.

"여기서 불의까지 못 보면 분명 제명에 못 죽을 거야. 그러니 정의로움은 다른 사람에게 맡기고 이기적으로 살자."

—네?

"아냐. 혼잣말이야. 근데 스마트폰이 없으면 김장혁이 어디까지 오는지 알 수 없지 않나?"

―차에 추적기를 설치해 뒀어요. 지금 막 움직이기 시작했어
요.

"조금 늦게 오면 좋을 텐데 말이야."

―계산대로라면 두삼 님이 목적지에 23분 먼저 도착할 거예
요. 그럼 충분히 가능해요.

"속도를 높여. 조금이라도 빨리 서두르자고."

―국도에서 지금보다 더 속도를 높이면 위험해요.

"마주치는 게 더 위험하거든. 수동으로 돌려. 내가 운전할게."

자율주행에서 수동으로 바꾸자 속도를 높여 목적지로 향했
다.

휴일이라 집에서 쉬면서 김장혁이 뭘 하고 있는지 살피다가 우
연히 구치소에서 두 부자가 비자금 얘길 하는 걸 엿듣게 됐다.

어떻게 벌었든, 얼마를 숨겨놨든 이미 돈에 대해선 안중에 없
었다. 한데 그 돈을 검찰과 판사를 매수하는 데 쓴다는 얘길 듣
고 이렇게 움직이고 있는 것이다.

"저기 저 공장인가?"

시골 언덕에 서 있는 건물이 보였는데 낡은 컨테이너도 몇 개
놓여 있었다.

―주소를 보면 저기가 확실해요.

"CCTV는?"

―금방 없애 드릴게요.

드론 몇 개가 날아올라 공장으로 향했고 금방 무력화됐다는
얘기를 들었다.

망설일 틈도 없이 모자를 푹 눌러쓰고 장갑을 끼고 공장으로 뛰어갔다. 철문이 막혀 있었지만 옆의 기둥을 박차고 뛰어넘었다.

철문 앞에 서자 전자식 자물쇠와 열쇠가 필요한 자물쇠가 보였다.

비밀번호는 아홉 자리로 이미 들었기에 입력해서 열었고, 열쇠가 필요한 자물쇠는 힘을 주고 당기자 거짓말처럼 부서져 버렸다.

"어째 점점 더 세지는 거 같냐. 앞으로 더 조심해야겠어."

혼잣말을 중얼거린 후 공장 안으로 들어가자 정말 공장이었는지 녹슨 기계가 보였다. 그리고 한쪽으로 이런저런 짐이 쌓여 있었는데, 영락없이 망한 공장을 창고로 쓰고 있는 모습이다.

짐이 쌓인 곳을 훑어보며 김광도의 설명을 떠올렸다.

대여섯 개의 상자가 놓여 있는데 그 밑에 장판이 깔려 있는 곳.

금방 찾을 수 있었다.

짐을 내리고 장판을 올리자 철문이 보였다. 한데 이번엔 내장형이라 뜯어낼 수가 없었다.

"부셔야겠는데. 루시, 도착하려면 얼마나 남았지?"

—20분쯤이요.

"여유롭네."

공장을 돌아 뭉뚝하면서도 단단한 쇠뭉치를 찾아 열쇠 부분을 쾅! 쾅! 때렸다.

2분쯤 때렸을까 자물쇠가 부서졌는지 철문이 들썩거렸다.

철문을 열자 큰 가방 몇 개가 보였다. 지퍼를 열어 보니 5만 원 뭉치가 가득이다.

"쩝! 부자들은 돈 숨기는 걸 참 좋아한다니까."

가방을 꺼내고 원래대로 해뒀다.

가방은 총 네 개. 하나만 해도 크기와 무게가 상당했는데 두삼은 네 개를 동시에 들고 공장을 나왔다.

*　　　*　　　*

5시 25분. 여느 때처럼 알람이 울기 전에 눈을 떴다. 알람을 끄고 옆을 보니 하란이 없었다.

"언제 일어난 거지?"

드물긴 하지만, 일찍 일어날 때가 있었기에 침대에 앉아 30분쯤 기운을 돌렸다.

거실로 나갔는데 자동으로 켜지던 거실 불이 켜지지 않았다. 그래서 혹시나 싶어 소파를 봤더니 장려령이 그곳에서 자고 있었다.

"쩝! 또 공황장애가 온 모양이네."

같이 지내면서 알게 된 건데 장려령은 공황장애가 있었다.

혼자 있으면 공포로 인해 숨을 제대로 쉬지 못하는 케이스로 어릴 때 어머니의 주검을 옆에서 홀로 며칠 간 지낸 것이 트라우마가 되었다고 한다.

그걸 안 후부턴 무섭다고 침실에 뛰어들어도 두삼이 양보를 했다.

"일주일 내내 침실에 뛰어든 게 미안하긴 했나 보네."

차낸 이불을 덮어주고 수영장으로 내려갔다. 하란은 그곳에서 수영을 하고 있었다.

"일찍 깼네? 잠 못 잘 일이라도 있었어?"

"푸우~ 아니. 이번 주부터 좀 바쁘거든."

"연구소?"

"아니, 투자회사. 지금까지 너무 폐쇄적이라는 지적을 받아서 투자금 유치를 공개적으로 해보려고."

"나라에서 그런 거까지 간섭해?"

"부정적인 건 아냐. 수익률이 좋으니까 같이 잘해보자는 거지."

"투자 금액이 커지면 지금까지처럼 고수익은 힘들지 않나?"

"응. 손해 보는 곳도 있겠지. 그런 위험성도 설명했는데도 하겠다는데 어쩌겠어. 수수료 왕창 먹기로 하고 회사 규모를 키우기로 했어."

"고생이네."

"어차피 한동안 할 일도 없었는데, 뭐. 려령이가 심심해하는 게 문제지."

"곧 중국으로 갈지도 몰라."

"아! 전에 말했던 대결 끝나가?"

"응. 이제 마지막 대결만 남았어."

"려령이 곤란하지 않게 마무리 잘해."

"그럴게."

"참! 근데 아까 차 안에 봤는데, 웬 현금이야? 어디 묻어두려고?"

"아니. 묻어둔 걸 가져온 거야."

어디서 난 돈인지 말했다. 물론 김장혁이 자신을 죽이려 했다는 말은 생략했다.

그러자 하란이 한숨을 푹 쉰다.

"후우~"

"미안. 걔가 자꾸 날 귀찮게 해서 깊게 생각하지 않고 일을 저질러 버렸어. 다음엔 이런 일 있어도 꾹 참을게. 돈은 두 사람에게 당한 사람들에게 나눠줄게."

"오빠 직업이 의적이야?"

"…아니."

단단히 화가 났나 보다. 하긴 결혼할 남자가 너무 설치고 다니면 불안할 것이다.

"나도 알아. 오빠 성격에 귀찮게 한다고 이러진 않았을 테고 분명 더 심각한 일이겠지. 참으라는 말이 아니야. 다만 일을 이렇게 처리하진 말라는 거야. 만에 하나 목격자가 있으면 어떻게 해? 앞으론 차라리 불을 질러 버려. 이런 일에 사용할 돈도 많잖아."

아! 그런 방법이 있었다.

워낙 없이 살았던 적이 있어서 그런지 그런 옵션은 머리에 없었다.

"알았어. 다음엔 꼭 불을 지를게."

"쩝! 다음엔 이런 일이 없길 바라야 하지 않나?"

"하하! 없어야지. 없을 거야. 그러니 화 풀고 수영하자. 누가 스무 바퀴 빨리 도나 대결할까?"

걱정해서 하는 말임을 알기에 익숙하지 않은 애교를 떨며 하란을 달랬다.

다행히 애교가 통한 건지, 자신의 애교가 보기 거북했는지 금세 풀렸다.

"치이~ 그나저나 바쁘다면서 배달은 언제 할 거야? 택배로 보낼 수도 없잖아."

"아! 젠장……."

한동안 휴일은 없을 것 같다.

*　　　　*　　　　*

하란은 장려령을 황강과 사강에게 맡긴 후 투자회사로 출근했다.

먼저 출근해 있던 비서가 차 문을 열어주며 말했다.

"20분 후에 회의에 들어가시면 됩니다. 커피는 평소 마시는 거로 드릴까요?"

"커피는 회의실에서 먹죠. 내가 나올 동안 아무도 들어오지 못하게 하세요."

"네!"

오랜만의 출근임에도 사무실은 깔끔했다. 들어가자마자 문을 닫은 그녀는 루시를 찾았다.

"루시. 두삼 오빠에게 무슨 일이 있는 거지?"

─비밀로 해달라고 하셨던 것이라 일부 정보는 삭제됐습니다.

"코드 원으로 말한다. 복구해."

—네, 알겠어요. …복구했어요.

사귀기 전후로 호기심에 두삼의 일거수일투족을 살펴볼 때도 있었다. 그러나 집에 오면 시시콜콜 얘기하고 말하지 않는 것은 대체로 하란 자신이 들어서 기분 좋은 얘기가 아니라는 걸 알게 된 후부터는 전적으로 두삼을 믿고 살피지 않았다.

물론 사랑하는 사람을 의심하는 것이 결코 관계 유지에 좋지 않다는 생각 역시 한몫했다.

하지만 대수롭지 않게 말하는 것이 묘하게 신경이 쓰였다. 그래서 스스로 정한 규칙도 깼다.

"처음부터 말해."

—지난 2월 말, 두삼 님과 악연이 있는 이가 병원으로 왔습니다. 그리고 그때부터 두삼 님 근처에 감시자가 따라다녔고요.

"…그때부터 비밀로 한 거야?"

—네. 위험을 예감했는지 곧장 감시자의 배경을 조사하게 했어요.

루시의 복구된 정보를 그대로 설명했다. 얘기는 30분이 넘게 계속됐다.

차 실장과 관련된 동영상까지 봤다.

인상을 찌푸린 그녀가 물었다.

"저들은 누구야?"

—추측만 하고 있었는데 어제 알게 됐어요. 장려령의 아버지, 장강룡이 부리는 이들이에요. 장강룡이 두삼 님을 건드리지 말라고 했는데 건드리려다가 당한 거죠.

끔찍한 장면이 있었지만, 후환을 없애는 손속엔 만족했다.

"잘됐네. 근데 도대체 김장혁이 누구야?"

─하란 님도 아는 사람이에요. 이방익의 결혼식에서 인사를 했었죠.

순간 생각나지 않아 그날 일을 되짚어봤다. 곧 어머니 안부를 물으며 접근했던 남자가 떠올랐다.

친절하게 인사를 하면서 몸을 훑는 것을 보곤 기억에서 지워 버렸던 사람이었다.

"아! 기억난다. 그런데 그 사람이 오빠랑 무슨 원한이 있었기 에 교사까지 한 거래?"

─명확하지 않아요. 하지만 두삼 님의 혼잣말과 추측하면 두 가지 이유로 압축할 수 있어요.

"말해봐."

─첫째는 어린 시절의 괴롭힘. 같은 고향 출신인데, 그때 사이 가 안 좋았나 보더라고요.

"얼마나 괴롭혔길래?"

─글쎄요. 두삼 님은 그저 욕 좀 한 거 말곤 기억에 없다더군 요. 그래서 며칠 전 고향 사람들과 통화하면서 김장혁과의 관계 에 관해 묻더군요.

"그래서?"

─3명과 통화했는데 세 명 모두 비슷한 말을 했어요. 괴롭힘 당하려는 것을 두삼 님이 막아줬다고요. 대신 차갑게 대하긴 했 답니다.

"다른 한 가진?"

─다른 하나는 하란 님 때문이랍니다.

"……?"

―제가 만들어지기 전에 악양에서 깡패들이 들이닥친 일이 있다면서요. 그것도 두 분 사이에 질투심을 느껴 한 일이라고 두삼 님은 생각하고 있어요. 이번 일도 마찬가지고요.

어이가 없다. 근데 이해가 된다.

미국에서도 충분히 통할 미모를 가진 하란이 나이가 들 때까지 제대로 남자를 사귀지 못한 이유는 어린 시절부터 유학 생활을 하며 겪은 인종차별과 여러 가지 사건 때문이었다.

싫다고 말했음에도 쫓아다니는 남자들부터, 기숙사에 침입해 덮치려던 이들까지, 별의별 일을 다 겪었다.

한때는 자신의 얼굴을 망가뜨릴까 심각하게 고민할 만큼 스트레스가 심했다.

성인이 되고 사회적 지위가 높아지면서 그러한 일이 줄어들긴 했지만, 은근히 성접대를 강요하고, 일방적으로 고백하는 이들은 여전했다.

심판들마저 차별하는 피겨계에서 당당하게 세계에 우뚝 선 이효원을 좋아하는 것도, 옥지혜의 일해 발끈해서 도우라고 한 것도 그러한 과거 때문이었다.

한국에서도 최익현의 경우와 그녀의 미모에 혹해 담을 넘은 놈들도 많지 않았던가.

루시, 드론, 로봇을 이용해 집을 요새화시키고 24시간 감시한 것 또한 언제 누가 접근해 올지 모른다는 두려움 때문이었다.

'…오빠 이번 일로 내가 아파할까 봐 말을 안 했던 거야.'

일이 있을 때마다 내색은 하지 않지만, 그녀는 두려워하고 자괴감에 빠졌었다.

두삼은 그러한 사실을 알고 있었던 게 분명했다.

아침에 잔소리를 한 게 미안했다. 그리고 김장혁이란 다가오는 공포에 방어기제가 발현됐다.

"…김광도와 김장혁에 대한 정보를 띄워."

―알겠어요.

"그리고 일단 그들의 재산부터 금융자산부터 모조리 동결시켜."

―은행을 해킹하면 문제가 될 텐데요.

"직접 하지 말고 점심시간을 이용해 지점의 단말기를 이용해. 그다음은……"

하란은 회의가 있다는 것도 잊고 차분히 김장혁의 손발을 자르는 명령을 내렸다.

*   *   *

"죄송합니다, 고객님. 말씀하신 성함으로 된 비밀 금고는 없습니다."

"그럴 리가 없을 텐데요. 여기… 열쇠가 있잖아요."

"비밀번호를 입력해 주시겠어요."

김장혁은 키패드에 김광도가 알려준 비밀번호를 넣었다. 한데 은행원이 모니터를 보며 눈살이 찌푸리는 것이 예감이 좋지 않았다.

"…비밀번호가 틀리다고 나오네요. 다시 입력해 보실래요?"

한 번 더 입력해 봤지만 결과는 달라지지 않았다.

"아무래도 본인이 직접 오셔서 확인을 제대로 해봐야 할 것 같은데요."

"…다음에 오죠."

더 있어봐야 의심만 받을 것 같아 일어났다. 은행에서 나온 김장혁은 차에 올라 전화기를 만지작거리며 소리쳤다.

"개만도 못한 늙은이! 진정 끝까지 가보자는 거냐?"

아버지의 비밀 창고가 털리고, 자신과 아버지의 모든 통장이 검찰에 의해 지급정지되고, 마지막 남은 금고까지 무슨 이유에서인지 막혀 버렸다.

약간의 현금이 있긴 하지만 그것으로는 뇌물은커녕 식사 대접하기에도 간당간당했다.

장강룡이 눈앞에 있으면 당장 찢어 죽일 듯이 말했지만, 실상 그가 스마트폰을 만지작거리는 이유는 전화를 걸어 잘못을 빌고 선처를 호소할까 해서였다.

비참했다. 그러나 그와는 레벨이 다름을 인정할 수밖에 없었다.

전화를 하기로 결심을 하고 화면을 켰다. 한데 전화번호를 찾으려다가 잘못 눌러 카메라 애플리케이션을 실행시켰다.

"……!"

스마트폰에 보이는 자신의 얼굴을 본 김장혁은 잠시 놀란 표정을 지었다. 그리고 점점 일그러졌다.

차 실장은 김장혁이 망가뜨리라고 사주한 이들의 사진을 일이 끝나면 보내줬다. 그때 그 사진 속 망가진 사람들의 모습을 보고 거지같은 인생이 쓰레기가 됐다고 얼마나 비웃었던가.

한데 지금 자신의 모습이 그 사진 속 사람들의 그것과 똑같

왔다.

얼굴이 확 달아올랐다.

굽실거리기 위해 장강룡에게 전화하려던 스스로가 부끄러웠다.

항상 자신만만하게 살아왔던 그에게 이런 감정은 생소했다. 그리고 그 순간, 지금까지완 비교도 안 되는 분노가 터지며 머리를 하얗게 만들었다.

지금까지완 달리 스마트폰을 던지지도 않았다. 오히려 더 차분해지고 생각이 명확해졌다.

'내가 무릎 꿇을 거라 생각했다면 오산이야! 그리고 그 전에……'

머리가 차가워져서인지 지금까지 떠올리지 못한 걸 생각할 수 있었다. 현재 자신의 일수거일투족을 누군가가 지켜보고 있다는 확신.

생각해 보면 그와 차 실장이 은밀하게 한 얘기를 어떻게 알 수 있었겠는가.

'…너무 자만했어. 하지만 이번엔 다를 거야.'

그는 차 안에서 오랫동안 생각을 정리했다.

마지막으로 전에 차 실장이 지나가는 말처럼 했던 얘기를 상기해 내곤 인천으로 차를 몰았다.

          *   *   *

"루시, 김장혁은 뭐 하고 있어?"

―20분 전과 다름없이 집에 있어요.

김장혁은 병원에 휴가를 내고 이틀간 구치소와 집만 오가고 있었다.

"음, 포기한 건가?"

주변에 더 이상 그의 미친 짓을 도와줄 사람이 없으니 그럴 가능성도 있었다. 물론 평소 그의 성정으로 생각하면 희박하긴 하지만 말이다.

우우웅!

다음 환자를 부르려고 하는데 장강룡에게 메시지가 왔다.

[내일 마지막 침술 대결을 하는 게 어떤가?]

[기다리던 참입니다. 어디로 갈까요?]

[자네 집에서 8시에 보기로 하지.]

[기다리고 있겠습니다.]

드디어 귀찮은 대결이 끝이 날 모양이다.

수십 년 기다려 온 그는 어떤 마음인지 모르지만, 두삼은 홀 가분했다.

김장혁과 대결에 대한 생각을 접어두고 색전술을 하고 있는데 모르는 전화에서 연락이 왔다.

일을 하고 있는 중이라 무시할까 했는데, 왠지 모를 느낌에 양해를 구하고 전화를 받았다.

―나다.

김장혁이었다.

집에 있다고 했는데 주변이 꽤 시끄럽다.

"네가 웬일이냐?"

─우리가 안부 물을 사이는 아니잖아. 바로 본론을 말할 테니까 잘 들어. 1시간 후쯤 메시지가 갈 거야. 그럼 그 메시지에 적힌 곳으로 와.

"…내가 왜 그래야 하지?"

─훗! 그렇지 않으면 곤란한 일이 생길 테니까. 어디에도 말하지 말고 혼자 와야 할 거야. 만일 조금이라도 이상한 낌새가 있으면 다쳐도 책임 못 진다.

"무슨 소리야! 누가 다친다는 거지?"

─그럼 좀 이따 보자.

김장혁은 가타부타 설명 없이 전화를 끊었다.

뭔가 이상하게 돌아가는 것을 느낀 두삼은 얼른 하란에게 전화를 걸었다.

세 번쯤 울렸을 때 하란이 전화를 받았다.

─이 시간에 웬일이야?

아무 일도 없는 듯한 목소리. 안도의 한숨이 나오면서도 불과 몇 초 사이에 얼마나 마음을 졸였는지 목소리가 떨렸다.

"후우~ 어, 어디야?"

─어디겠어, 회사지. 회의하다가 잠깐 쉬는 중. 목소리가 떨리는 것 같은데 무슨 일 있어?

"아니면 됐어. 헛소리하는 인간이 있어서……."

─…김장혁 그 인간이 뭐라고 한 거야?

"…아냐."

—오빠. 나한테 숨기지 않아도 돼. 나 그리 약하지 않아. 그리고 내 일인데 모르면 대응할 수가 없잖아.

생각해 보니 그녀의 말이 옳았다. 상처 입을까 걱정하는 것도 좋지만 아무것도 모른 상태에서 문제가 발생하면 그게 더 큰일이었다.

"짐작하고 있었으면 진즉에 말했을 텐데. 다른 게 아니라 방금 전화가 와서 마치 소중한 것을 데리고 있는 듯이 메시지 보내는 곳으로 오라고 하잖아."

—그래서 놀라 전화한 거구나. 그가 어디 있는지 알아볼까?

"쉽지 않을 거야. 감시하는 걸 눈치챘는지 해킹된 전화기와 차는 집에 놔둔 것 같아."

—한번 알아볼게. 근데 내가 아니면 누굴 데리고 있는 거지? 혹시 부모님 아냐?

"아버지가 당할 것 같지 않은데, 연락해 볼게. 혹시 모르니 너도 장모님께 연락해 봐."

"알았어."

부모님께 연락해 안전을 확인한 후, 병원에 친한 사람까지 무사한지 확인했다. 그리고 마지막 환자에게 한방색전술을 하며 가야 하나 말아야 하나 고민했다.

'거짓일 수도 있어. 내일 침술 대결도 있는데 함정일지도 모를 곳을 굳이 갈 필요가……'

"아!"

"…왜요? 많이 안 좋습니까?"

"아, 아닙니다. 다 됐다고 말한다는 것이 이상하게 나왔네요.

다 됐으니 이만 가셔도 됩니다."

환자를 내보내고 스마트폰을 들어 연락처를 검색해 통화 버튼을 눌렀다.

'설마? 아닐 거야. 사강 누님도 남자 몇 명은 가뿐히 처리할 실력자인데…….'

방금 떠올린 사람은 장려령이었다. 내일 대결 때문에 황강이 자리를 비웠을 수도 있겠다는 생각에 불현듯 가능성이 생긴 것이다.

"려령아, 전화 받아!"

가능성이 아주 조금 커졌다. 원체 전화기를 여기저기 놓고 다니는 애라 '조금' 커진 것이다.

이번엔 사강에게 연락을 했다.

꺼져 있는지 곧장 음성 사서함으로 넘어갔다.

"젠장!"

놈이 장려령을 데리고 있다는 확신이 들었다. 그리고 그 순간 오늘 날짜로 된 한 장의 사진과 함께 메시지가 도착했다.

어디 놀러 간다고 꾀어내기라도 했는지 장려령은 환하게 웃고 있었다.

[경기도 가평 XXX—X 번지로 혼자 와. 허튼수작을 하거나 오지 않으면 어떻게 될지…….]

"…진짜 미쳤군."

장강룡을 감당할 자신이 있는 건가?

눈앞에 있다면 차 실장이 사라진 날의 영상을 보여주고 싶었다.

장려령과의 그간 정을 생각하면 안 갈 수가 없었다. 갈 때 가더라도 장강룡은 알아야 할 것 같아 연락해 납치가 됐음을 말했다.

ㅡ나도 방금 연락을 받았네.

"어르신도요?"

ㅡ자네랑 나를 죽이고 싶은 모양이지.

장강룡의 목소리는 너무 담담했다. 그래서 더 한기가 느껴졌다.

ㅡ자네는 갈 생각인가?

"안 가면 려령이가 위험할 텐데, 가야죠."

ㅡ약혼녀가 허락하던가?

"아직 연락 전입니다. 반대하진 않을 겁니다. 려령일 동생처럼 좋아하거든요."

ㅡ괜히 자네들에게 피해를 주는 것 같아 미안하군.

"괜찮습니다. 김장혁 그놈이 미친놈이라 그런 겁니다. 현재의 실력으로도 평생 명의 소리 듣고 살 수 있었을 텐데요. 어떻게 같이 가시겠습니까?"

ㅡ아닐세. 가면서 해야 할 일이 있거든.

"다른 사람은… 아닙니다. 가서 뵙죠."

죄 없는 주변 사람들은 건드리지 말아달라고 하려다 입을 닫았다. 상대가 이미 죄 없는 딸을 인질로 잡았는데 참으라는 것도 우습다.

전화를 끊고 하란에게 연락을 했다.

그녀는 직접적으로 가라 마라 답을 하지 않았다. 그러나 조심하라는 말에서 가지 않았으면 한다는 걸 느낄 수 있었다.

이른 퇴근을 한 후, 주소지로 향했다.

주소지는 축령산과 운두산 사이에 위치한 별장이었다. 별장으로 가는 유일한 길은 차 한 대가 지나갈 수 있을 정도였는데 좌측으로는 계곡이, 우측으로 산이 있어 몰래 접근하기 무척 힘든 곳이었다.

"이런 곳도 있구나. 루시, 신호는 잘 잡혀?"

─전화가 되는 곳이면 드론을 움직이는 데 아무 문제없어요.

"려령의 위치가 파악되면 언제든 제압해도 좋아."

─그럴게요. 안으로 들어갈 때 가능하면 드론 한 기를 가져가 주세요.

"알았어."

특별한 준비 없이 달려왔지만 루시와 드론이 있었다.

별장 철문 옆 주차장에 주차를 했다.

CCTV가 있었지만 어느새 어둠이 내려앉아 드론이 뜨는데 문제없었다. 드론이 주변을 살펴 이상이 없음을 확인한 후 차에서 내렸다.

철문에 이르렀을 때쯤 장강룡도 도착했다.

"왔나?"

"네. 황강 형님은?"

"혼자 오라고 해서 일하는 데 손을 보태라 했네."

좋은 일이 아닌 건 확실했기에 묻지 않았다.

철문에 있는 초인종을 누르자 기다리고 있다는 듯 김장혁의 목소리가 들려왔다.

―혹을 달고 온 건 아니겠지.

"혹이 무서우면 이쯤 해서 멈추는 게 어때?"

―아직 시작도 안 했는데, 그만둘 수 없지.

"이제 우리가 왔으니 려령인 풀어줘."

―그 얘긴 얼굴 보고 하자고. 들어 와. 현관문은 열려 있으니까 벨 누를 필요 없어.

지잉! 철컥!

문이 열리자 장강룡이 먼저 들어가며 말했다.

"대화는 나에게 맡기게."

"그럼 전 려령이가 어디 있는지 살펴보겠습니다."

"조심하게. 놈은 지금 분노로 아무 생각이 없어."

두삼은 고개를 끄덕이며 동의했다.

인터폰으로 듣는 김장혁의 목소리가 차분했지만, 이번 일이 끝난 후를 생각하지 못하는 걸 보면 정상은 아니었다.

금색 현관문 앞에 이르렀다. 장강룡은 주저 없이 손잡이를 잡고 문을 열었다.

절반쯤 열렸을까 안에 있던 공기가 코로 스며들며 쩌릿쩌릿한 느낌이 척추를 타고 내려왔다.

'화약 냄새?!'

차이나타운에서 맡았던 그 냄새다.

"위험해요!"

장강룡을 잡아당김과 동시에 발로 현관문을 찼다. 그리고 바닥을 뒹구는 그 순간, 텅! 탕! 텅! 탕! 소리가 고막을 때렸다.

김장혁은 권총의 적중률이 높지 않음을 고려해 좁은 현관을 이용해 죽이려 한 것이다.

지금까지 나름 그를 이해하려고 노력했는데, 미친놈을 이해하려 드는 건 바보 같은 짓임을 깨달았다. 이젠 죽지 않으려면 죽어야겠다는 생각뿐이었다.

귀가 먹먹한 상태에서도 총알이 떨어졌는지 찰칵! 하는 소리가 들렸다.

번개처럼 몸을 일으켜 현관문을 열었다. 탄창을 갈아 끼고 있는 김장혁의 모습이 보였다.

"이 미친 새끼!"

"큭큭!"

두삼도 빨랐지만 김장혁도 빨랐다. 그는 바로 물러나서 벽 쪽에 바싹 붙여둔 소파로 뛰었다.

소파엔 사강이 의식을 잃은 채 앉아 있었고, 그 옆에 시퍼런 칼이 놓여 있었다.

그냥 무시하고 잡으면 가능할 것 같다. 그러나 미친놈이 확 그어버리면 사강은 죽을 가능성이 컸다.

짧은 순간이었지만 머리가 핑핑 돌아갔다.

일단 잡는 건 포기했다. 곧장 주변을 살펴 2층으로 올라가는 계단 밑 벽에 몸을 숨겼다. 숨기 전, 드론을 2층을 향해 던지는 걸 잊지 않았다.

고개를 내밀고 슬쩍 보니 예상대로 사강의 목에 칼을 댄 채 탄창을 갈아 끼우고 있었다.

뒤에서 들리는 인기척에 돌아보니 장강룡이 어느새 들어와 입구 옆방에 몸을 숨기고 있다.

일단 루시가 장려령을 찾을 시간을 벌기 위해 소리쳤다.

"죽일 만큼 내가 너한테 잘못한 일이 있냐?"

탕!

김장혁은 대답 대신 총알을 선물했다. 한데 총이 안 좋은 건지, 사격 실력이 형편없는지 한참 떨어진 벽에 총알이 꽂혔다.

"살아 있는 자체가 싫어!"

"하란이 때문이냐?"

"……"

"날 죽인다고 하란이가 너에게 관심을 둘 거로 생각하는 건 아니지?"

"닥쳐!"

탕! 탕!

이크! 이번에 제법 가까웠다.

흘낏 보니 총이 있다고 슬슬 앞으로 오고 있었다. 접근하는 걸 막아야 했다.

주변에는 던질 만한 게 없었다. 호주머니를 뒤지니 동전이 있었다.

'하나, 둘!'

차이나타운 때처럼 시선을 돌릴 수 없으니 자세를 잡고 던질 순 없었다. 그저 위협용으로 몸통을 향해 던진 후 다시 몸을 숨겼다.

"큭!"

대충 던졌음에도 다리에 제대로 맞았나 보다. 앞으로 나오던 그는 절뚝거리며 소파 뒤로 돌아갔다. 그리고 화가 나는지 두삼이 있는 곳으로 총을 갈겼다.

철컥! 다시 탄창이 비었다. 혹시 탄알이 떨어졌나 싶었는데, 새로운 탄창이 또 있었다.

전쟁이라도 할 생각이었나.

소강상태가 되자 장강룡이 말했다.

"려령인 어디 있나?"

"그걸 말해줄 것 같아? 내가 잘못되면 절대 찾을 수 없는 곳에 숨겨뒀다."

"…지금 려령이 있는 곳을 말하고 끝을 내면 모든 걸 잊어주지."

"훗! 지금 칼자루를 누구 쥐고 있는지 모르는 것 같군. 이봐, 영감탱이. 이 여자 죽는 거 보기 싫으면 당장 그 방에서 나와."

김장혁은 호기롭게 소리쳤다. 그러나 인질이 장려령이라면 모를까 어림도 없었다.

"죽이게."

"…뭐?"

"죽이라고. 어차피 그 앤 려령일 위험에 처하게 했으니 어차피 내 손에 죽을 거야. 그러니 죽이게. 내 손을 더럽히지 않게 됐군."

"……."

사람 목숨을 우습게 아는 인간 둘이 대화를 하니 제대로 될 리가 없었다.

자연 표적은 두삼으로 바뀌었다.

"한두삼! 이 여자 죽는 거 보기 싫으면 숨어 있지 말고 나와."

정말 착각하는 게 두삼의 경우는 장려령이 인질로 잡혀 있다고 해도 총 들고 있는 사람 앞에 나설 생각은 추호도 없었다.

구하러 온 거지 죽으러 온 게 아니었고, 내 목숨이 더 소중했다.

"너 같으면 그러겠니?"

"……."

그때 귓속 이어폰으로 하란의 목소리가 들렸다.

―1, 2층과 주변엔 려령이가 없어. 그 건물 설계도를 찾아볼 생각이니 조금만 시간을 끌어줘.

오케이! 무슨 말을 할까 하다가 일단 생각나는 대로 뱉었다.

"난 네가 할 말이 있는 것 같아서 왔어. 네가 원하는 게 내 목숨이냐?"

"그래!"

"그렇다면 더더욱 못 나가지. 근데 대체 뭐 때문에 날 죽이고 싶은 건데? 어릴 때 널 무시한 거 때문에 그런 거냐? 그건 네가 잘난 척해서 다른 사람들한테 맞을까 봐 그런 거야."

"넌 그때나 지금이나 재수가 없어."

"예전엔 좀 그랬다는 건 인정. 그래도 인생 교육 제대로 받은 다음부터는 괜찮아졌는데."

"그런 말 하는 자체가 재수 없다는 거야."

삐딱하게 보는 놈에게 무슨 말을 할까. 다른 주제를 생각하는데 다시 장강룡이 나섰다.

"죽이는 거 말고는 딱히 다른 계획은 없는 것 같은데 이걸 보고 생각해 보게."

그는 영상통화 버튼을 누른 후 스마트폰을 김장혁 쪽으로 밀었다.

그리고 스마트폰에서 비명이 터져 나왔다.

—꺅! 도, 도대체 왜 이러시는 거예요!

—그건 댁의 아들에게 물어봐.

—우리 아들이 뭘 했다고요. 진짜 왜 이러시는 거예요. 사, 살려주세요!

—그것도 댁의 아들에게 달렸어.

"……."

김장혁은 스마트폰을 쥐지 못하고 흔들리는 눈으로 바라만 봤다.

장강룡은 침착하게 말을 이었다.

"어머닐 살려야 하지 않겠나? 싫다면 어쩔 수 없지. 죽어야지. 물론 네 아버지도 재판까지 가진 않을 거야. 그 전에 죽을 테니까. 그리고 네 일가친척 모두 그렇게 될 거야. 자네는 걱정하지 말게. 죽여달라고 해도 살려줄 테니."

욕 한마디 없었지만 옆에서 듣고 있는데 소름이 돋을 만큼 무서웠다.

그런데 김장혁은 확실히 일반적이진 않았다.

"…그러든지! 씨발! 대신 나도 장려령 그년만은 꼭 죽이고 만다."

"그게 자네 대답인가?"

"그렇다면 어쩔 건데?"

"죽여야지. 아주 천천히."

강대강의 대치.

두삼은 두 사람을 말려야 한다는 생각으로 나서려 할 때 하란의 목소리가 들렸다.

─오빠, 거기 별장에 지하가 있어. 거실에서 들어가는 형태인데 그곳에 려령이가 있지 않을까 싶어.

"지하?"

혼자 있으면 공황장애를 앓는 장려령이 그것도 지하에 있다면?

발등에 불이 떨어졌다.

물론 지하실 안에 꼭 있으리라고는 장담을 하지 못했다. 그러나 확인은 해야 했다.

어떻게 확인할지 고민하다가 막 죽이라고 명령하려는 장강룡보다 먼저 외쳤다.

"김장혁! 려령이 지하에 있지?"

외쳐놓고 김장혁의 얼굴을 뚫어지게 쳐다봤다.

"…무슨 개소리야?"

눈동자가 일순 흔들렸다. 지하에 있는 게 분명했다.

루시에게 낮게 중얼거렸다.

"루시, 당장 저 녀석을 공격해."

─지금 공격할 수 있는 건 1대뿐이에요.

"상관없어. 시선만 뺏어줘."

─오빠, …뭐 하려고?

뭘 하려는지 짐작했는지 하란이 끼어들었다.

"약간의 모험."

—내가 지하실에 대해 말했지만 지하에 있으리라는 보장은 없어.

"있어. 확신해."

—…최대한 주의를 분산하면 되는 거지?

"응. …미안. 요즘 이 말을 자주하네."

—진짜! 진짜! 마지막이니 무사하기나 해. 시작할 때 신호 줄게.

하란이 준비를 할 동안 장강룡에게 신호를 보내 얘기를 하라고 했다. 그러나 분위기를 느낀 건지 그는 소파 뒤에 몸을 더 숨기며 외쳤다.

"무슨 개수작을 하려는 건지 모르지만 움직이지 마. 이 여자 죽는다!"

"죽이라니까!"

"그럴 거야. 그리고 내가 10분 이내로 연락이 없으면 장려령은 죽어!"

"이제 와서 그런 소리해 봐야 설득력이 없어."

"한번 테스트 해보든가!"

장강룡이 말을 걸고 있을 때 하란이 다섯부터 카운트다운을 시작했고 두삼은 남은 동전을 한손에 쥔 채 뛰어나갈 준비를 했다.

—…2, 1, 시작!

쨍그랑!

하란의 말이 끝나자마자 위쪽 창문이 깨졌다.

"뭐, 뭐야!"

타당!

김장혁은 당황했는지 창문을 향해 총을 쐈다. 그때 반대편으로 드론이 다가가 침을 쏘려했다.

확실히 김장혁의 감각도 보통 사람과 달랐다. 총소리에 묻힌 프로펠러 소리를 감지하고 몸을 휙! 돌렸다.

'이때다!'

두삼은 몸을 최대한 낮춘 상태로 벽에서 튀어나가 빠르게 김장혁 쪽으로 갔다.

탕! 탕! 탕! 팍!

이번엔 김장혁이 운이 좋았다. 가까이 있다곤 하지만 작은 드론을 맞히기 쉽지 않았을 텐데 세 발 만에 드론은 부서져 바닥에 떨어졌다.

"한두삼! 너 이 새끼!"

눈이 마주쳤다. 거리는 3m.

점프를 할까? 아니다. 그럼 피할 길이 없다.

김장혁의 총을 든 손이 좌에서 우측으로 움직인다. 두삼은 쥐고 있던 동전을 뿌리며 그대로 나아갔다.

던진 동전이 눈에 박히거나 했으면 좋았을 텐데 달리는 자세에서 대충 던진 것이라 몸에 맞고 움찔하게 만드는 게 다였다.

그러나 그거면 충분했다.

총을 든 손목을 향해 손을 뻗었고 김장혁은 방아쇠를 당겼다.

타앙!

"……!"

총구는 아무도 없는 벽을 향하고 있었다.

"잡았다!"

"이 새… 아아아아악!"

김장혁은 팔목이 부러지는 듯한 아픔에 비명을 질렀다. 그리고 비명을 지르는 사이 팔목 뼈가 '콰직!' 부서지며 이상한 형태로 꺾이는 것이 보였다.

"!!!!!!!!"

비명조차 나오지 않는 고통.

옆에 칼이 보였지만 잡을 엄두도 나지 않았다. 설령 잡았다고 하더라도 지금 날아오는 두삼의 손바닥만큼 빠를 순 없었다.

쫘악! 찰진 소리와 함께 세상이 하얘지며 김장혁은 정신을 잃었다.

소파에 널린 수건처럼 축 처지는 김장혁을 보고 나서야 멈추고 있던 숨을 쉬었다.

하란 역시 가슴을 졸였는지 한숨을 푹 쉰다.

손목을 부러뜨릴 때 떨어진 총을 들어 조정관을 안전으로 바꾼 다음 탄창과 총알 제거했다.

어느새 다가온 장강룡이 말했다.

"려령이가 지하에 있다는 말은 뭔가?"

"제 약혼녀가 이곳 건물을 봤는데 지하실이 있답니다. 아무래도 그곳에 려령이가 있지 않을까 해서요. 잠깐만요. 소파랑 카펫 치워볼게요."

약물에 취한 듯한 사강과 기절한 김장혁을 한쪽으로 치우고 소파와 카펫을 들췄다.

역시 소파가 놓여 있던 부분에 지하실로 내려가는 손잡이가 있었다.

자물쇠가 보이지 않아 혹시나 해서 당기자 쉽게 열렸다. 그리고 내려가는 계단에 장려령이 웅크린 채 쓰러져 있었다.

많이 울었는지 얼굴은 엉망이었고, 두려움에 벽을 긁었는지 손톱이 빠지고 부러져 있었다.

얼른 다가가 맥을 잡았는데, 장강룡 역시 그녀의 이름을 부르며 다가와 그녀의 맥을 잡았다.

"……!"

"……!"

두 사람은 동시에 놀란 표정을 지었다.

장려령의 심장이 멈춰 있었다.

맥을 살피며 같은 표정을 지었지만 곧장 표정은 달라졌다.

우는 건지 화가 난 건지, 묘한 표정으로 바뀐 장강룡은 품속에 있던 칼을 꺼냈고, 두삼은 심장이 멈춘 지 얼마나 됐는지를 파악하기 위해 미간을 좁혔다.

그리고 막 김장혁에게 다가가는 그의 팔의 잡았다.

"…말리지 말게. 지금은 자네라도 봐줄 수가 없어."

"절 봐달라는 게 아니라 려령이 치료하는 건 보셔야죠. 뇌의 상태를 봤을 때 심장이 멈춘 건 4분이 안 됐습니다."

"…살릴 수 있다는 건가?"

"모릅니다. 다만 아직 사망 선고하긴 이릅니다."

두삼은 더는 지체하지 않고 장려령을 안아 들고 소파에 바르게 눕혔다. 그리고 바로 상의를 벗겼다.

허리춤에 찬 침통에서 대침과 일회용 알코올 솜을 꺼내 침을 놓을 준비를 했다.

전에 응급실에서 환자를 살려던 바로 그 시침법이다.

—오빠, 려령일 살려줘.

깨진 창문으로 들어온 드론으로 지켜보고 있는 모양인지 하란이 중얼거렸다.

알겠노라고 고개를 끄덕인 후 바로 시침에 들어갔다.

그때와 비교도 할 수 없을 만큼 정교해진 지금이지만, 극도로 집중했다.

침 끝이 장려령의 심장의 한 지점에 닿았다.

'움직여!'

심장에 명령하듯이 외쳤지만, 움찔할 뿐 심장은 뛰지 않았다.

"언수 형님의 침술이군. …실팬가?"

"네. 하지만 아직 하나의 방법이 있습니다."

배에 손을 올렸다. 그리고 기운을 심장 쪽으로 밀어 넣어 심장을 움켜쥔 손을 만들었다.

처음 해보는 일이고 만드는 데만 3분의 2의 기운이 소모됐다.

이마저도 실패하면 직접 가슴을 열어서 해야 하는데, 지금 환경에서 하면 설령 살린다고 해도 감염으로 죽을 가능성이 컸다.

그러니 최후의 방법이라고 생각해야 했다.

'기운이 쭉쭉 빠지네. 이러다 내가 죽겠다. 얼른 시작하자.'

이제 손 모양의 기운을 움직여야 할 차례. 의지를 발하자 기운이 쑥 빠지며 심장을 잡았다가 놓는다.

단 한 번에 3분의 1남은 기운의 25%가 빠졌다.

'다시! 다시! 제발 움직여라. 다시!'

기운이 다 떨어져 버렸다. 이제 남은 건 원기.

원기가 10% 손상되고 얼마나 고생을 해서 원상복귀를 시켰던가. 그러나 내친걸음이었다.

원기를 풀자 다시 기운이 꽉 찼다. 그때부터 거의 무아지경으로 빠르게 주물렀다.

원기마저 쭉쭉 빠졌다. 미친 듯이 주무른 덕분에 원기의 40%가 순식간에 날아갔다.

10%를 더 쓰면 생명이 확 줄어들 터. 순간적으로 망설임이 생겼다.

'딱 9%만 더 써본다.'

지금까지 해온 것이 있어 포기 못 하겠다.

아마 할아버지도 이런 상황이었겠지?

8%, 7%, 6%, 5%, 4%… 려령아 제발 살아나!

꾸욱! 움찔! 움찔! 투웅!

53%가 남았을 때, 말이 이상하겠지만 손끝에 뭔가가 느껴졌다. 그리고 시동이 걸린 엔진처럼 심장이 뛰기 시작했다.

그리고 그 순간,

"커어어어어억!"

부족한 산소를 마시려는 듯 려령은 입을 크게 벌리고 숨을 마시며 깨어났다.

"이, 이럴 수가……! 려령이가…, 려령이가 살아났어! 려령아!"

장강룡은 아는지 모르는지 눈물을 흘리면서 장려령을 끌어안았다.

두삼은 한 걸음 뒤로 물러난 후, 한숨을 푹 내쉰 후 바닥에 주저앉았다.

불과 1분도 안 돼서 원기마저 소모하고 나니 다리가 후들거려 도저히 서 있을 수 없었다.

"어르신, 안은 김에 이상한 곳이 없나 려령이 내부를 살펴보세요. 전 지금은 움쩍달싹도 못 하겠습니다."

"그렇게 함세. 자넨 쉬고 있게. 근데 대체 어떤 방법을 쓴 건가?"

"그건… 그냥 최선을 다했다고 하죠."

기운으로 손을 만들어 심장마사지를 했다고 하면 믿을까?

어쩌면 장강룡은 믿을지 모르겠다. 그러나 앞으로 두 번 다시 하고 싶지 않은 일이었기에 그냥 묻어두기로 했다.

*　　　　　*　　　　　*

나흘간 아팠다.

감기도 아닌데 몸에 열이 심하게 나고 힘이 들어가지 않아 거의 침대에 누워 있었다.

살면서 이렇게 아팠던 적이 있나 싶을 만큼 앓았다. 기운을 돌리면 괜찮을까 했는데 기운도 모이지 않았다.

몸이 아프니 마음도 약해진 건지 이러다 능력을 모두 잃는 건 아닌지 두려웠다.

그러나 닷새째 아침, 기운이 차오르며 아픔을 털고 일어났다. 물론 평소의 10%밖에 되지 않는 기운이 슬프게 했지만, 앓고 난 후라 그 정도로 만족했다.

"깼어? 이제 좀 괜찮아?"

씻고 나온 하란이 물었다. 그녀의 촉촉한 허리를 감싸며 말했다.

"응! 이제 멀쩡해. 고생 많았지? 쪽!"

그녀의 앞섶에 키스를 하자 하란이 슬쩍 밀어냈다.

"앞으로 한 달간은 꿈도 꾸지 마. 려령이 아버지 말이 기력이 많이 약해져서 한 달은 넘게 관리를 해야 한댔어."

"딸을 구해줬는데 진단을 너무 빡빡하게 했네. 기운이랑 그거랑은 거의 상관없거든."

"거울이나 보고 그런 말을 하세요. 죽 끓여놓을 테니까 씻고 나와."

그녀가 나가고 샤워실로 가서 거울을 봤다. 단 오 일만에 얼굴이 반쪽이 됐다.

"사람 살리다가 내가 죽겠네."

장려령은 다행히 무사하다고 했다.

샤워하고 밖에 나가자 하란이 죽을 준비해 둔 채 기다리고 있었다.

한데 죽이 일반적이지 않다. 검은 한약 냄새가 많이 나는 것이 사약 같다.

"내가 너무 일찍 일어났나? 침대에 가서 한 며칠 더 누워 있을까?"

"이상한 소리 말고 앉아. 려령이 아버지가 만들어준 거니까… 죽진 않을 거야."

"……"

나흘간 두삼을 간호한 건 장강룡이었다. 뭘 했는지 기억이 나진 않았다. 그러나 그가 최선을 다했다는 건 알고 있다.

다행히 죽이 사약은 아니었다.

다만 엄청난 약재들이 들어간 기운의 덩어리라 먹고 기운이 넘쳐 죽을지도 모르겠다.

"병원에 갈 건 아니지?"

"응. 며칠 더 쉬면서 몸을 추슬러야지."

"쉬다가 심심하면 애들이랑 놀아줘. 난 오늘도 회사에 가지 않으면 곤란하거든."

"그럴게."

하란을 배웅하고 몸 상태를 살폈다.

몸 전체에 약의 기운이 넘쳤다. 장강룡이 나흘간 어지간히 좋은 약재들을 먹였나 보다. 다만 사용할 수 없어 맴돌고만 있을 뿐이다.

그나마 아주 적은 양이지만 서서히 스며들며 자신의 것이 되어 가고 있다는 건 좋은 현상이다.

몸 체크를 끝내고 고양이랑 놀아주고 있는데 장강룡이 찾아왔다.

"일어났군."

"어서 오세요. 어르신의 간호 덕분이죠."

"원기가 손상된 것 같아 약재를 먹인 게 다네."

"느껴지는 게 아주 비싼 약재 같은데요?"

"돈 주고도 구하기 힘든 것이지. 하지만 내 딸의 목숨과 비교하면 하찮은 것들일세."

"려령인 어떻습니까?"

"정신적인 충격이 남아 있는 것 같지만 잘 극복하고 있다네."

"다행이네요. 그리고… 아닙니다."

김장혁이 어떻게 됐는지 물으려다가 말았다.

살아 있는 것이 더 지옥일 터. 그냥 죽었다고 생각하는 게 편했다.

"그 가족들은 어떻게 하셨습니까?"

"자네가 죄 없는 사람은 건드리지 말라고 부탁해서 그대로 했네."

"감사합니다. 참! 마지막 대결은 좀 미뤘으면 합니다. 몸 상태가 원래대로 돌아오면 그때……."

"대결은 끝났네."

"네?"

"내가 졌네. 내가 살리지 못한 사람을 자넨 살리지 않았나. 실력의 우위가 정해졌는데 해봐야 뭐 하겠나."

그는 미소를 지은 채 패배를 말했다.

잠시 어리둥절하던 두삼은 곧 빙긋이 웃으며 말했다.

"아버지가 할아버지께서 즐겨 마셨던 차라고 보내주셨는데, 드실래요?"

"하동 녹차를 말하나 보군. 좋지."

두삼은 정원에서 장강룡과 차를 마시며 이런저런 얘기를 나눴다.

103. 시간은 흐른다.

사흘을 더 쉬며 기운을 돌린 결과, 과거의 20% 정도까지 기운을 채울 수 있었다. 그리고 20%면 일하는 데 문제없을 것 같아 병원에 출근하겠다고 알렸다.

오랜만에 출근하자마자 원장실로 향했다.

"어서 오게. 허어! 얼굴이 많이 상했군."

"조금 아팠습니다. 무슨 일 있습니까?"

"그냥 얼굴이나 볼까 하고 불렀네. 난 또 거절할 수 없는 아르바이트를 하나 했더니만. 앉게. 커피?"

"감사합니다."

자리에 앉자 민규식이 커피 두 잔을 따라와 건넸다. 그리고 조심스레 입을 열었다.

"혹시 아픈 게 한방내과 김장혁 선생과 관련 있나?"

"왜 그렇게 생각하세요?"

"자네 고향 사람인 김장혁 선생이 갑자기 사라진 것과 자네가 아픈 게 공교롭게 같은 날이었으니까."

뭔가 알고 묻는 걸까? 잠깐 고민하던 두삼이 말했다.

"우연의 일치입니다."

"그런가? 허허! 그럴 줄 알았네. 한방내과 비만클리닉 예약 손님들을 제대로 처리 못 한 것 때문에 황오열 과장이 악의적인 소문을 내는 모양이더군."

"어지간히 할 일이 없나 보네요."

시치미를 뗐다.

웬만하면 민규식에겐 진실을 말해주고 싶지만, 일이 일이다 보니 무덤까지 가져가는 게 나을 것 같았다.

"그러게 말이야. 일단 내가 싱크홀 사고와 방송 출연 때문에 몸이 상했다고 말해뒀으니 다른 사람이 묻거든 그렇게 대답하게."

"감사합니다. 근데 한방내과 일은 어떻게 됐습니까?"

"환자들의 불만을 달래기 위해 원래 담당하던 안마과로 보냈네."

"황오열 선생이 가만히 있던가요?"

"본인이 할 능력도 없는데 어떻게 하겠나? 그리고 황 선생은 그동안 한방센터의 분란을 만든 것 때문에 명예퇴직하기로 했네."

"잘 해결됐다니 다행이네요."

말이 퇴직이지, 잘렸다는 느낌이다.

능력은 어떤지 모르지만, 분란 일으키길 좋아하던 사람이 없어진다니 한방센터를 위해 잘됐다 싶다.

할 말이 없으면 일어나려는데, 지금까지 민규식의 방에 없었던 건물 조감도와 건물 모형이 놓여 있었다.

"멋지네요. 호텔을 하려는 건 아니실 테고, 혹시 실버타운입니까?"

"병원치곤 너무 화려한가?"

"에? 병원이었습니까?"

"강원도에 지을 병원이네. 자네를 처음 만났을 때 휴가 겸 땅을 보러 간 거였다네. 그동안은 사실 엄두를 내지 못하고 있다가 뇌전증 치료제 한강 덕분에 진행하게 됐다네."

"적자를 볼 걸 알면서도 지으시려고요?"

"그곳에도 사람이 사니까."

"원장님다운 말씀이네요."

"여기 다음엔 전라도 쪽에도 세울 생각이라네."

"전라도에도요?"

"병원이 멀리 있다는 이유만으로 죽는 환자는 없어야 하지 않겠나."

"…돈 많이 벌어야겠네요."

"그래야지. 자네도 힘을 보태주게. 허허허!"

돈을 벌려는 이유가 환자를 위해서라고 했던 그는 처음 만났을 때부터 지금까지 일관되게 자신의 길을 가고 있었다.

"여긴 제2 연구소고, 여긴 직원들이 휴가 때 쓸 수 있는 건물이네."

그는 마치 아이처럼 모형을 보며 어떤 건물인지 설명했다.

그 모습을 보니 슬슬 한방색전술에 쓰일 약을 연구해 봐야겠다는 생각이 들었다.

두삼이 없더라도 병원은 돌아간다. 그러나 한방색전술의 경우는 달랐다. 줄어들었던 환자들이 어느새 잔뜩 대기하고 있었다.

스케줄표에 20분간 환자가 없는 시간이 있었는데, 그 틈에 옥지혜가 방문했다.

"어! 누나가 여기까지 웬일이에요?"

"너 보러 왔지. 자! 부탁한 중간고사 시험지."

쓰러져 있을 때 중간고사가 계획되어 있어서 옥지혜에게 시험 감독을 부탁했었다.

"고마워요."

"응. 그리고 평소에도 병원에 자주 와. 명색에 융합학과 교순데 최신 기기에 대해 모르면 안 되잖아."

"싫어하지 않아요?"

"처음엔 좀 그러더니 요즘엔 새로운 기기 들어오면 보러 오라고 연락 주는 곳도 있어."

"그중에 괜찮은 사람 없어요?"

"남자라고 단정하는 거야?"

"아니에요?"

"아니. 남자 직원들이야. 호호호! 왜? 갑자기 질투심이 생겨?"

"음, 아부라도 해드려요?"

"됐거든. 그나저나 많이 아팠나 봐? 볼살이 많이 빠졌네."

"조금요. 아무튼, 고마워요. 학교 갔을 때 밥 대접할게요."

"밥이야 누가 사면 어때. 참! 나 드디어 내 이름으로 된 원룸 샀어. 대출이 절반이 넘지만."

"오! 축하해요. 집들이는 언제 해요?"

"집들이는 무슨. 상 펼 곳도 마땅치 않은데. 대신 밖에서 내가 한번 쏠게."

"필요한 거 없어요?"

"없어. 모두 붙박이거든."

"그래요? 생각해 보고 적당한 거로 할게요."

"됐다니까. 아! 정 해주고 싶으면 받고 싶은 거 하나 있다."

"뭔데요?"

"아직 암센터에 있는 의료 기기들은 구경 못 했거든. 좀 소개해주라."

"그럴게요. 말 나온 김에 오늘 저녁 같이 먹어요. 암센터 선생님들 소개해 줄게요."

"고마워!"

별것도 아닌데 옥지혜는 너무 좋아했다. 그 모습에 두삼도 덩달아 기분이 좋아졌다.

김장혁 때문에 가졌던 인간에 대한 의심이 옅어지는 기분이랄까.

처음 만났을 때보다 외모며 복장이 수수해졌지만, 지금 모습이 훨씬 아름다웠다.

*   *   *

편안한 나날이 계속됐다.

사건 사고가 하루에도 수없이 일어나는 세상이지만, 몸이 정상이 아니라는 걸 아는지 두삼이 나서야 할 일은 생기지 않았다.

한 달쯤 지나자 기운이 예전의 50%까지 올라왔다. 스스로 느끼기에도 차츰 원기가 회복되어 가고 있었다. 다만 올해 완전히 회복하긴 힘들 것 같았다.

6월 말, 장강룡은 한 달이 넘도록 두삼의 집 2층에 머물며 그가 이룬 수련법과 진단법, 치료법 등을 가르쳐 주고 있었다.

장려령이 있지만 그녀는 본능적으로만 알 뿐, 그가 죽으면 사장될 게 빤하다며 두삼에게 전한 것이다.

정식 제자는 아니었다.

그저 나중에 괜찮은 사람이 있으면 전수해 주라는 부탁을 받았다.

두삼은 배우는 내내 그의 중의학에 대한 열정과 노력에 감탄했다. 특히 기에 민감한 사람이라면 수련을 통해 기를 느낄 수 있는 수련법과 적은 양의 기운으로 몸의 내부를 살필 수 있는 진단법은 무가지보였다.

"이건 지금까지 가르친 것들을 적어둔 책이네."

"책은 려령이에게 주는 게 낫지 않겠습니까?"

"사본이니 걱정 말게."

"그럼 감사히 받겠습니다."

"그리고 난 내일 중국으로 가네. 치료할 사람이 많은데 너무 오래 와 있었어."

"어? 려령이 치료 더 해야 하는데요."

장려령은 2주 전부터 그날 일을 어느 정도 떨쳐내 2층에서 장강룡과 지내고 있었다. 그리고 지난주부터 뇌를 치료하고 있는 중이다.

아직은 유의미한 변화는 없었다. 그러나 꾸준히 치료해 볼 생각을 하고 있는데 떠난다니 당황스럽다.

"나만 갈 생각이네."

"황강 형님과 사강 누님이 옆에 있다고 해도 여기 머물면 힘들 텐데요."

"하란 양의 집에 머물겠다던데."

"…또요? 저랑 하란이가 려령일 좋아한다 해도 너무 자주 집에 머무는 건……."

"그럼 자네가 안 된다고 해주게. '죽다 살아난' 다음부터 고집이 더 늘었어. 나라고 딸과 헤어지고 싶어서 혼자 갈까."

"……."

'죽다 살아난'을 유독 강조한다. 이러다 식객으로 하란의 집에서 산다고 하는 거 아닌지 모르겠다.

"치료가 끝날 때까지만입니다."

"끝나면 연락 주게. 데리러 오겠네."

둘이 이러쿵저러쿵 열심히 조율을 했지만, 결국은 집주인 하란이 결정할 일이었다. 그리고 나중에 안 일이지만 하란은 벌써 오케이를 한 상태였다.

다음 날, 장강룡은 더는 한국 땅을 밟을 일이 없을 것 같다며 중국으로 떠났다.

*　　　　*　　　　*

에어컨이 절실한 여름 초입, 기말고사가 끝났다.

작년보다 덜 더웠지만 비가 많이 와 습도가 높아 조금만 움직여도 땀이 흐른다.

기운을 따뜻하게도, 차갑게도 조절할 수 있는 두삼의 경우엔 사정이 조금 달랐지만, 그래도 밖에 나다니는 것보단 에어컨이 있는 실내가 좋았다.

두삼은 어제 기말고사를 끝내고 한 학기를 마무리하기 위해 토요일인 오늘 학교에 나왔다.

학생들 성적을 내고, 형편이 좋지 않은 학생 중 다음 학기 장학금을 받을 학생을 선발하고, 학과장에게 제출할 서류를 준비하고, 3월부터 쓴 경비 명세를 작성하고.

학교에 나오지 않고 틈틈이 집에서 해야 다 할 수 있는 양.

이렇게 수많은 잡무를 마무리해야 실제로 이번 학기가 마무리된다.

"경인아, 기말고사 점수 정리는 어떻게 됐냐?"

"지금 정리됐습니다."

"수고했다. 파일 보내줘. 이건 영수증 정리한 건데 날짜별로 입력 좀 해주고."

"네, 교수님."

"갈 때 오늘 일한 건 따로 챙겨줄 테니까 꼭 가져가."

"…괜찮습니다."

"내가 안 괜찮아."

올해 조교는 소문 때문에 남자로 뽑았다. 2학년인 송경인으로 꽤 싹싹했는데 특히 컴퓨터를 잘해서 많은 도움이 됐다.

송경인이 보내준 파일의 데이터를 복사해 중간고사, 실습 점수 옆에 붙여넣었다. 그리고 곧장 성적 통계를 냈다.

필기, 실기 해서 98점으로 배수진이 1등이다.

혹시 한의학에 대한 열정을 잃을까 걱정했는데 성적을 보니 안심이 된다.

산출된 성적을 인트라넷에 올렸다.

이게 끝이 아니라 성적 발표 후, 성적 이의신청이 없을 때 최종 마무리가 된다.

한참 일을 하고 있는데 띠링! 메시지가 왔다.

뭔가 해서 봤는데 2학년 과 대표가 보낸 문자였다.

[교수님, 한 학기 동안 수업하시느라 고생 많으셨습니다. 다름이 아니라 오늘 저희 2학년 MT가 있는데 바쁘시더라도 잠깐 들러주셨으면 해서 연락드렸습니다. 위치는…(중략)…많은 학생이 교수님을 뵙고 싶어 합니다. 혹 못 오시게 되면… 아시죠? 사랑합니다, 교수님. ^ ^ 방학 잘 보내세요.]

"하하하!"

너무 친하게 지냈나 보다.

못 오면 찬조금이라도 보내라고 대놓고 협박이다.

"경인아, 오늘 너희 학년 MT라며? 왜 말 안 했어."

"아… 끝나고 합류할 생각이었습니다."

"말을 하지."

"진짜 괜찮습니다."

"가자."

"아직 안 끝났는데요."

"거의 다 했잖아. 나머진 내가 틈틈이 하면 돼. 근데 뭘 사가야 애들이 좋아하려나? 고기?"

"저녁에 삼겹살 먹는다고 했어요."

"그럼 해산물로 사 가야겠네."

"과대는 금일봉을 더 좋아할걸요."

"금일봉도 주지, 뭐. 지나는 길이니 하남 수산물 시장에 연락하고 출발하자."

이래저래 해산물 요리를 생각하다 보니 단골 가게가 있었다.

4인당 한 마리꼴로 대게와 문어를 주문하고 출발을 했다. 하남에 들러 해산물을 싣고 MT 장소에 도착하자 저녁 준비로 부산했다.

"교수님!"

"꺅! 교수니~임!"

물주(?)의 도착에 다들 격렬하게 반겨줬다. 특히 러시아 대게를 보자 '한두삼 교수님'을 연창했다.

"그냥 빈손으로 오셔도 되는데 뭘 이런 걸 사 오셨어요. 괜히 죄송하네요."

과대가 마음에도 없는 소릴 한다.

"그럼 이 품 안에 넣고 온 금일봉은 필요 없겠네?"

"에이~ 교수님도 참! 무거운 걸 들고 오셨는데 저희가 덜어 드려야죠. 얘들아, 교수님이 금일봉도 가지고 오셨단다!"

"꺄악! 사랑해요, 교수님!"

박수와 환호를 받으며 반강제적으로 금일봉을 건넸다. 그리고 가장 좋은 자리라며 파라솔로 안내했다.

"편하게 앉아 계세요. 교수님은 오늘 손도 꿈쩍 안 하셔도 됩니다. 예쁜 학우들이 다 떠먹여 줄 겁니다. 하하하!"

"됐다. 좋은 마음으로 왔다가 구설에 오르기 싫다."

"에이~ 저의 성의입니다. 잠깐만 기다리세요."

쓸데없는 짓 말라고 했는데 과대는 들은 척도 하지 않고 가버렸다.

자신이 거절하면 되는 일이니 생각을 접고 학생들이 저녁을 준비하는 걸 지켜봤다.

아무래도 가장 잘 아는 배수진이 가장 눈에 띄었다. 한데 옆에 있는 2학년 남자애랑 슬쩍슬쩍 장난을 치고 있었다.

'어?! …훗! 녀석.'

동기라고만 보기엔 그들의 눈빛과 행동에 알콩달콩함이 담겨 있었다.

둘을 지켜보는 두삼의 눈에 흐뭇함이 어렸다.

빨리 극복한 것 같아 기뻤다. 역시 저만한 나이엔 또래의 남자가 어울린다.

너무 쳐다봐서 시선을 느낀 건지 배수진이 고개를 돌렸고 시선이 마주쳤다.

두삼은 잘됐다는 듯 웃어줬고 배수진은 약간 어색하게 웃으며 살짝 고개를 숙였다.

그때 과대표와 몇 명이 다듬어진 대게와 문어, 술을 가지고
왔다.

"교수님! 미스 한의학과 진선미를 데리고 왔습니다!"

"······."

"하하하! 어떻습니까?"

어떻긴, 그냥 진선미 다 죽빵을 날려 버리고 싶다.

학과에서 한 덩치 하는 녀석들이 여장한 모습은 대장까지 내
려간 점심을 올라오게 했다.

"…F학점 맞고 싶냐?"

"에이~ 교수님은 좋으시면서 내숭은. 얘들아, 뭐 하냐 교수님
께 술도 따르고 안주도 먹여 드려라."

"교수~니임, 아~ 하세요."

"······."

"아~ 하시라니까요."

"…떠, 떨어져."

"푸훙훙훙! 귀여우셔라~"

"돈을 줬으면 꺼지라는 얘기지? 갈 테니 놔주라, 응?"

"무슨 말씀이세용! 저희랑 밤새 술 마셔야죵! 푸항항항항!"

돈만 보내고 말 것을. 후회됐지만 이미 늦었다

문어를 넣는 건지, 손을 넣는 건지 족발 같은 손들이 입으로
들어왔다.

*　　　　*　　　　*

더웠던 여름이 한풀 꺾이고 본격적인 결혼 준비에 들어갔다.

사주단자와 예물만 간단히 서로 주고받기로 하고 함도, 이바지 음식도 생략하기로 해서 딱히 할 일이 없을 거로 생각했는데 착각이었다.

드레스 보러 가고, 청첩장 보내고, 꼭 찾아가서 청첩장을 줘야 하는 이들에게 인사 다니다 보니 결혼식 날 턱시도를 입고 있다.

청첩장을 많이 돌리지 않았는데 결혼식장에 사람들로 바글바글하다.

드레스를 입은 하란을 보러 가고 싶은데 인사하느라 그를 틈도 없다.

"결혼 축하해."

"어? …어! 넌!"

다이어트의 부작용으로 거식증에 걸려 죽을 뻔했던 고연아였다. 환자일 때의 모습과 한껏 꾸민 모습에 괴리감이 있어 순간 못 알아봤다.

"고연아! 오랜만이다. 밖에서 보면 몰라보겠다. 그동안 어떻게 지냈어?"

"덕분에 잘 지내고 있어."

"전에 회장님께 연락드렸을 땐 외국 나갔다고 하던데, 들어온 거야?"

"응, 남자한테 목매느라 소홀히 했던 공부하고 왔지."

"훗! 이젠 완전히 극복했나 보네. 잘했다. 근데 괜히 부담스러울까 봐 연락 안 했는데 어떻게 알고 왔어?"

"좋아하는 남자 일거수일투족은 파악하고 있어야지."

"장가가는 거 안 보여? 포기해라."

"이혼하면 연락해. 기꺼이 받아줄 테니까."

"…결혼하는 날 와서 할 말이냐?"

"이혼하는 날 가서 말하면 모양 빠지잖아."

"……."

"풉! 결혼 축하해~"

고연아는 서양 인사처럼 살짝 안아주곤 식장으로 들어갔다. 전혀 농담 같지 않은 말에 두삼은 어이없이 그녀의 뒷모습을 봤다.

"야! 새신랑이 외간 여자 뒤태를 그렇게 빤히 쳐다보고 있으면 어쩌냐?"

"…어! 대우 형!"

"결혼 축하해."

노대우가 손을 내밀며 말했다.

"고마워요, 형. 어머님은?"

"먹는 거 때문에 힘들어하시긴 하는데, 많이 좋아지셨어. 그래도 연세가 있으시니까."

"먹는 게 힘들면 안 되는데. 신혼여행 다녀온 후에 한번 모시고 와."

"그럴까. 언제 오는데?"

"한 달 뒤."

"뭔 신혼여행을 한 달씩이나……."

"흐! 그렇게 됐어. 그것도 그나마 줄인 거야."

부르스가 결혼 선물로 세계를 도는 초특급 유람선 숙박권을 보내왔다.

총 6개월짜리 패키지. 포기할까 했는데 하란이 가고 싶어 하는 눈치였기에 1달만 다녀오기로 했다.

노대우가 들어가고, 강창동, 나 사장 등 지금까지 인연이 있던 사람들이 차례차례 왔다.

"아버지, 이분은……."

"어머니, 인사하세요. 예전에……."

"이분이 제 장모님이십니다. 어머님, 이 친구는……."

"두삼아, 인사드려라. 군수님이시다."

"아들, 엄마 친구."

"한 서방, 먼 친척분인데 인사하고 싶다네."

아는 사람들을 부모님과 장모님께 소개하고, 부모님과 장모님은 당신들이 알고 있는 사람을 소개해 줬다.

인사를 하느라 목이 뻣뻣해져서 가볍게 스트레칭을 하는데 '우와!' 하는 소리와 함께 전설을 찾아서 스태프 몇 명과 출연자들, 특실에서 인연이 있었던 연예인들이 몰려왔다.

두삼은 다시 웃음을 지으며 일일이 인사를 나눴다.

끝날 것 같지 않던 인사 행렬도 시간이 지나자 결국 끝이 났다. 한숨을 돌리고 있는데 직원이 와서 말했다.

"신랑님, 슬슬 예식을 준비하셔야 할 것 같은데요. 순서는 이대로 하면 될까요?"

"휴우~ 이제야 시작인가요?"

예식 순서를 확인했다. 준비할 땐 기억에 남을 거라고 이것저것 준비했는데 이제 보니 너무 많다.

"언브레이크는 못 오는 거 같으니……."

"형!"

결혼식 축가를 불러주기로 한 나연섭과 언브레이크 멤버들이 우르르 들어왔다.

"그냥 다 하면 되겠네요."

"네. 2분 후에 시작할게요. 안에 들어오시면 안내해 드릴게요."

"그래요."

직원에게 말하고 나연섭과 멤버들에게 인사했다.

"바쁘면 굳이 안 와도 된다니까."

"형 결혼식인데 그럴 수 없지. 얘들아, 인사해. 내가 존경하는 형. 너희들도 잘 알지? 알아두면 목숨 하나 더 생긴 거나 다름없어."

"안녕하세요! 형님!"

하나같이 주변이 환해질 정도로 훤칠하다.

"…하하. 반가워요. 그 정도는 아니지만 필요할 때 연락해요. 오느라고 힘들었죠? 자리에 앉아 식사 하고 있다가 직원들이 말하면 그때 해주시면 돼요. 연섭이, 넌 나랑 볼 일이 있지? 잠깐 볼까?"

"형도 참, 누나 보러 가야죠. 결혼 축하해요. 헤헤!"

잡기도 전에 쌩하니 도망갔다.

잡으려 하면 잡을 수 있었지만 좋은 날 소란스럽게 하기 싫어

참았다.

드디어 레드카펫 앞에 섰다.

주례는 민규식이, 사회는 이상윤이 해주기로 했다.

옆에서 직원이 설명을 하는데 제대로 들리지 않았다. 그저 이상윤의 '신랑 입장'을 외치길 기다렸다.

"오늘 신랑 신부를 위해 좋은 말씀을 해주실 주례 선생님을 소개하겠습니다. 현재 신랑 한두삼 군이 근무하고 있는 한강대학병원과 대학교의 이사장이자 병원장이신 민규식 원장님입니다."

짝짝짝짝!

이상윤에게 사회를 부탁한 이유는 길게 말하는 걸 싫어한다는 점이다. 그의 결혼식 때 사회자가 길게 얘기하자 그만하라는 듯 계속 신호를 보내 하객들에게 웃음을 주기도 했다.

역시나 기특하게 주례의 약력 중 가장 중요한 것만 말한 후 바로 끝내 버린다.

"다음은 신랑 한두삼 군에 대해 말씀드리겠습니다. 그는… 꽤 괜찮은 한의사입니다. 신랑 입장!"

"……."

어이! 너무 줄이는 거 아냐.

어이가 없어 잠깐 머뭇거리자 금세 한마디 한다.

"신랑이 결혼을 하기 싫은 모양인데요."

"…갑니다. 후~"

숨을 깊게 뱉고 걸음을 내디뎠다. 하객들의 박수를 받으며 주례 앞까지 성큼성큼 걸어갔다.

"제가 잘못 알고 있었군요. 걷는 속도를 보니 결혼을 빨리 하고 싶은 모양입니다. 지금 나이까지 어떻게 기다린 걸까요."

하하하! 호호호!

…나중에 입을 못 쓰게 만들어 버리리라.

돌아서니 하란이 신부 대기실에서 나와 레드카펫 앞에 서 있는 것이 보였다.

어두웠지만 그녀의 얼굴만은 또렷이 보였다.

안 그래도 예쁜데 신부 화장을 하고 웨딩드레스를 입고 있으니 천사가 따로 없다.

"다음엔 신부 우하란 양을 소개합니다. 그녀는 미국 아이비리그 중에서도 최상위 대학을 조기 졸업 하고 자신만의 회사를 만들 정도로 출중한 능력의 재원으로 현재는 우리나라에서 투자 회사와 로봇 연구소를 운영하고 있습니다. 신랑이 빨리 결혼하고 싶어 하는 이유를 아시겠죠?"

이상윤은 농담을 하며 하란에 대해선 아주 길게 설명했다. 그러나 전혀 지루하지 않았다.

"신부 입장!"

드디어 하란이 한걸음씩 다가왔다.

얼른 나가서 손을 잡아주고 싶지만 오늘은 그녀를 위한 날, 한껏 주목받게 해줘야 했다.

색색의 조명이 비쳐진 레드카펫을 걷고 있는 하란을 보고 여기저기서 감탄사가 터져 나왔는데 괜히 어깨가 우쭐해진다.

'마침내!'

하란이 바로 앞에 왔다.

두삼은 반걸음 다가가 손을 내밀었고 하란은 살짝 미소를 지으며 손을 잡았다.

두삼이 하란만 들릴 정도로 중얼거렸다.

"너무 아름답다."

"고마워."

"행복하자."

"응. 지금처럼. 근데 이러고 있으면 상윤 씨가 또 뭐라 할지도 몰라."

"그건 안 되지. 그럼 계속할까?"

두 사람은 미소 띤 얼굴로 팔짱을 끼고 나란히 주례 앞에 섰다.

*　　　*　　　*

결혼식은 예식 후 폐백을 하고, 하객들에게 인사를 하는 것으로 마무리됐다. 그리고 루시가 운전하는 차를 타고 공항으로 왔다.

일정이 늦어지는 바람에 곧장 비행기를 타고 홍콩으로 날아와 대기 장소인 호텔 스카이라운지에 도착하고 나서야 한숨을 돌릴 수 있었다.

"후우~ 정신이 하나도 없네."

"그러게. 두 번 하라고 하면 절대 못 하겠다."

"왜 기회 되면 또 하시게?"

"왜 이러실까. 절대 안 하겠다고 말하는 거야. 돌아봐. 어깨

주물러 줄게."

"괜찮아. 오빠도 힘들 텐데,"

"난 비행기에서 기운을 몇 바퀴 돌렸더니 멀쩡해."

"그래? 그럼 사양하지 않을게. 너무 힘들다."

두삼은 하란의 목과 어깨를 마사지했다.

"으음~ 좋다. 이제 헬기를 타고 유람선으로 가면 끝나는 거지?"

"응. 오늘은 술 한잔 마시고 바로 자자."

"그래."

30분쯤 대기하고 있었을까 프로펠러 소리와 함께 헬기가 다가오는 게 보였다.

대기 직원의 안내를 받아 헬기장으로 이동했다. 뒷자리에 있던 노부부도 탑승객인지 같이 따라왔다.

"안녕하세요. 그랜드크루즈의 부선장인 스콜 조던입니다. 진 회장님 부부와 닥터 한 부부시죠?"

"그렇소."

"네."

"지금 바로 크루즈로 이동할 테니 머리 조심하시고 탑승하시겠습니다. 짐은 직원들에게 맡기십시오. 참! 헬기에서 궁금한 게 있으면 헤드셋을 쓰고 말씀하시면 됩니다. 이동하시죠."

스콜 조던의 안내로 헬기에 올랐다.

진 회장이라는 사람이 흘깃거렸지만 하란이 아닌 자신을 보는 거라 무시했다.

바다 위를 나는데 멀리 아파트 단지 같은 것이 보였다. 그러자 스콜이 자랑스럽게 말했다.

"저것이 바로 그랜드크루즈입니다!"

"오!"

점점 가까워져 거대한 그랜드크루즈의 실체가 보이자 두삼은 자신도 모르게 감탄사를 터뜨렸다.

수영하기 좋은 날씨인지 야외 수영장에 많은 이들로 북적이고 있었고, 테라스마다 가족 혹은 연인으로 보이는 이들이 한가함을 즐기는 듯한 모습이다.

"도착하면 직원들이 곧장 숙소로 안내할 겁니다. 그다음엔 편안하게 즐기시면 됩니다."

부함장의 시선이 눈앞에 노부부가 아닌 자신들을 향하는 걸보니 노부부는 크루즈에 방을 소유한 사람인 모양이었다.

헬기가 착륙을 해 내리자 영화에서 나온 듯한 단정하고 나이든 선장이 대기하고 있다가 인사했다. 그리고 직원이 아닌 함장이 방으로 안내했다.

처음 방문한 사람을 위한 작은 이벤트인가 했는데 아니었다.

"회장님께서 특별히 잘 모시라고 했습니다. 그러니 혹 불편한 것이 궁금한 게 있으면 언제든 직원들에게 연락해 주십시오."

"회장님이라면… 부르스 말인가요?"

"예. 이 배의 소유주가 베인 회장님입니다."

그의 소유라니 약간 놀라긴 했지만 새삼스럽진 않았다. 놀란건 오히려 방에 들어갔을 때였다.

100평은 족히 될 크기에 바는 기본이고 개인 전용 엘리베이터까지 마련되어 있었다.

제일 마음에 드는 건 역시 오션 뷰. 크루즈의 불빛을 받아 일렁이는 바다도 예쁜데 내일 해가 뜰 때는 어떨지 벌써 기대가 된다.

한 달 동안 지낼 곳을 구경하다가 크루즈 내부에서 할 수 있는 일들을 정리한 책자를 발견해 읽어봤다.

"하란아, 배고프지 않아?"

"응. 조금 전까진 입맛이 없었는데 긴장이 풀렸는지 배가 고프네."

"여기 룸서비스 된다. 주문할 테니까 먼저 씻어."

"그러려면 여기 머리에 꽂힌 핀부터 뽑아야 해."

"핀? 내가 해줄게."

예식용 올림머리를 하기 위해 검은색 기본 핀이 수십 개가 들어간다는 걸 처음 알았다. 게다가 이리저리 굽어져 있어서 혼자서는 뽑기 힘들 것 같았다.

"요즘은 첫날밤에 족두리 대신 핀을 뽑는 모양이네."

"호호! 내가 원하는 머리 스타일 때문에 꽂은 거지, 아닌 사람도 있을걸."

"그건 나도 모르지. 다 됐다. 음식 주문해 놓을 테니 씻고 나와."

음식은 하란과 두삼이 다 씻고 나서야 도착을 했다.

테라스에 있는 테이블에 세팅을 하고 와인셀러에서 적당한 와인을 꺼내왔다. 그리고 바다를 보며 푹신한 소파에 나란히 앉아 저녁을 같이 먹었다.

셀 수 없이 같이 먹는 저녁이지만 장소 때문인지, 결혼을 하고 나서 하는 첫 식사라 그런지 굉장히 특별한 느낌이다.

두삼은 어깨에 머리를 기대고 있는 그녀의 머리카락을 쓰다듬으며 말했다.

"고마워, 하란아."

"응, 뭐가?"

"이것저것 다."

"자세히."

"음, 자리를 잡을 때까지 기다려 준 거. 내 고백을 받아준 거. 속 썩이는데 이해해 주는 거. 이렇게 옆에 있어주는 거. 날 사랑해 주는 거. 더 말해?"

"아니. 근데 속 썩이는 건 이해해 주는 게 아냐. 참는 거지. 병원에서 일하는 건 괜찮은데 위험한 일에 자꾸 엮이는 건 너무 걱정돼."

"말했잖아. 위험한 일엔 은퇴했다고. 설령 옆에서 사고가 터져도 안전한 곳에서 도울 거야."

"피이~ 잘도 그러겠다."

"진짜거든. 손가락 걸까?"

"손가락은 이미 걸었거든."

"아! 그랬지. 뭘 걸지?"

"됐어. 생각하고 있다는 게 중요한 거지. 그리고 나도 오빠에게 고마워."

"뭐가?"

"엄마 고쳐준 거. 항상 신경 써주는 거. 옆에서 지켜주는 거. 아침에 일어나면 키스해 주는 거. 날 보면 웃어주는 거. 사랑해

주는 거."

"그럼 또 고마움을 느끼게 해줘야겠네."

그대로 고개를 숙여 하란에게 키스했다.

아주 길고 진한 키스. 숨이 거칠어질 때쯤 입술을 떼고 말했다.

"사랑해, 하란아."

"나도 사랑해, 두삼 오빠."

"…들어갈까?"

"오늘은 그냥 잔다고 하지 않았어?"

"험! 아무리 생각해 봐도 첫날밤에 그냥 자는 건 예의가 아닌 것 같아서."

더 이상의 대화는 필요하지 않았다.

하란을 안고 침실로 향했다. 그리고 여러 색깔의 꽃잎으로 꾸며진 침대에 그녀를 눕혔다.

그리고 다시 키스. 이번엔 손을 움직여 성감대를 자극했다.

거친 숨소리가 침실을 채웠을 때 그녀의 마지막 남은 옷을 벗……

삐익! 삐익!

…옷을 벗…….

삐익! 삐익!

"…중요한 순간에 뭐야?"

살펴보니 침대 옆에 있는 인터폰이 깜박이고 있었다.

짜증이 났지만 수화기를 들었다.

"여보세요?"

―닥터 한?

"함장님?

―쉬는데 죄송합니다. 계단에서 떨어진 환자가 생겨 혹시 도움을 주실 수 있나 해서 연락드렸습니다. 헬기로 육지에 가기 전에 죽을 가능성이 높답니다.

"…크루즈에 병원이 있지 않나요?"

―하필 선임 외과의가 지금 육지에 있습니다. 현재 있는 직원은 도저히 출혈 부위를 찾을 수 없다고… 아! 쇼크가 오는지 몸을 떨고 있습니다.

두삼은 하란을 흘낏 봤다.

이미 예상하고 있었을까 그녀는 애써 벗어둔 옷을 주섬주섬 입고 있었다. 그리고 귀찮다는 듯 손을 흔들며 가라 했다.

"미안. 금방 올게."

"…첫날밤은 기니까."

"지금 가겠습니다! 어디로 가면 되죠?"

두삼은 후다닥 옷을 입고 환자가 있는 곳으로 뛰어갔다.

에필로그

산타모니카 언덕의 대저택에서 나오는 리버 기튼의 표정은 꽤 심각했다. 그는 뒤돌아 저택을 보며 한숨을 푹 쉬곤 자신의 차에 올랐다.

그가 향한 곳은 해변에 위치한 레스토랑.

안으로 들어가 두리번거리고 있는데 오늘 같이 식사를 하기로 한 친구가 손을 흔든다.

"리버! 여기."

"여어~ 알렌. 잘 지냈나?"

"사라가 돈 벌어오라는 소리만 안 하면 살 만하지. 자네는?"

"여전하지."

"이제 슬슬 할리우드 스타들의 뒤치다꺼리는 그만 두는 게 낫지 않겠나?"

"가장 잘했던 자네가 그런 말을 하다니, 치매라도 걸린 건가?"

두 사람은 젊었을 때 거대 병원에서 일을 하며 유명세를 얻었고, 나이가 들어서는 할리우드의 부자들을 위한 주치의로 활동했었다.

그러다 알렌의 경우 2년 전, 주치의 생활을 그만두고 작은 개인 병원을 차렸다.

"훗! 그랬었나? 벌써 옛일처럼 느껴지는군."

"난 아직도 자네가 그만둔 이유를 모르겠어. 사실 격무에 시달리는 의사라면 누구나 부러워하는 일이잖나."

"몸은 편한데 정신적인 격무에 시달리지. 술을 마시지 말라고 충고하면 그 말 들었다고 더 마시는 인간들이 그네들이잖아."

"그네들이 아니더라도 똑같아. 하물며 길거리에 있는 노숙자들조차도 의사의 말을 귓등으로도 듣지 않아."

"됐네. 그 얘긴 그만두고 얼른 주문하자고. 헬렌이 언제 주문할지 기다리고 있다네."

"헬렌?"

"저기 있는 웨이트리스 말이네. 허허허! 자네 오기 전에 커피를 주문하면서 잠깐 얘기했거든."

"또 오지랖을 떨었나보군."

알렌은 아파 보이는 사람을 보며 그냥 넘어가는 법이 없었다. 꼭 말을 걸어 문진을 하고 조언이나 의료봉사를 하곤 했다.

그러다 돈을 노리는 노숙자에게 죽을 뻔했으면서도 쉽게 변하지 않았다.

"사라를 위해서라도 복귀하는 게 어떤가. 자네라면 내 담당하는 이들도 기꺼이 양보하겠네."

"사람 참 끈질기군. 내가 그만둔 이유를 모르겠다고? 말해주지. 현재 자네가 짓고 있는 표정을 짓기 싫어서라네."

"…내 표정이 어떤데?"

"망가져 가는 환자를 두고 할 수 있는 일이 없다는 무력감과 짜증이 가득해."

"…내 말 들어보겠나?"

"허어~ 이 사람 이거 왜 이래. 이 아름다운 해변의 경치를 보며 식사를 하고 싶어 온 거야. 상담을 하고 싶으면 토드를 찾아가 봐."

토드는 친한 정신과 의사다.

리버는 그의 말을 무시하고 말을 꺼냈다.

"알코올 중독에 약물 중독이야. 이대로라면 망가지는 건 시간 문제인데 도통 말을 듣지 않아."

"쩝! 답은 자네도 알고 있잖아."

"포기하라고?"

"그래. 그네들에겐 우린 돈을 주는 피고용인에 불과해. 가정 폭력을 숨기기 위한, 마약에 빠졌다는 걸 대중들이 최대한 늦게 알게 하려고 고용된 사람이란 말이야. 그런데 말을 듣겠어?"

"안 그런 사람도 있어."

"있기는 하지. 드물어서 그렇지."

"후우~ 정녕 방법이 없나? 내가 좋아하던 가수가 망가져 가는 모습을 보는 건 정말이지 힘들어."

"환자 본인이 거부하는데 방법이… 아!"

"왜? 방법이 있나?"

"요즘 베벌리 힐스 쪽에 이상한 소문이 돌고 있어."

"소문?"

"주무르면 다 고친다는 사람이 있다는 얘기야."

"마사지사?"

"아니, 동양의학 닥터래."

"쯧! 그런 소문을 믿다니 자네도 늙었군."

"아냐. 그 닥터에게 치료를 받은 사람을 직접 봤어. 자네도 알지 웨스트우드의 찰리."

"술주정뱅이 찰리!"

한때 그들이 즐겨 찾는 술집의 주인인데 자신만의 테이블을 마련해 놓고 주구장창 술을 마시는 거로 유명했었다.

"맞아. 근데 그 찰리가 지금은 술을 입에도 못 댄다는 거 알고 있나?"

"설마? 어디 아픈 거 아냐?"

"아프긴 했지. 간경화가 심해서 그의 와이프가 내 병원으로 끌고 왔었거든."

리버는 관심이 가는지 턱수염을 만지며 물었다.

"그래서? 자네는 말은 그 동양의학 닥터가 술을 못 마시게 고쳤다는 거야?"

"찰리가 술을 입에 대자마자 토하는 모습을 봤으니까. 물어보니 그의 부인이 데리고 온 동양인 닥터에게 마사지를 받았다더군. 그 다음부터는 술 냄새만 맡아도 속이 울렁인대."

"…신비한 동양 의술인가? 그 동양인 닥터는 어디서 일한대?"

"물어봤는데 병원에 소속되어 일하진 않나 봐. 찰리의 와이프도 서핑 클럽 코치에게 소개를 받았대."

"음, 서핑 클럽으로 가야 만날 수 있다는 건가? 어디 서핑 클럽이래?"

"만나보려고?"

"만나봐야지. 내 고용인을 위해서라도 말이야."

리버는 점심을 먹은 후, 알렌이 알려준 서핑 클럽에 갔다.

음악을 크게 틀어놓고 리듬에 맞춰 고개를 까닥이던 흑인 동양인 닥터에 대해서 물었다.

"아! 닥터 한이요?"

"그 사람 이름이 한인가 보군요? 혹시 언제쯤 오는지 알 수 있을까요?"

"가끔 서핑을 하다가 다치는 사람이 있는데 응급처치를 기가 막히게 해서 그렇게 불러요. 근데 한이 나오는 시간은 들쑥날쑥해요."

"사는 곳은요?"

"그것까진 모르죠."

"그럼 혹시 오늘은 왔다갔습니까?"

"근데 무슨 일로 그를 찾는 거죠?"

"아, 내가 아는 사람 같아서요."

"손님에 대한 건 더는 말할 수가 없는데……."

리버는 50달러 지폐를 꺼내 슬며시 그에게 건넸다. 그러자 그는 해변 쪽으로 손짓하며 말했다.

"저기 보드걸이에 보드 거는 사람 보이죠? 그가 한이에요. 막

서핑을 끝내고 가는 모양이네요. 참! 제가 말했다는 건 비밀입니다."

50달러를 호주머니에 넣으며 씽긋 웃는 그.

'망할 자식!'이라고 속으로 중얼거리곤 서둘러 밖으로 나왔다.

"어? 어디 갔지?"

잠깐 눈을 뗀 사이 보이지 않았다. 그가 입고 있던 옷을 기억하며 두리번거린 끝에 다시 찾았을 땐 이미 저만치 가고 있었다.

서둘러 쫓아갔다. 그러나 무슨 행동이 그렇게 빠른지 금세 차를 타고 떠나 버렸다.

*　　　*　　　*

콧노래를 흥얼거리며 베벌리 힐스에 있는 집으로 향하는 중이다.

"루시, 오늘 서핑 자세는 어땠어?"

─무릎을 조금만 더 구부리면 좋을 것 같아요.

"그래? 내일은 좀 더 구부려 봐야겠네. 참! 준철인 지금 뭐해?"

한준철은 낳은 지 아홉 달 된 두삼과 하란의 아들로, 한국에서 태어나긴 했는데 미세먼지가 너무 좋지 않아 100일이 지나자마자 육아휴직을 내고 미국으로 데리고 왔다.

─아직 자고 있어요.

"다행이네. 하란에게 10분 안에 도착한다고 전해줘."

준철을 보면서 하란과 번갈아가면서 휴식을 취했는데 두삼은 가급적 재워놓고 밖으로 나왔다.

"나 왔어."

"오늘 파도가 높다는데 잘 탔어."

"응, 씻고 나올게."

샤워하고 나오자 아기가 언제 깼는지 하란의 품에서 젖을 먹고 있다.

"에구~ 우리 아기 깼네? 배고파서 깼어요?"

아이를 돌보다 보니 대답을 할 리 없는 아이에게 이렇게 자꾸 말을 걸게 된다.

"참! 민 원장님께 전화 왔었어. 자기가 안 받는다고 무슨 일이 있나 싶어 나에게 했나 봐."

"뭐라 하셔?"

"잘 지내느냐고. 연락달래."

"그럼 전화하고 올게. 밥 많이 먹어~"

젖을 먹고 있는 준철의 머리를 쓰다듬어 준 후, 정원으로 나가 연락했다.

"네, 원장님 접니다."

—애는 잘 크고 있나?

"네. 아픈 곳 없이 잘 크고 있습니다."

—지난 분기 '한강' 분배금을 보냈으니 확인해 보게.

"알아서 잘 주셨겠죠. 참! 언수치료재단 비용은 빼고 주셨죠?"

—당연하지.

구조, 구급대원들을 위한 치료비를 할아버지 성함을 따서 '언

'수치료재단'으로 만들었다.

그에 민규식이 좀 더 많은 이들을 돕기 위해 병원에서 비용을 처리한 후 분배금을 줬다.

"그 일 때문에 연락한 건 아닌 거 같고 무슨 일 있습니까?"

―일은 무슨. 미국에 있는 김에 한 가지 해줬으면 해서. 이번에 미국에 있는 JF병원과 협력, 결연하기로 했다네.

JF병원은 미국 내에서 손꼽히는 병원이다.

"잘됐군요."

―그렇지. 각각 강점인 분야에 대한 정보를 교류하다 보면 배우는 게 있을 테니 말이야. 1단계로 그쪽에선 암에 관해 전문의를 보내주기로 했고, 우리 쪽에선 한의사를 보내기로 했다네.

"아! 그럼?"

―응. 몇 명 갈 때 자네도 합류해 줬으면 해서. 마침 LA에도 병원이 있다니 그곳에서 하기로 했네. 준비는 이쪽에서 최대한 시켜서 보낼 테니 크게 할 일은 없을 거야.

LA에서 한다니 딱히 거절할 명분이 없었다.

"알겠습니다."

―고생해 주게. 그리고 육아휴직 중인 사람에게 이런 말 하는 게 미안하네만, 색전술 용액은 어떻게 되어가고 있나?

"여기 와선 이렇다 할 대상도 없는지라……."

작년부터 색전술에 쓰일 한방 약물을 만들어 테스트를 해보고 있었다. 그러나 부족한 부분이 많았다.

―다름이 아니라 색전술 용액 제조업체에서 또 가격을 올릴 모양이야. 개발 비용을 생각하더라도 이건 너무하단 말이지.

"…신경 쓰겠습니다."

한국으로 가지 않는 이상 미국에서 시험할 방법은 뇌전증 치료제 때처럼 직접 몸으로 체험하는 수밖에 없었다.

—몸 건강히 아이 잘 키우게.

"원장님도 건강 유의하십시오."

—요즘 너무 바빠서 조만간 탈이 나지 않을까 싶네. 끊겠네.

전화를 끊고 두삼은 머리를 긁적이며 중얼거렸다.

"쩝! 이제 슬슬 마음의 준비를 해야겠군."

싫은 소리는 안 했지만, 오늘 민규식이 전화를 한 건 인제 그만 쉬고 일하라는 의미였다.

결혼식을 한 후, 2년간 바쁘다고 할 만한 일이 없었으니 바빠질 때도 됐다.

거실로 들어가자 아기가 젖을 먹으며 다시 잠든 건지 하란이 손가락을 입술에 대며 낮게 말했다.

"뭐라고 하셔?"

"JF병원과 협력 관계를 맺었는데 교류단에 합류하래. 겸사겸사 색전술 용액도 개발하고."

"슬슬 그만 놀고 일하라고 전화하셨구나?"

"네가 느끼기에도 그렇지?"

"응. 그동안 너무 여유롭긴 했지."

두삼은 아기가 깨지 않게 소파에 앉아 하란의 어깨를 감쌌다.

"난 바쁘지 않은 지금도 괜찮은데."

"알아. 나도 오빠가 준철이 키우는 거 지금처럼 도와주면 좋지. 근데 해야 할 일이 있잖아. 임신했을 때부터 지금까지 함께

해 준 것만으로도 정말 고마워. 솔직히 엄마가 되는 거 무서웠거든. 한데 오빠가 있어서 괜찮았어."

"바빠도 최선을 다해 도울게."

"너무 무리하진 말고."

"이번 기회에 유모를 알아볼까?"

"그건 좀 더 지켜보자. 이런 일이 있을지 알았는지 다음 주에 엄마가 오시기로 했어."

"언제 연락이 온 거야?"

"오빠가 서핑하러 나갔을 때."

"그랬구나. 아무튼, 조금 바쁘더라도 육아휴직은 끝까지 챙겨 먹어야지."

"과연 그렇게 될까 모르겠다. 오빠가 그런 말 할 때마다 신기하게 일이 생겼거든."

"이번엔 절대 그런 일이……."

삐이~

─한, 당신을 찾는 손님이 왔어요.

이번 미국에 오면서 계약한 경호원에게 연락이 왔다.

"누군데요?"

─리버 기튼. 의사랍니다. 꼭 고쳐줬으면 하는 사람이 있답니다.

"…하하."

"호호! 내 말이 맞지?"

─어떻게 할까요? 의심스러운 사람은 아닙니다.

하란은 수고하라는 말을 하곤 아기와 함께 2층으로 올라갔다.

두삼은 머리를 긁적이며 말했다.

"들여보내세요."

불쑥 찾아온 것에 항의하기라도 하듯이 불퉁하게 말했지만, 환자를 볼 수 있다는 생각에 가슴이 두근댔다.

『주무르면 다 고침!』 완결

작품 후기

안녕하세요.

'주무르면 다 고침!'이 376화를 마지막으로 끝을 맺게 되었습니다.

그동안 '주무르면 다 고침!'과 한두삼을 읽어주시고, 사랑해주신 독자분들에게 감사드립니다.

오늘도 모두 평온한 하루 보내시길 바라며, 나중에 더욱 좋은 작품으로 찾아오도록 하겠습니다.

끝으로 편집에 애써주신 김대용 편집자님과 책이 나오기까지 애써주신 청어람 관계자분들께도 감사 인사를 드립니다.

강준현 배상

초대형 24시 만화방

신간 100%, 샤워실, 흡연실, 수면실(침대석), 커플석, 세탁기 완비

▪ 광명 광명사거리역점 ▪

경기도 광명시 오리로 986 광명사거리역 6번 출구 앞 5층
02) 2625-9940 (솔목타워 5층)

▪ 강북 노원역점 ▪

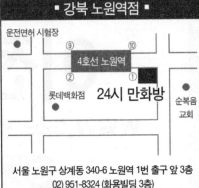

서울 노원구 상계동 340-6 노원역 1번 출구 앞 3층
02) 951-8324 (화용빌딩 3층)

▪ 일산 정발산역점 ▪

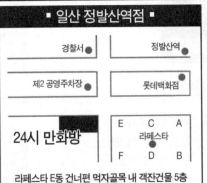

라페스타 E동 건너편 먹자골목 내 객잔건물 5층
031) 914-1957

▪ 일산 화정역점 ▪

경기도 고양시 덕양구 화정동 984번지 서일빌딩 7층
031) 979-4874 (서일사우나 건물 7층)

▪ 부천 역곡역점 ▪

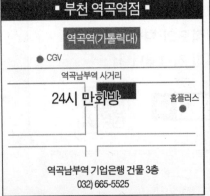

역곡남부역 기업은행 건물 3층
032) 665-5525

▪ 부평역점 ▪

(구) 진선미 예식장 뒤 한신포차 건물 10층
032) 522-2871

검선마도

조돈형　무협 판타지 소설

매화가 춤을 추고 벽력이 뒤따른다!

분심공으로 생각과 행동을
둘로 나눌 수 있게 된 풍월.

한 손엔 화산파의 검이, 다른 한 손엔 철산도문의 도가.
그를 통해 두 개의 무공이 완벽하게 하나가 된다.

검과 도, 정도와 마도!
무결점의 합공이 시작된다.

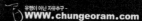

실명 무사

김문형 新무협 판타지 소설

FANTASTIC ORIENTAL HEROES

**망자가 우글거리는 지하 감옥에서
깨어난 백면서생 무명(無名).**

그런데, 자신의 이름과 과거가 기억나지 않는다?
잃어버린 기억을 되찾기 위해 망자 멸절 계획의 일원이 되는 무명.

**망자 무리는 죽음의 기운을 풍기며
점차 중원을 잠식해 들어가는데……!**

"나는 황궁에 남아서 내가 누구인지 알아낼 것이오."

중원 천하를 지키기 위한
무명의 싸움이 드디어 시작된다!

Book Publishing CHUNGEORAM